Pierre de lune

James Herbert

Pierre de lune

ROMAN

traduit de l'anglais
par Evelyne Châtelain

Albin Michel

Édition originale anglaise :
MOON
New English Library, London, 1985

Traduction française :

22, rue Huyghens, 75014 Paris

ISBN 2-226-03097-2

Avant...

L'ENFANT avait cessé de pleurer.

Livide sous la lumière du clair de lune, les yeux clos, il reposait dans son lit étroit. Parfois, un frisson lui parcourait le corps.

Il s'accrochait aux draps qu'il tenait très haut sous son menton. Une lourdeur effroyable le clouait sur le matelas, comme si son sang s'était transformé en plomb liquide. Ce fardeau, l'absence, l'avait épuisé et affaibli. Il était couché depuis longtemps, depuis quand exactement, il n'aurait pu le dire, car ces trois derniers jours avaient duré une éternité. Mais son père lui avait interdit de quitter son lit. Alors, il restait là, endurant sa souffrance, terrifié par sa nouvelle solitude...

... Jusqu'à ce que quelque chose l'oblige à ouvrir ses yeux rougis.

La silhouette était là, au bout du lit, et lui souriait. Il sentait sa chaleur. C'était impossible... Son père lui avait dit que c'était impossible.

— Tu... ne... peux pas...

La petite voix tremblante transperçait la nuit.

— Tu ne... peux pas... être...

Le sentiment de perte se ravivait car, désormais, elle aussi éprouvait la même sensation.

Inquiet, le garçon regarda ailleurs, dans un coin éloigné, comme soudain conscient d'une autre présence qui l'observait, quelqu'un qu'il ne pouvait pas voir. Cette impression disparut lorsqu'il entendit des pas dans le couloir. Les yeux soudain emplis de terreur, il détourna la tête. La femme était partie.

L'ombre d'un homme oscillait dans l'encadrement de la porte.

Les traits maussades, sentant l'alcool comme d'habitude, le père de l'enfant s'avança vers le lit en trébuchant.

— Je t'ai dit...

Des accents de colère et de culpabilité se mêlaient aux mots âpres.

— Plus jamais, plus jamais, tu m'entends !

Il s'approcha du lit le poing levé, et l'enfant se réfugia sous les couvertures.

Dehors, la pleine lune étincelante et pure se détachait sur le noir profond de la nuit.

Enfin, elle était morte.

La terreur avait cédé la place au néant.

Des yeux morts. Des yeux de poisson sur un lit de glace.

Un corps endormi, un dernier spasme retombé, un dernier souffle épuisé. Une dernière expression enfuie.

Les doigts crispés tenaient toujours la forme au-dessus d'elle, le pouce à l'intérieur de sa bouche, comme s'ils avaient voulu en arracher le sourire.

La forme se redressa, relâchant son étreinte. Elle était à peine essoufflée, pourtant, la jeune femme avait lutté pendant longtemps.

La créature enleva le pouce de ses lèvres torses, et la main du cadavre retomba sur la chair nue.

Souriante, elle examina sa victime.

Elle agrippa les mains sans vie, saisit les poignets et les souleva. Elle passa les ongles cassés le long de son propre visage, plaça les doigts raidis autour de sa gorge, simulacre d'une dérisoire vengeance. Un faible sursaut vint secouer leur inertie.

Penchée sur le cadavre, la créature glissa les mains de la victime sur son corps, pour qu'elles le touchent, le caressent partout. Cette tendresse funèbre appelait d'autres sensations.

La silhouette s'affaira sur le corps qui refroidissait lentement.

Plus tard, la peau ruisselante de transpiration, elle se redressa. Elle n'était pas encore rassasiée.

Une petite pluie glacée battait les carreaux par rafales comme pour protester contre tant de cruauté. Des rideaux fanés, qui masquaient la lumière du jour, assourdissaient les bruits.

Sorti d'un sac, un paquet noir fut déroulé sur le lit, tout près du cadavre. La semi-obscurité estompait à peine l'éclat des instruments de métal, un à un soulevés, examinés, approchés d'yeux dont le feu ne pouvait s'apaiser. Elle en choisit un.

Le corps froid fut ouvert du sternum au pubis, puis d'une hanche à l'autre. Le sang suintait à travers la croix béante.

Les bords de la plaie s'écartèrent, puis se soulevèrent. Des doigts déjà écarlates plongèrent à l'intérieur.

Ils retirèrent les organes, coupant sans hésiter, et les posèrent, tout luisants et fumants, sur la couverture, en terminant par le cœur, jeté sur le tas. Il glissa de l'amas gluant et tomba sur le sol. Une odeur écœurante envahissait la pièce.

Un réceptacle fut ménagé, et vite rempli.

La forme fouilla la pièce, à la recherche de petits objets, mais seulement après avoir disposé des organes de la jeune femme.

Enfin satisfaite, elle prit une aiguille et du fil dans le paquet noir.

Elle commença à recoudre à gros points cruels, et souriait de plaisir en trouant la peau. Elle eut un rictus en pensant au dernier objet qu'elle déposerait à l'intérieur du corps.

IL FLOTTAIT nonchalamment au-dessus des rochers verts, changeant parfois de direction d'un geste de la main, évitant soigneusement les bernaches qui auraient pu entailler la peau ramollie par les eaux. Les jambes se fléchissaient doucement, dans un mouvement long et gracieux qui partait de la hanche. Les palmes souples le propulsaient sans effort à travers les courants.

Les coraux projetaient leurs ombres fantomatiques ; des couteaux affolés s'enterraient pour échapper à l'intrus ; les anémones de mer semblaient le saluer en silence. La lumière du soleil dissipait ses rayons sur le sanctuaire marin, muet et mystérieux. Childes n'entendait que le bruit grave et sourd de sa nage.

Attiré par une faible ondulation, un léger nuage de sable, il s'approcha prudemment, plaça les mains sur l'excroissance d'un rocher et s'arrêta dans un balancement agile.

Une étoile de mer avait emprisonné une coque et, de ses bras, en séparait les deux valves. Elle opérait patiemment, utilisant ses cinq tentacules à tour de rôle, fatiguait sa proie et écartait inexorablement les deux bords de la coquille afin de découvrir la chair nue.

Childes, un peu écœuré mais fasciné, observait le chasseur sortir son estomac pour arracher le corps du mollusque et s'en repaître.

Un mouvement subtil dans les récifs et les trous des bernaches attira l'attention du plongeur. Intrigué, il examina un instant le paysage déchiqueté mais son regard se fixa bientôt ailleurs. Une araignée de mer escaladait le rocher, camouflée par des algues vertes qui recouvraient carapace et pinces, déguisement aussi efficace en eaux basses qu'en pleine mer. Immobile, elle était pratiquement invisible.

Childes regardait le crustacé évoluer, admirait l'agilité et la rapidité des pattes de l'animal, grossi et rapproché sous l'effet du masque et de l'eau. Childes avança prudemment un doigt pour provoquer un autre mouvement.

La bouche déformée par le caoutchouc du tuba, il sourit en voyant l'animal s'affoler, mais se rendit soudain compte qu'il manquait d'air. Sans se presser, il s'apprêta à remonter à la surface.

La vision surgit sans crier gare. Comme les autres, autrefois.

Pourtant, il reconnaissait à peine ce qu'il voyait, car l'image se formait dans son esprit et non dans ses yeux — un mélange confus de couleurs et d'odeurs. C'était quelque chose de long et de brillant, un objet tordu, rouge, luisant d'humidité. Du métal, de l'acier acéré, pénétrant une douceur spongieuse. Du sang ! Il nageait dans le sang ! Pris de nausée, il avala de l'eau salée.

Dans un spasme de douleur, il rejeta la bile et l'eau qui vinrent obstruer son tuba. Il recracha le caoutchouc et la mer s'engouffra dans sa gorge. Malgré lui, Childes poussa un cri — gargouillement, coassement étouffé par les eaux. Il donna un coup de pied et tendit les bras vers la surface. La nuée de bulles désordonnées qui s'échappa faisait écho à la confusion de son esprit. Le plafond de lumière au-dessus de lui lui semblait hors de portée.

Une autre vision envahit son cauchemar. Des mains, des mains cruelles, de gros doigts qui remuaient en cadence. Une image mentale démente. Elles cousaient !

Childes se propulsa de nouveau vers le haut.

Instinctivement, il tenta de fermer la bouche. Il avait perdu le sens de l'orientation et continuait à avaler à pleine gorge de grandes quantités d'eau, comme si sa pensée et la mer se liguaient contre lui. Ses sensations s'émoussaient, bras et jambes s'affaiblissaient. « Déjà ! pensa-t-il, comme il est facile de se noyer ! » Ironiquement, il avait encore conscience du tuba, à peine retenu par la lanière de son masque qui lui égratignait la joue. Il luttait, mais se sentait partir à la dérive, sombrer.

Un bras mince se glissa sous son épaule et le soutint fermement. Un corps se collait au sien, le soulevait. Lentement, calmement. Il essaya de participer, mais un manteau opaque s'abattait sur lui.

Il explosa à la surface, comme si on l'avait soudain libéré d'une étreinte oppressante. La vie l'assaillit de nouveau, douloureusement, au lieu de revenir peu à peu.

Son estomac et sa poitrine se contractaient, rejetant du liquide. Il crachait, suffoquait, menaçant de les entraîner tous deux vers le fond. Il entendait vaguement une voix rassurante et s'efforçait d'écouter les mots, de se détendre, ordonnant à ses poumons de respirer avec précaution, petites bouffées par petites bouffées, crachant et toussant pour se débarrasser des restes de bile.

Elle lui prit gentiment la tête sous le bras et le remorqua vers la rive. Elle nageait sur le dos à côté de lui et, grâce aux palmes, ils évoluaient facilement à travers les vaguelettes. Il respirait péniblement, mais fut bientôt capable de fléchir les jambes, au même rythme qu'elle.

Près de la rive, la jeune fille l'aida à se remettre sur pied. Le visage tourmenté, elle lui retira son masque, passa le bras autour de ses épaules, lui tapant dans le dos lorsqu'il toussait, se penchant avec lui. Elle s'agenouilla et lui ôta ses palmes avant d'enlever les siennes. A demi accroupi, les mains sur les genoux, les épaules toujours secouées par sa respiration laborieuse, il se calmait peu à peu. Les halètements s'atténuèrent, mais Childes tremblait encore. Le masque remonté très haut sur le front, les cheveux blonds, rendus plus foncés par l'eau, retombant sur ses épaules, la jeune fille attendait. Elle ne disait mot, sachant que pour le moment cela n'aurait servi à rien.

Finalement, ce fut lui qui parla le premier.

— Amy...

— Tout va bien, retournons sur la plage.

Ils sortirent de l'eau, vacillant légèrement. Childes s'écroula sur les galets, soulagé, bouleversé, malade tout à la fois. Elle s'assit à côté de lui, lui essuya les yeux et lui massa doucement le dos.

Ils étaient seuls dans la petite baie, car la montée difficile effrayait les uns et la brise fraîche du sud-ouest décourageait les autres. Sur la falaise, une végétation abondante retombait des pentes escarpées, jusqu'à ce qu'elle soit arrêtée par la roche, une bande de granit lavée par la fureur des marées. Les premières fleurs de mai tachetaient les étages supérieurs, parsemant la verdure de touches bleues, jaunes et blanches. Tout près, sous la petite cascade, un torrent se frayait un chemin jusqu'à la mer. Plus loin, des petits bateaux de pêche, des barques surtout, se balançaient sur une mer d'ardoise. Les lignes de mouillage s'étendaient comme un fil gris vers le quai, au bout de l'île. On y accédait par un chemin étroit, séparé de la plage par des tas de galets. La jeune fille remarqua un ou deux visages qui regardaient dans leur direction, visiblement inquiets de ce qui venait de se passer. Elle leur fit signe que tout allait bien et ils se détournèrent.

Childes s'assit, mains autour des genoux, tête penchée en avant. Il tremblait toujours.

— Tu m'as fait peur, Jon, dit-elle, en s'agenouillant près de lui.

Livide, il la regarda. Il passa la main devant ses yeux, comme pour chasser un souvenir.

— Merci d'être venue à mon secours.

Elle se pencha vers lui et déposa un baiser sur sa joue.

— Qu'est-il arrivé ?

Elle le vit frissonner et se rendit compte qu'il avait froid.

— Je vais chercher une couverture.

Ignorant les galets, elle se dirigea vers les sacs et les vêtements empilés un peu plus haut sur la plage.

Childes regarda la petite silhouette retirer une couverture d'un fourre-tout. Il était heureux de sa présence, pas seulement parce qu'elle l'avait sauvé, mais simplement parce qu'elle était près de lui. Il se retourna vers la mer. A l'horizon, une bande blanche laissait présager un orage.

Il ferma les yeux, un goût de sel toujours dans sa gorge. La tête baissée, il gémit doucement :

— Pourquoi maintenant ? Après si longtemps...

Le poids de la couverture sur ses épaules le rappela à la réalité.

— Bois un peu, dit Amy en lui tendant une petite flasque argentée.

La chaleur du cognac le réchauffa et adoucit le goût de sel. Il leva le bras pour qu'Amy vienne le rejoindre sous la couverture.

— Ça va ? demanda-t-elle en se blottissant contre lui.

— Hum... hum...

Pourtant, le tremblement n'avait toujours pas cessé.

— Je t'ai apporté tes lunettes.

Il les prit et les chaussa. Même net, le monde ne paraissait pas plus réel.

— Ça recommence, dit-il d'une voix étranglée.

— DEMAIN ? demanda-t-il.

— Non, papa a des invités toute la journée. Je suis de corvée, dit-elle en levant les yeux.

— Les affaires ?

— Hum... Des investisseurs potentiels, de Lyon. Papa les avait invités pour le week-end, mais heureusement, ils ne sont libres que dimanche. Ils reprennent l'avion lundi après-midi, après la visite traditionnelle de la société. Papa est déçu, il aurait aimé leur faire découvrir l'île.

Paul Sebire, le père d'Amy, était directeur général de Jacarte International, une grosse société d'investissement qui avait son siège social sur l'île, paradis fiscal aussi bien pour les continentaux que pour les Anglais. Bien qu'essentiellement britannique, géographiquement, l'île était plus proche de la France.

— Dommage.

— Cela m'ennuie aussi, Jon.

Elle se pencha à l'intérieur de la voiture pour l'embrasser. Ses cheveux, retenus en queue de cheval à présent, s'enroulèrent autour du cou et vinrent caresser la poitrine de son ami.

— Il ne se repose donc jamais ? demanda-t-il.

— Pour lui, c'est de la détente. Je t'aurais bien fait

inviter, mais j'ai eu peur que tu ne t'amuses pas beaucoup.

— Tu me connais bien. Transmets mes amitiés à ton père, dit-il, se préparant à repartir.

— Cela m'étonnerait qu'il te rende la pareille, répondit-elle avec une moue moqueuse. Jon, à propos de tout à l'heure...

— Merci encore de m'avoir sorti de là.

— Ce n'est pas de cela que je voulais parler.

— Les visions ?

— Hum... Cela faisait si longtemps.

Il fixait les yeux droit devant lui, pourtant son regard restait tourné vers l'intérieur.

— Je n'ai jamais cru que c'était fini, dit-il après une pause.

— Mais après trois ans, pourquoi tout recommencerait ?

— Ce n'était peut-être qu'une hallucination, répondit Childes en haussant les épaules. Cela ne se reproduira peut-être pas. Mon imagination me joue des tours, c'est tout.

Il ferma les yeux un instant, sachant qu'il ne disait pas la vérité, mais il ne voulait pas discuter de ce sujet pour le moment. Il se pencha de l'autre côté du volant et lui toucha le cou.

— Voyons, n'aie pas l'air si inquiète. Passe une bonne journée demain, et on se voit lundi au lycée. On en reparlera.

Amy reprit son fourre-tout sur le siège arrière, et Childes l'aida à le soulever.

— Tu m'appelles ce soir ?

— Je croyais que tu voulais corriger des copies.

— Je ne peux guère faire autrement, dimanche, je n'aurai pas le temps. Je mérite quand même quelques minutes de repos.

— D'accord, prof. Ne sois pas trop dure avec les gosses, répondit-il, s'efforçant de paraître léger.

— Cela dépendra de ce qu'ils m'ont écrit. Je me demande ce qui est le plus difficile, leur enseigner le français, ou leur apprendre à parler correctement anglais. Toi, avec tes ordinateurs, tu peux au moins leur corriger leurs fautes.

— Si seulement c'était aussi simple ! dit-il en souriant.

Il l'embrassa de nouveau sur la joue. Les premières gouttes de pluie salissaient le pare-brise.

— Prends bien soin de toi.

Elle aurait aimé en dire plus, elle avait besoin de parler, mais elle sentait ses réticences. Il lui avait fallu longtemps, très longtemps, pour apprendre à connaître Childes et, à présent, elle s'apercevait qu'il y avait chez lui des zones d'ombre, des zones secrètes, dont elle ne percerait jamais le mystère. Elle se demandait si son ex-femme avait jamais essayé.

Amy regarda la petite Mini noire s'éloigner, fit un simple signe de la main, le front plissé. Elle se retourna, pressa le pas pour franchir les portes de fer et courut le long de la petite allée pour se réfugier à la maison avant qu'il ne se mette à pleuvoir pour de bon.

Childes quitta bientôt la grand-route et emprunta les chemins étroits qui quadrillaient l'île comme un réseau de veines minuscules. Parfois, il ralentissait et serrait les bas-côtés et les murs pour laisser passer d'autres véhicules qui adoptaient la même tactique. Les mains crispées sur le volant, les articulations noueuses et blanches, il conduisait par réflexe, sans réfléchir; à présent qu'il était seul, son esprit était préoccupé par d'autres pensées. En arrivant à la villa, il se remit à trembler et le goût de bile amère envahit de nouveau sa gorge.

Il engagea la Mini dans l'ouverture étroite, devant la maison de pierre, se glissa dans l'allée qu'il avait désherbée lors de son arrivée et coupa le contact. Il laissa le sac contenant son matériel de plongée dans la voiture et se précipita à l'extérieur, fouillant ses poches pour trouver sa clé. Il dut s'y prendre à plusieurs reprises avant de la faire entrer dans la serrure. Il y parvint enfin, ouvrit la porte en grand, se rua dans le couloir et arriva juste à temps dans la petite salle de bains, pour vomir, penché au-dessus de la cuvette des toilettes, ne se débarrassant, lui sembla-t-il, que d'une part infime de la substance qui enserrait ses entrailles. Il se moucha dans du papier, tira la chasse et le regarda tourbillonner jusqu'à ce qu'il fût englouti. Il ôta ses lunettes cerclées d'écaille, se lava le visage à l'eau froide, et se mit les mains sur les yeux pendant quelques instants pour se rafraîchir.

En s'essuyant, Childes vit un visage blême dans le miroir. Il n'était pas sûr que les grands cernes sous ses yeux ne fussent qu'un effet de l'imagination. Il étendit les doigts devant lui, essayant de ne pas trembler. Sans y parvenir.

Childes chaussa ses lunettes de nouveau, se dirigea vers le salon, se baissant légèrement pour franchir la porte. Il n'était pas particulièrement grand, mais la maison, fort ancienne, avait des portes et des plafonds bas. Childes n'avait pas trop encombré la pièce exiguë : un divan fané et bosselé, une télévision portative, une table basse carrée. De petites bibliothèques aux étagères surchargées de chaque côté de la cheminée. Au-dessus de l'une d'elles, près d'une lampe, il y avait quelques bouteilles et des verres. Il s'approcha et se versa une bonne dose de scotch.

Dehors, à présent, la pluie tombait dru. Près de la fenêtre, Childes observait tristement son jardinet. La maison, dont l'arrière donnait sur les champs, faisait partie d'une rangée de cottages, très proches les uns des autres, mais séparés par de minuscules jardins. Autrefois, c'étaient des habitations de métayers, mais le domaine avait été divisé depuis longtemps et vendu par lots. Childes avait eu de la chance de trouver ce logement lorsqu'il était arrivé dans l'île, deux, presque trois ans auparavant, car la place était chère. Estelle Piprelly, la directrice du collège, qui tenait aux talents d'informaticien de sa nouvelle recrue, lui avait signalé cette occasion, et son influence considérable l'avait aidé à décrocher le bail.

Au loin, sur la péninsule, il devinait le collège, un assortiment de bâtisses construites au fur et à mesure des années dans des styles disparates. A côté du bâtiment principal, une tour blanche, on ne voyait guère qu'une grisaille floue à travers le rideau de pluie, et, derrière, le ciel assombri par des nuages moutonneux.

Lorsque Childes avait fui la métropole pour échapper aux regards intrigués — pas seulement ceux des amis et des collègues, mais aussi ceux de parfaits inconnus qui avaient vu son visage à la télévision ou dans les journaux —, l'île lui avait fourni le havre de paix idéal. La petite communauté vivait en autarcie, tenant la mère patrie et ses problèmes à distance. Pourtant, malgré les liens étroits qui unissaient cette société, il avait été assez facile pour lui de se laisser englober dans une population de plus de cinquante mille habitants. Les passions morbides et — il serra violemment son verre — les accusations étaient restées là-bas. Il tenait à ce que la situation ne change pas.

Childes avala son scotch et s'en servit un second ; comme le cognac tout à l'heure, cela adoucissait le goût âpre qu'il avait toujours dans la bouche. Il retourna vers la fenêtre mais ne vit plus que le fantôme de son propre reflet. Le ciel s'était totalement obscurci.

Était-ce la même chose ? Ces images mentales sous l'eau avaient-elles un rapport avec les cauchemars, les visions effroyables qui le hantaient autrefois ? Il n'aurait pu le dire : la noyade manquée avait brouillé ses sensations. Pourtant, pendant un instant, au moment où cela s'était produit et un peu après, lorsqu'il haletait encore sur la plage, il aurait juré qu'il s'agissait du même phénomène.

La terreur l'envahit.

Il avait froid, néanmoins ses sourcils ruisselaient de sueur. Il fut saisi d'appréhension, puis, une nouvelle crainte vint le tourmenter.

Il alla dans le couloir, décrocha le téléphone et composa un numéro.

Un instant plus tard, une voix essoufflée lui répondit.

— Fran ? demanda-t-il.

Bien qu'ayant les yeux rivés au mur, il voyait le visage de son ex-épouse.

— Qui veux-tu que ce soit ? C'est toi, Jon ?

— Oui.

Après une longue pause, son ex-femme dit enfin :

— Tu m'as appelée, tu as quelque chose à me dire ?

— Euh, comment va Gabby ?

— Plutôt bien. Elle est à côté avec Annabel, on se

demande laquelle des deux fait le plus de chahut. Melanie avait l'intention de les envoyer dans le jardin pour l'après-midi, mais avec ce temps, ce n'est guère possible. Et chez toi ? Ici, il tombe des cordes.

— La même chose. Je crois qu'il va y avoir un orage.

Autre silence.

— Jonathan, je suis assez pressée. Je dois être en ville à quatre heures.

— Tu travailles, un samedi ?

— Plus ou moins. Un auteur arrive à Londres aujourd'hui et l'éditeur veut que je le bichonne, que je lui fasse faire une répétition générale de sa tournée, la semaine prochaine.

— Ashby n'aurait pas pu s'en charger ?

— Nous sommes associés, dit-elle d'un ton tranchant. Je fais mon travail. D'ailleurs, qu'attends-tu d'autre d'une carriériste qui vient de renaître à la vie professionnelle ?

L'accusation à peine voilée le heurta, et, une fois encore, il se demanda si Fran pourrait un jour accepter qu'il l'ait « laissée tomber ». Laisser tomber : c'est l'expression qu'elle aurait employée.

— Qui s'occupe de Gabby ?

— Elle dînera chez Melanie, Janet ira la chercher après manger.

Janet était une jeune fille que sa femme employait comme nurse pendant la journée.

— Elle restera jusqu'à ce que je rentre. Cela te convient ?

— Fran, je ne voulais pas dire...

— Tu n'as rien à dire. Personne ne t'a poussé dehors.

— Tu n'étais pas obligée de rester là-bas, répondit-il calmement.

— Tu me demandais de renoncer à trop de choses.

— Tu ne travaillais qu'à mi-temps, à ce moment-là.

— Oui, mais cela comptait beaucoup pour moi. Maintenant, c'est pire. D'ailleurs, il le faut. Et puis, il y avait d'autres raisons. Notre vie...

— ... était devenue insupportable.

— A qui la faute ? (Sa voix s'adoucit, comme si elle regrettait d'avoir parlé trop vite.) Bon, je sais, il s'est passé trop de choses, on n'a pas su maîtriser la situation. J'ai essayé de comprendre, de t'aider. Mais c'est toi qui as voulu partir.

— Il n'y a pas que ça, tu le sais.

— Tout se serait arrangé tout seul par la suite. Tout.

Ils savaient tous deux de quoi elle parlait.

— Ce n'est pas si sûr.

— Écoute, je n'ai pas le temps, maintenant. Il faut que j'y aille. J'embrasserai Gabby pour toi, elle t'appellera sans doute demain.

— J'aimerais la voir bientôt.

— Je... je ne sais pas. Aux vacances de la mi-trimestre peut-être. On verra.

— Encore une chose, Fran.

— Vas-y, dit-elle en soupirant, mais sans colère.

— Vérifie que Gabby va bien avant de partir. Passe dire bonjour, c'est tout.

— Qu'est-ce que cela signifie ? Je l'aurais fait de toute façon. Qu'est-ce que tu insinues ?

— Rien. Je suppose que cette maison vide me déprime. Tu te fais du souci ?

— Tu parais... bizarre. Cela va vraiment si mal ?

— Non, ça passera. Excuse-moi de t'avoir retardée.

— Je vais y aller. Tu as besoin de quelque chose, Jon ? Je pourrais te l'envoyer.

« Gabby. Tu peux m'envoyer ma fille ! »

— Non, non, je te remercie.

— Bon, il faut que je me dépêche.

— Bonne chance avec ton auteur.

— Tu sais, en ce moment, la situation n'est pas brillante, alors on saute sur toutes les occasions. Il aura une bonne campagne de publicité. Bon, à bientôt.

La communication fut coupée.

Childes retourna au salon et s'affala sur le divan. Il ne voulait plus boire. Il ôta ses lunettes, se frotta les yeux de ses doigts raides, l'image de sa fille flottant devant lui. Gabrielle avait quatre ans lorsqu'il était parti. Un jour, peut-être, elle comprendrait, espérait-il.

Il se reposa un long moment, la tête appuyée sur le dossier, les jambes allongées sur le tapis qui décorait le plancher, les lunettes à la main, posées sur sa poitrine. Parfois, il fixait le plafond, parfois, il fermait les yeux, essayant de se souvenir de ce qu'il avait vu.

Étrangement, il n'arrivait à visualiser que la couleur rouge. Un rouge épais, visqueux. Il croyait même sentir l'odeur du sang.

CE SOIR-LÀ, il fit son premier cauchemar.

Il se réveilla, raide, terrorisé. Seul.

Après le rêve, la vision était toujours en lui, mais elle refusait de se matérialiser. Il ne sentait qu'une chose blanche et scintillante, un spectre sarcastique. Peu à peu, l'image s'évanouissait, anéantie par la lumière du clair de lune qui inondait la pièce.

Childes se redressa dans son lit et reposa son dos contre le mur froid. Il grelottait, la peur le frôlait de ses caresses hivernales. Il ne savait pas pourquoi, ne comprenait pas.

Dehors, dans l'immobilité de la nuit argentée, une mouette solitaire poussa sa plainte fantomatique.

— NON, JEANETTE, tu dois vérifier. Souviens-toi bien que l'ordinateur ne pense pas, tout repose entièrement sur toi. Une mauvaise instruction, et il ne se contente pas d'être perturbé, il se bloque. Et il ne fait pas ce que tu veux.

Childes sourit à la fillette, un peu fatigué de la voir sans cesse commettre les mêmes erreurs grossières, mais néanmoins conscient que tous les jeunes n'étaient pas adaptés au développement rapide de la technologie, en dépit de ce que les journaux et les magazines racontaient à leurs parents. Depuis qu'il avait quitté le monde de l'informatique industrielle, il devait apprendre à ralentir, à se mettre au rythme de ses élèves. Certains avaient du talent, d'autres pas, et il devait aider ces derniers à surmonter leur handicap.

— Bon, reviens à RETURN, et reprends chaque étape une par une, sans te presser. Tu ne te tromperas pas, si tu réfléchis bien à chaque pas.

Le front plissé lui signifia clairement que Jeannette n'était pas convaincue, lui non plus d'ailleurs.

Il la laissa se mordre les lèvres et presser chaque touche trop consciencieusement, comme s'il s'agissait d'une bataille entre elle et la machine.

— Bien, Kelly, c'est parfait.

Rayonnante, la jeune fille de quatorze ans leva les yeux,

son regard croisant un peu trop profondément le sien. Impressionné, Childes jeta un coup d'œil à l'écran.

— C'est ta propre feuille de calcul ?

Les yeux de nouveau fixés sur le moniteur, elle acquiesça d'un signe de tête.

— Tu ne vas pas finir l'année à ce tarif !

— Mais si, j'enverrai le listing à papa. Il sera bien obligé de payer quand il aura les preuves.

Childes se mit à rire. Kelly n'avait pas mis longtemps à découvrir les potentialités de la micro-informatique. Il y avait sept ordinateurs sur les tables tout autour de la salle de classe, une annexe du département scientifique, et il semblait qu'ils étaient sans cesse sollicités, même quand il n'était pas là pour superviser le travail. Il avait eu de la chance quand il était venu — quand il avait fui — dans l'île, car les directeurs de collèges, privés pour la plupart, étaient avides d'embrasser l'âge de l'informatique, conscients que les parents qui payaient pour l'éducation de leurs enfants considéraient cette formation comme essentielle. Avant son arrivée, Childes travaillait comme conseiller indépendant auprès d'entreprises commerciales, petites ou grandes, qui voulaient installer un service adapté à leurs besoins. Il leur indiquait le matériel et les logiciels appropriés, rédigeait des programmes, procédait souvent lui-même à l'installation et donnait des cours intensifs aux employés. L'une de ses tâches consistait à résoudre les défaillances de la machine et les problèmes qui ne manquaient pas de se poser lors des premières utilisations. Il avait un flair, une intuition extraordinaires pour mettre le doigt sur le moindre défaut du système. Il était fort bien payé, et son talent était apprécié et respecté de ses collègues. Pourtant, son départ en avait soulagé plus d'un.

Kelly lui souriait.

— J'aimerais travailler sur un autre programme.

— Un peu tard pour entreprendre quelque chose maintenant, dit Childes en regardant sa montre. Je te trouverai une tâche plus difficile la prochaine fois.

— Je peux rester ?

Une autre élève ricana, et, malgré lui, Childes se sentit rougir. « Quatorze ans, mon Dieu ! »

— Peut-être, mais pas moi. Range ton bureau avant que la cloche sonne. Ou mieux, va donc aider Jeanette, il semble qu'elle ait quelques difficultés avec son programme.

Une légère irritation traversa le regard de l'élève, mais le sourire ne s'estompa pas.

— Oui, monsieur, répondit-elle, un peu trop brusquement.

A contrecœur, elle se dirigea vers le bureau de Jeanette, et, mentalement, il apprécia l'équilibre de sa démarche, trop savantes pour son âge. Les cheveux blond doré et le nez coquin trompaient leur monde eux aussi ; la poitrine naissante prenait facilement le pas sur l'image de la lycéenne en uniforme, jupe bleu marine, chemisier blanc et cravate rayée. En comparaison, Jeanette était une simple écolière à la féminité encore lointaine. Le talent ne se cantonnait pas au seul domaine scolaire !

Childes faisait le tour des bancs, se penchant ici et là pour donner des conseils aux élèves dont certaines partageaient la même machine, les aider à retrouver leurs erreurs, leur montrer la procédure correcte, bientôt gagné par leur enthousiasme. Bien qu'il la sût imminente, la sonnerie le surprit pourtant.

Il se raidit, remarquant que Kelly et Jeanette ne semblaient guère s'apprécier.

— Eteignez vos machines. Bon, je vous revois...

— Jeudi, répondirent-elles à l'unisson.

— Très bien. Je pense que nous aborderons les différents types d'ordinateurs et les perspectives d'avenir. J'espère que vous aurez quelques bonnes questions à poser.

Il y eut un murmure.

— Des problèmes ?

— Quand ferons-nous des dessins, monsieur ? demanda une élève, dont le visage rond de chérubin exprimait la déception.

— Bientôt, bientôt. Dès que vous serez prêtes. N'oubliez rien dans la salle en sortant, je dois fermer la porte.

La fermeture de la porte n'était pas aussi rigoureuse que la directrice du collège de jeunes filles de La Roche l'aurait souhaité, mais Childes ne se considérait ni comme un professeur, ni comme un surveillant, mais simplement comme un consultant extérieur dans trois des collèges de l'île. Tant que les enfants n'échappaient pas à son contrôle et semblaient absorber une bonne partie de ce qu'il leur enseignait, il préférait garder à la classe une atmosphère détendue ; il ne voulait pas qu'ils se fassent un monde des machines, et l'ambiance chaleureuse l'aidait à atteindre ce but. En fait, il trouvait que les élèves des trois collèges, y compris celui de garçons, se comportaient excessivement bien.

Ses yeux le piquaient, irrités par les lentilles de contact. Il songea un instant les changer contre ses lunettes, toujours à portée de main au fond de son attaché-case en cas d'urgence, mais décida que cela n'en valait pas la peine. Le picotement passerait de lui-même.

Toc toc. Il se tourna et vit Amy dans l'encadrement de la porte.

— Est-ce que monsieur veut bien venir jouer avec moi ?

— Tu m'invites ?

— Qui suis-je pour manifester une telle audace ?

Amy entra dans la salle de classe, les cheveux tirés en un chignon qui était censé lui donner un air professoral. Pour Childes, le chignon comme la robe vert clair boutonnée très haut ne faisaient qu'accroître sa sensualité, car il connaissait ce qu'il y avait derrière ce déguisement.

— Tu as les yeux rouges, dit-elle, en se retournant rapidement vers la porte ouverte et en lui donnant un baiser sur la joue.

Il dut se retenir pour ne pas la prendre dans ses bras.

— Tu as passé une bonne journée ?

— Quelle question ! Je leur ai fait un cours de théâtre. Devine quelle pièce ils veulent monter pour la fin de l'année ?

Il fourra des papiers dans son attaché-case et le ferma.

— Je ne vois pas.

— *Dracula !* Je n'imagine vraiment pas Mlle Piprelly

donnant son autorisation. Je n'ose même pas lui poser la question.

— Bof, ça me paraît une bonne idée, dit-il en riant. Toujours mieux qu'une dix-millième version de *Nicholas Nickleby*.

— Parfait ! Je lui dirai que tu es pour *Dracula*.

— Oh, moi, je suis extérieur, je ne fais pas partie du personnel, mon avis ne compte pas.

— Au moins autant que le mien ! La directrice n'est peut-être pas l'ayatollah en personne, mais je suis sûre que c'est un membre de sa famille.

— Elle n'est pas si méchante, dit-il en souriant. Un peu trop inquiète de son image de marque mais c'est compréhensible. Pour une si petite île, les gens ne sont pas tendres avec les écoles privées.

— La rançon du paradis fiscal ! Mais tu as raison, la concurrence est âpre, et la direction ne nous le laisse pas oublier une seconde. Pourtant, elle m'est plutôt sympathique, même si...

Ils furent soudain conscients d'une silhouette devant la porte.

— Tu as oublié quelque chose, Jeanette ? demanda-t-il, ne sachant pas depuis combien de temps elle était là.

— Excusez-moi, monsieur, répondit-elle en le regardant timidement, je crois que j'ai laissé mon stylo à encre sur la table.

— Eh bien, va regarder.

Tête baissée, Jeanette entra dans la pièce à petits pas saccadés. Avec son teint sombre et ses yeux noirs, Jeanette, petite pour son âge, deviendrait peut-être jolie ; ses cheveux longs et désordonnés coiffés sans coquetterie n'avaient pas encore de style. La veste de son uniforme, trop grande pour elle, lui donnait une allure étriquée, et il y avait chez elle une timidité souvent désarmante qui, parfois, exaspérait Childes.

Elle regarda près de l'ordinateur dont elle s'était servie. Amy observait la scène avec un petit sourire, tandis que Childes déconnectait les machines. Jeanette regardait son ordinateur d'un air désemparé, comme s'il avait mystérieusement englouti l'objet manquant.

— Pas de chance ? demanda Childes en s'approchant et en se penchant pour atteindre la prise de l'ordinateur.

— Non, monsieur.

— Rien d'étonnant, il est là, par terre.

Childes s'agenouilla et lui tendit le stylo capricieux.

Solennellement, évitant son regard, Jeanette le prit.

— Merci.

Childes fut surpris de la voir rougir. Jeanette sortit précipitamment.

Il débrancha la prise et se releva.

— Qu'est-ce qui te fait sourire ?

— Cette pauvre fille en pince pour toi.

— Jeanette ? C'est une gosse !

— Dans un collège de filles, internes pour la plupart, tout homme à peu près correct est destiné à recevoir certaines attentions. Tu ne t'es jamais aperçu de rien ?

— Il y en a peut-être une ou deux qui m'ont regardé d'un air bizarre, dit-il en haussant les épaules, mais je me demande ce que tu insinues avec ton « à peu près correct ».

En souriant, Amy le prit par le bras et le conduisit vers la porte.

— Allez, viens, les cours sont terminés, et j'ai besoin d'un peu de détente. Une petite balade en voiture et un gin-tonic avec des glaçons avant d'aller dîner chez moi, par exemple.

— Encore des invités ?

— Non, repas de famille, pour une fois. Au fait, tu es invité à dîner ce week-end.

— Ton père a changé d'avis ?

— Hum, il te méprise toujours autant, disons que c'est l'influence de maman.

— Eh bien, c'est réconfortant.

Elle le regarda, fit une grimace, et lui serra le bras avant de le relâcher en arrivant dans le couloir. Dans la cage d'escalier, elle prit conscience des remarques sous cape et des coups de coude échangés ici et là parmi les élèves. Jon et elle gardaient leurs distances en présence de témoins à l'intérieur des murs du collège, mais une voiture commune suffisait à activer les langues.

Ils passèrent la porte de verre de l'immeuble, une annexe assez récente qui abritait les salles de sciences et de musique, et les laboratoires de langues, séparé du bâtiment principal par une allée circulaire et une pelouse centrale sur laquelle trônait une statue de La Roche, le fondateur du collège, stoïque, devant le bâtiment blanc, comme s'il comptait les têtes qui franchissaient la porte d'entrée. Les élèves se pressaient dans la cour, se dirigeant vers le parking où leurs parents les attendaient, ou vers les dortoirs et les salles d'étude de l'aile sud, bavardant librement, après s'être retenues si longtemps. La brise marine qui soufflait des falaises les soulagea après l'atmosphère confinée de la classe. Childes respirait profondément en descendant à côté d'Amy les quelques marches de béton.

— Monsieur Childes, vous avez un instant ?

Tous deux grommelèrent intérieurement en voyant la directrice leur faire des signes de l'autre côté de l'allée.

— Je te rejoins plus tard, murmura-t-il à Amy, saluant Mlle Piprelly d'un vague geste de la main.

— Je t'attends près du court de tennis. Souviens-toi que tu es plus fort qu'elle.

— C'est toi qui le dis.

Childes coupa à travers la pelouse circulaire. Un froncement de sourcils l'avertit qu'il aurait mieux fait de ne pas emprunter ce raccourci. Childes ne pouvait décrire Mlle Piprelly que comme une femme « droite ». Elle se tenait toujours raide, se détendait rarement ; ses traits particulièrement anguleux, ses cheveux courts et grisonnants tirés en arrière, ses lèvres minces donnaient l'impression que tout sens de l'humour leur avait été retiré depuis très longtemps. Les montures carrées de ses lunettes s'harmonisaient avec sa silhouette. Même sa poitrine refusait de se rebeller contre la ligne générale, et Childes se demandait parfois si les seins n'étaient pas aplatis par quelque artifice. Dans les moments de déprime, il pensait même qu'elle n'en avait pas.

Il ne lui avait pas fallu longtemps, en fait, pour découvrir que Mlle Piprelly, diplômée d'histoire de l'art à Cambridge, spécialiste en sciences de l'éducation, n'était pas aussi sévère que cette première approche le suggérait, bien qu'elle manifestât quelques accès d'autorité.

— Que puis-je pour vous, mademoiselle Piprelly ? dit-il, lorsqu'il arriva près d'elle, sur le palier.

— Vous allez sans doute trouver ma démarche prématurée, mais j'essaie d'organiser les cours du prochain trimestre. Aussi bien pour les parents que notre conseil d'administration, je dois tout mettre en place avant l'été. Je me demandais si vous ne pourriez pas nous consacrer un peu plus de temps à l'automne prochain. On dirait que l'informatique, à tort à mon avis, est devenue une priorité aujourd'hui.

— Cela sera difficile, vous savez que je travaille pour d'autres établissements, Kingsley et Montfort.

— Oui, mais je sais aussi qu'il vous reste du temps libre. Vous pourrez sûrement nous trouver quelques heures de plus ?

Comment expliquer à une demoiselle Piprelly, qui vivait et respirait pour sa seule vocation, que le travail était loin d'occuper la première place sur la liste de vos priorités ? Plus maintenant. Il avait changé. La vie avait changé.

— Un après-midi, monsieur Childes. Le mardi par exemple ?

Son regard sévère interdisait tout refus.

— Il faut que j'y réfléchisse, dit Childes en la sentant se raidir.

— Très bien, mais je dois absolument avoir un projet d'emploi du temps au point pour la fin de la semaine.

— Je vous donnerai ma réponse jeudi, précisa-t-il en tentant de sourire, mais contrarié par le ton d'excuse de sa voix.

Elle eut un petit soupir d'exaspération qui ressemblait à un halètement.

— Alors, à jeudi.

Il était congédié. Pas un mot de plus, pas d' « au revoir ». Il ne comptait déjà plus. Mlle Piprelly appelait un groupe d'élèves qui avaient commis l'erreur de suivre son exemple et de traverser la sacro-sainte pelouse. Il se détourna, conscient de sa dérobade, et eut du mal à mettre quelque fermeté dans sa démarche.

Estelle Piprelly, après avoir sermonné les élèves fautives — tâche qui pour elle exigeait peu de mots et nécessitait à peine d'élever la voix —, retourna son attention vers la silhouette du professeur qui s'éloignait. Il marchait, les épaules légèrement rentrées, les yeux rivés au sol, comme s'il examinait attentivement l'endroit où il allait poser le pied. Il avait parfois la démarche d'un jeune homme excessivement fatigué. Non, fatigué n'était pas le mot. De temps en temps, une ombre fantomatique lui obscurcissait le regard, regard où se lisait une frayeur latente.

Elle fronça les sourcils — deux parallèles de plus — et, inconsciemment, ses doigts enlevèrent un fil égaré sur sa manche. Childes la perturbait, mais elle ne comprenait pas pourquoi. Il travaillait bien, se montrait fort méticuleux, était apprécié des élèves, un peu trop même par certaines d'entre elles. Ses connaissances de spécialiste représentaient un atout considérable sur le dépliant publicitaire ; et, sans aucun doute, il déchargeait les professeurs de matières scientifiques d'une partie de leur fardeau. Pourtant, bien qu'elle lui ait demandé d'assurer des cours supplémentaires sur l'ordre du conseil d'administration, sa présence la mettait parfois mal à l'aise.

Autrefois, il y avait très longtemps, quand elle n'était encore qu'une enfant et que les Allemands avaient occupé l'île, pour en faire un avant-poste de l'invasion de l'Angleterre, elle avait senti une atmosphère de destruction tout autour d'elle. Ce n'était pas très surprenant, en ces temps de guerre, mais, des années plus tard, elle s'était aperçue qu'elle possédait un degré de conscience bien supérieur à la moyenne. Rien d'extraordinaire, aucun talent de clairvoyance particulier, simplement, une intuition exacerbée. Elle était parvenue à la maîtriser, mais elle ne s'était pas évanouie avec le temps et le pragmatisme de sa vocation. Pourtant, à cette époque lointaine, elle avait clairement lu la mort sur le visage des soldats allemands, vu un présage étrange dans leur attitude, leur humeur.

De manière plus confuse, elle percevait la même chose chez Childes. Bien qu'il fût hors de vue à présent, Mlle Pi-prelly tremblait.

TANDIS QU'IL revenait du bar de l'hôtel avec les boissons, se frayant un chemin parmi les tables et les chaises de jardin, Amy relâchait son chignon qui retomba en queue de cheval, coiffure un peu désuète qu'elle portait avec classe. Il y avait chez elle une élégance plus naturelle que travaillée, et, une fois encore, Childes remarqua qu'elle ressemblait à tout sauf à un professeur, du moins pas à un de ceux qu'il avait eus enfant.

Sa peau, presque dorée à l'ombre des parasols, était encore mise en valeur par les yeux vert pâle et les boucles plus claires qui encadraient le visage. Comme à son habitude, elle était très peu maquillée, ce qui la faisait confondre avec l'une de ses élèves, effet à peine atténué par les petits seins délicats. A vingt-trois ans, onze de moins que lui, elle possédait une maturité qui ne laissait pas de le surprendre. Ce trait n'était pas toujours évident, car elle manifestait également une innocence provocante qui renforçait encore ses airs d'adolescente, contradiction parfois déroutante, car Amy, inconsciente de ses qualités, était sujette à des sautes d'humeur.

Tandis qu'il approchait, les doigts minces et faussement désespérés d'Amy s'avançaient vers le verre et le soleil couchant envoyait un de ses rayons sur sa main, l'éclairant d'une nuance d'or clair.

— Ah, si Mlle Piprelly savait qu'il y a une ivrogne dans son équipe de professeurs ! dit-il en lui tendant le gin-tonic.

— Ah, si Mlle Piprelly savait que la moitié de son personnel boit, et tout cela à cause d'elle !

Childes s'installa en face d'elle, sacrifiant le plaisir du contact à celui des yeux.

— Notre chère directrice voudrait que je passe plus de temps dans son établissement, annonça-t-il, réconforté par le sourire soudain d'Amy.

— Jon, ce serait formidable !

— Je n'en suis pas si sûr. Évidemment, ce serait agréable de se voir plus souvent, mais souviens-toi, je suis venu ici pour échapper à la jungle du travail.

— Il ne s'agit guère de ça. Ici, nous vivons dans un monde différent de celui que tu connaissais.

— Oui, une autre planète. Mais je me suis habitué à la vie facile, à mes après-midi de promenade, de baignade ou de sieste. Au moins, il me reste du temps pour réfléchir.

— Trop, parfois.

L'humeur avait changé.

Childes détourna le regard.

— Je lui ai dit que je lui donnerais bientôt ma réponse.

Amy retrouva son humour.

— Lâche !

— Devant elle, j'ai l'impression d'être un garçonnet.

— Ses aboiements ne sont rien comparés à ses morsures, à ta place, je ferais ce qu'elle me dit de faire.

— Tu parles d'un conseil !

— De la plus grande sagesse, répliqua-t-elle en plaçant son verre entre eux deux. Tu passes trop de temps tout seul, et plus de responsabilités au collège ne te feraient pas de mal.

— Tu sais ce que je pense des responsabilités ?

— Tu en as bien envers ta fille.

Il but une gorgée de sa bière.

— Allez, pensons à autre chose, la journée a été rude, dit-il après une pause.

Amy sourit, malgré le trouble qui se lisait dans ses yeux.

Elle lui prit la main et caressa ses doigts, dissimulant ses pensées plus profondes sous son badinage.

— Je crois que Pip n'a qu'une envie, c'est de t'avoir à temps complet.

— Elle ne m'a demandé qu'un après-midi supplémentaire.

— Deux jours et demi maintenant, et demain, ton âme!

— Tu étais censée m'encourager!

— Non, simplement te faire savoir qu'il est inutile de résister, dit-elle, avec un regard malicieux. Il y en a d'autres qui ont essayé, ajouta-t-elle, baissant la voix de manière inquiétante, ce qui le fit grimacer.

— C'est bizarre, elle me regarde d'une drôle de façon depuis un certain temps.

— Elle prépare ses séances de vaudou.

Il se détendit un peu. Quelques nouveaux venus, verre à la main, se promenaient dans le jardin de l'hôtel, profitant d'une trêve bienvenue après de longues semaines de pluie glacée. Une grosse abeille velue voletait au-dessus des azalées, son bourdonnement annonçait la chaleur des mois à venir. Récemment encore, il s'était senti bien près de trouver la paix sur l'île. La vie tranquille, la nature agréable, ses moments de solitude délibérés, Amy, la belle Amy... avaient apporté un équilibre à son existence, une stabilité. Fini le rythme frénétique du monde agité de la micro-informatique, fini d'être sans cesse ballotté dans la grande ville par une vie professionnelle trépidante. Plus de relations tendues avec une femme qui l'avait aimé autrefois et qui s'était mise à avoir peur... Peur de quoi? De quelque chose que ni l'un ni l'autre ne comprenait.

Le pouvoir psychique. Une mystérieuse malédiction.

— Alors? C'est toi qui es sérieux, maintenant?

D'un regard vide, il regarda Amy dont la question venait briser ses pensées.

— Quel regard lointain... je devrais pourtant y être habituée maintenant. Tu n'étais pas simplement en train de rêver?

— Non, je pensais au passé.

— Le passé est le passé, et c'est aussi bien comme ça, Jon.

Il acquiesça d'un signe de tête, incapable de s'expliquer, incapable de comprendre, tant il était peu sûr de la nature du malaise qu'il ressentait depuis ce cauchemar, deux semaines auparavant.

— Alors, tu ne m'as toujours pas donné ta réponse, dit Amy, croisant les bras sur la table. (Elle fronça les sourcils en voyant son air perplexe.) Ce dîner ? Je ne sais toujours pas si tu viens.

— Ah, parce que j'ai le choix ?

Les pensées noires s'étaient écartées, devant le sourire d'une malicieuse innocence.

— Bien sûr, tu peux accepter ou opter pour la déportation. Papa n'aime pas du tout les gens mal élevés.

— Et nous connaissons tous son influence sur les affaires de l'État.

— Exactement.

— Alors, je viens.

— Cela me semble raisonnable.

— Je suppose qu'il a fallu pas mal d'efforts de persuasion à ta mère ?

— Pas tant que ça. Elle préfère les menaces.

— J'imagine mal ton père effrayé par qui que ce soit.

— Tu ne connais pas ma mère. Elle est toute douceur et gentillesse en surface, mais c'est une main de fer dans un gant de velours. Même moi, j'en ai peur de temps en temps.

— Eh bien, c'est rassurant de savoir qu'elle m'aime bien.

— Oh, je n'irais pas si loin. Disons qu'elle n'est pas totalement contre toi.

— J'attends cette soirée avec impatience, dit-il en riant doucement.

— En fait, je crois surtout que tu l'intrigues. Un beau brun ténébreux, au passé obscur...

Pendant un instant, Childes fixa sa bière.

— C'est comme ça qu'elle imagine mon passé ?

— Elle te trouve mystérieux, et ça lui plaît.

— Et ton cher papa ?

— Tu n'es pas assez bien pour sa fille, c'est tout.

— Tu en es sûre ?

— Non, mais cela n'a pas d'importance. Il respecte mes sentiments, et je n'ai jamais caché ce que je ressentais à ton égard. Une vraie tête de cochon de temps en temps, mais il n'oserait pas me faire du mal en allant contre toi.

Childes aurait aimé qu'elle fût certaine de ce qu'elle avançait. L'hostilité du financier, lors des rares occasions où il l'avait rencontré, était à peine voilée. Peut-être n'aimait-il pas les divorcés ? Peut-être ne faisait-il pas confiance à ceux qui ne se conformaient pas à ses propres critères, à son image de la « normalité » ?

De peur de ne redevenir trop grave, Childes demanda :

— Est-ce que je dois mettre un smoking ?

— Euh, il a invité également deux de ses associés, dont un membre du conseil d'administration de La Roche et sa femme, alors, pas de tenue trop décontractée. Une cravate au moins.

— Je croyais que c'était une soirée en mon honneur.

— Toi, tu seras là pour moi. Cela peut te paraître insignifiant, mais ta présence compte beaucoup pour moi. Je ne sais pas pourquoi il y a un tel antagonisme entre toi et mon père, mais je trouve que c'est inutilement destructeur.

— Il n'y a aucune animosité de ma part, Amy.

— Je sais. Je ne te demande pas de te plier à ses exigences. Je veux simplement qu'il nous voie lors d'une soirée normale et qu'il se rende compte que nous sommes heureux ensemble.

Il ne put s'empêcher de rire, et Amy lui lança un regard de reproche.

— Je sais à quoi tu penses, et je ne voulais pas parler de ça. Je suis toujours sa petite fille, ne l'oublie pas.

— Il ne saura jamais que tu es une vraie femme.

— Ça ne le regarde pas. Mais je suis sûre qu'il ne m'imagine pas blanche comme neige.

— Je n'en jurerais pas. Ce genre de choses est toujours difficile à accepter pour un père, dit Childes.

L'intimité de la conversation emplit son corps d'un accès

de plaisir. Il se sentait bien avec elle, il aimait la chaleur de sa présence. Amy éprouvait la même chose, car à présent elle ne souriait plus de la même façon, elle avait un sourire complice ; une intimité partagée se lisait dans ses yeux verts. Elle détourna le regard et remua doucement les glaçons à demi fondus dans son verre, fixant les cubes cristallins, comme s'ils possédaient quelque signification. Des bruits de voix des autres tables ponctués de rires s'échappaient dans l'air. Un avion dépassa la pointe de l'île. Il survola la mer quelques secondes après le décollage du petit aérodrome, les ailes étincelantes dans la lumière rouge du soleil. Une brise légère balaya une des boucles d'Amy contre sa joue.

— Je dois y aller, dit-elle, un moment plus tard.

Pourtant, tous deux savaient très bien ce dont ils avaient réellement envie.

— Je te ramène à La Roche pour que tu prennes ta voiture.

Ils finirent leur verre et se levèrent en même temps. Tandis qu'ils traversaient le jardin et les portes blanches qui ouvraient sur le parking, Amy glissa sa main dans la sienne. Childes pressa les doigts, et elle répondit à son étreinte.

Dans la voiture, Amy se pencha et l'embrassa sur les lèvres, et cette tendresse tempéra et attisa tout à la fois le désir de Childes. Leurs sensations reflétaient le même paradoxe que ce baiser, elles s'estompaient et se renforçaient d'un même mouvement. Lorsqu'ils s'écartèrent, le souffle coupé, Childes lui passa gentiment un doigt le long de la joue, lui effleurant les lèvres. Récemment, leur relation avait prit un tour inattendu et troublant. Elle avait été longue à se développer, évoluant par paliers, chacun restant sur ses gardes, lui, parce qu'il avait peur de trop donner, elle, parce qu'elle se méfiait d'un inconnu qui ressemblait si peu aux autres hommes qu'elle avait rencontrés. Désormais, ils avaient dépassé un tournant au-delà duquel il ne pouvait plus y avoir qu'un lent et douloureux émoussement des sentiments, et tous deux étaient conscients de cette vérité inexorable, purement sensorielle.

Il se détourna, mal préparé à ce bouleversement émotif,

se demanda pourquoi et comment cela s'était produit aussi rapidement. Il mit le contact, engagea la première et avança dans l'allée.

Childes ouvrit la porte de sa maison, resta un moment immobile dans le couloir pour rassembler ses pensées et reprendre son souffle. Il ferma la porte.

Il sentait toujours la présence d'Amy flotter dans l'air, et, une fois encore, il s'interrogea sur le nouveau cours de leurs sentiments. Pendant longtemps, si longtemps, il avait maîtrisé ses émotions, il aimait la compagnie d'Amy, appréciait ses qualités, sa maturité, son innocence, sa beauté surtout. Il savait bien sûr que leur relation était plus qu'une simple amitié, mais il ne voulait ni s'y abandonner ni succomber à quelque chose de plus profond. Les blessures de son mariage brisé n'étaient pas encore totalement cicatrisées, l'amertume n'avait pas entièrement disparu.

Il ne put s'empêcher d'avoir un rictus. Il se sentait anéanti par une force invisible.

La sonnerie du téléphone le fit sursauter. Il s'éloigna de la porte et décrocha.

— Jon ? dit-elle d'une voix haletante.

— Oui.

— Que s'est-il passé ?

Il marqua un temps de pause avant de répondre :

— Toi aussi ?

— Je me sens merveilleusement bien et affreusement mal en même temps. Une sorte de plaisir dans la douleur.

Il rit devant la justesse de cette description.

— Je crois que ça va passer, mais en fait, je n'en ai pas envie.

— Cela me fait peur, et pourtant, j'aime ça.

D'une voix calme mais hésitante, elle ajouta :

— Je ne veux pas souffrir.

Les yeux fermés, appuyé contre le mur, Childes luttait contre ses propres émotions.

— Laissons-nous un peu de temps pour réfléchir.
— Je ne veux pas.
— Ce serait peut-être mieux pour nous deux.
— Pourquoi? Nous n'avons plus de secret l'un pour l'autre. Nous avons beaucoup discuté, tu m'as parlé de toi, de ton passé. Je sais ce que tu ressens. Il y a encore des choses que je devrais connaître?
— Non, je ne t'ai rien caché. Amy, tu sais ce que j'ai vécu? Plus, bien plus que la plupart des gens.
— Alors, pourquoi as-tu peur de ce qui nous arrive?
— Je croyais que c'était toi qui avais peur?
— Non, pas de cette manière. J'ai simplement peur d'être trop vulnérable.
— Tu ne vois pas que c'est là la réponse?
— Tu crois que je pourrais te faire du mal?
— Il peut se produire des choses que nous ne maîtrisons pas.
— C'est déjà fait, non?
— Non, je ne parlais pas de ça. Les événements peuvent parfois intervenir sur les sentiments, les modifier. Ça m'est déjà arrivé.
— Tu m'as dit que ton mariage était déjà branlant avant toutes ces horreurs, que cela n'a fait qu'élargir le gouffre qui vous séparait, toi et Fran. Ne fuis pas, Jon, pas comme...
— Pas comme la dernière fois, poursuivit Childes pour elle.
— Excuse-moi, je ne voulais pas dire ça. Je sais que les circonstances étaient devenues insupportables, dit-elle avec un soupir malheureux. Oh, Jon, pourquoi la conversation a-t-elle dégénéré? J'étais si heureuse. J'avais envie de te parler, tu me manques.

Sa crispation se relâcha; pourtant, une agitation inconsciente le rongeait toujours. Comment pouvait-il expliquer cette inquiétude insidieuse?
— Amy, je suis désolé. Je ne suis qu'un idiot, un vulgaire masochiste qui passe son temps à lécher ses vieilles blessures.
— Une mauvaise expérience peut fausser le jugement.
— Philosophe avec ça!

Elle se sentait soulagée d'entendre une pointe d'humour dans sa voix, mais ne pouvait s'empêcher de se sentir un peu abattue.

— Bon, eh bien, je vais essayer de mieux me maîtriser.

— Hé, voyons, ne fais pas attention à un vieillard qui s'apitoie sur son sort. Alors, je te manque déjà ? Je t'ai quittée il y a à peine dix minutes.

— Quand je suis rentrée, j'étais si... je ne sais pas, enthousiaste, heureuse, malade, tout à la fois. J'avais envie que tu sois là.

— Hum... le cas me paraît grave.

— Ça l'est.

— C'est pareil pour moi.

— Mais tu...

— Je t'ai dit, n'y prête pas garde. Je suis un vieux grincheux parfois.

— Comme si je ne le savais pas ! Je t'invite à déjeuner demain ?

— Basse manœuvre !

— Ça m'est égal.

La chaleur revenait rapidement.

— Tu sais quoi ? Si tu as l'estomac solide, je te fais la cuisine ici.

— Nous n'avons qu'une heure.

— Je préparerai ça ce soir. Rien d'extraordinaire, des plats congelés.

— J'adore ça.

— Je t'aime.

Finalement, les mots étaient sortis.

— Jon...

— On se voit au collège, Amy ?

— Oui, murmura-t-elle.

Il lui dit au revoir et entendit à peine la réponse. La main toujours posée sur le récepteur, Childes fixait le mur, songeur. Il n'avait pas eu l'intention de prononcer ces mots, n'avait pas voulu faire tomber la dernière barrière et reconnaître ouvertement ce qu'ils savaient pertinemment tous les deux. Quelle importance, puisque c'était la vérité ?

De quoi avait-il peur exactement ? Ce n'était pas difficile à comprendre.

La vision étrange suivie du cauchemar, deux semaines auparavant, l'avait laissé envahi d'appréhensions décourageantes et familières, réminiscences de la terreur qui avait failli le briser. Cela avait déjà détruit sa vie avec Fran et Gabby ; il ne voulait pas faire de mal à Amy. Il priait pour se tromper, pour que tout ne recommence pas, que ce ne soit qu'un mauvais tour de son imagination.

Childes passa la main sur ses yeux irrités. Il respira profondément, comme pour se libérer de pensées malsaines, se dirigea dans la petite salle de bains au sous-sol et ouvrit l'armoire à pharmacie. Après avoir sorti une petite bouteille et son étui à lentilles, il referma la porte et se trouva confronté à son propre reflet dans le miroir. Ses yeux étaient injectés de sang, et sa pâleur lui sembla presque surnaturelle. L'imagination, encore. Il laissait bêtement son introspection morbide devenir ce qu'elle n'était pas. Un retour en arrière, une réaction tardive à des événements passés, et c'était tout. S'il avait manqué se noyer, c'était probablement parce qu'il était resté trop longtemps sous l'eau sans remarquer que ses poumons se vidaient, et le manque d'oxygène avait provoqué ces images confuses. Le cauchemar plus tard... n'était qu'un cauchemar, sans aucune signification particulière. Il accordait trop d'attention à une expérience désagréable mais finalement banale. Rien de bien étonnant sans doute, avec les souvenirs qui hantaient ses pensées. Passons. Les choses avaient changé, la vie n'était plus la même.

Le visage tout proche du miroir, Childes retira la lentille de l'œil droit, la nettoya dans la paume de sa main avec le liquide spécial et la remit dans le tube plein de produit. Il fit de même avec la lentille gauche.

De nouveau dans le vestibule, il ouvrit son attaché-case et prit ses lunettes tandis que son irritation oculaire se calmait déjà. Il s'apprêtait à aller dans la cuisine pour voir ce qu'il pourrait offrir au déjeuner du lendemain lorsqu'un bruit sourd venant du haut l'arrêta. Il retint son souffle et regarda dans la cage d'escalier. Il attendit, saisi de l'impression bizarre du milieu de la nuit, de celui qui, ayant perçu un bruit mystérieux et inquiétant, craint de l'entendre à nouveau, tout en cherchant confirmation de sa première impression. Il n'y eut pas d'autre bruit.

Excessivement nerveux, Childes agrippa la rampe d'escalier de bois et, dans le virage, vit que la porte de la chambre était ouverte. Rien d'étonnant à cela, il l'avait laissée ainsi ce matin, comme d'habitude. En arrivant sur le palier, il poussa la porte en grand.

La pièce était vide et il se reprocha de se conduire comme une vieille fille timorée. Deux fenêtres se faisaient face, et quelque chose de délicat et léger était accroché à l'une d'elles. Il avança sur le plancher de bois nu dont les lattes se courbaient légèrement sous son poids et se mordit la langue en voyant que l'objet flottant dans le vent n'était qu'une simple plume accrochée à la vitre, de pigeon ou de mouette, il ne savait pas trop. Cela s'était déjà produit : les oiseaux qui voyaient le ciel à travers la fenêtre de l'autre côté de la pièce essayaient de passer, heurtant la vitre, mais causant peu de dégâts, sinon une plume perdue ou deux, et sans doute un bon mal de tête. La brise emporta la plume qui disparut.

Childes allait faire demi-tour lorsqu'il vit le collège dans le lointain. Son cœur s'arrêta soudain et il s'accrocha au rebord de la fenêtre en voyant la lueur écarlate. Avec soulagement, il se rendit compte presque instantanément que le bâtiment blanc ne faisait que refléter les lumières rougeoyantes du couchant.

Pourtant, l'image restait gravée dans son esprit, et, lorsqu'il s'assit sur le lit, ses mains tremblaient.

Tapie sous un arbre, la créature guettait. La journée, joyeusement ensoleillée, démentait la tristesse qui émanait du cimetière.

L'assemblée en deuil était groupée autour de la tombe béante, les vêtements noirs tournant au gris sous la lumière du soleil. Les croix blanches souillées, les pierres tombales, les angelots souriants et craquelés observaient, indifférents, ce champs d'os enfouis. Au loin, le ronronnement confus de la circulation. Une radio se tut brusquement, car les employés du cimetière s'était aperçus qu'une cérémonie se déroulait. La voix du prêtre, complainte étouffée, parvenait jusqu'au petit monticule où la créature attendait, à l'ombre d'un if.

Lorsqu'on abaissa le petit cercueil, une femme trébucha vers l'avant, comme pour interdire le dernier viol de son enfant mort. L'homme à ses côtés la tenait fermement et l'empêchait de tomber. Les autres baissaient la tête ou détournaient le regard, tant la douleur de la mère était insupportable, plus encore que la mort prématurée. Les mains voilaient les visages, les mouchoirs se mouillaient contre les joues. Les silhouettes masculines se figeaient, pâles moulages de plastique.

Dans sa cachette, elle épiait et souriait en secret.

Le petit coffret disparut, englouti par la terre humide aux lèvres verdâtres, avides et béantes. Le père jeta un objet dans la tombe, vivement coloré ; un jouet, une poupée, quelque chose que l'enfant avait autrefois chéri. Puis la terre tomba lourdement sur le cercueil.

A contrecœur, mais pourtant intimement soulagé, le groupe

désespéré commença à se disperser. Il fallut que deux hommes, un de chaque côté, emmènent la mère, doucement ; la tête ne cessait de se retourner, comme si son enfant l'appelait, la suppliait de ne pas le laisser ici, seul, dans le froid et la pourriture. On dut presque porter la mère, anéantie par le chagrin, vers les voitures funéraires.

Sous son arbre, la silhouette resta immobile jusqu'à ce que la tombe fût rebouchée.

Pour revenir plus tard, cette même nuit.

— MERCI, Helen, vous pouvez débarrasser.

Vivienne Sebire remarqua avec une satisfaction évidente que le repas qu'elle avait préparé avec soin et amour cet après-midi, mousse de saumon, canard aux cerises accompagnés de haricots mange-tout et de brocolis, avait été dévoré avidement, avec force louanges. Pourtant, songea-t-elle, Jonathan Childes n'avait pas mangé d'aussi bon cœur que les autres invités.

Grace Duxbury, assise à côté de l'hôte, Paul Sebire, qui présidait la table, s'écria :

— Une pure merveille, Vivienne ! Je veux absolument cette recette de mousse de saumon avant de partir d'ici.

— Oui, dit le mari de Grace, excellent pour une première leçon de cordon-bleu. Grace, pourquoi ne t'aventures-tu jamais au-delà des avocats aux crevettes, sauf bien sûr lorsque tu commandes tout chez le traiteur ?

Remarque qui ne manquerait pas de se faire payer plus tard, songea Vivienne, qui leur souriait.

— Tout le secret consiste à bien doser le fumet d'anchois. Un peu plus qu'on ne le dit dans les livres, mais pas trop.

— Un vrai délice, confirma George Duxbury.

Helen, une petite femme trapue, au sourire gai et aux

sourcils qui tendaient à se joindre au-dessus du nez, travaillait pour les Sebire comme bonne à tout faire. Elle commença à rassembler les assiettes pendant que sa maîtresse recevait d'autres compliments. Amy, en face d'elle, légèrement à droite de Childes, se leva.

— Je vais t'aider, dit-elle à Helen, croisant le regard de Childes et échangeant un sourire complice.

— Paul, j'aimerais savoir comment vous faites pour avoir un parfait cordon-bleu pour épouse et une splendeur pour fille ?

Cette remarque bon enfant émanait de Victor Platnauer, conseiller de l'île et membre du conseil d'administration de La Roche. Sa femme, Tilly, à côté de Childes, eut un air désapprobateur ; toutefois, elle se joignit aux rires des autres invités.

— C'est simple, Victor, répondit Paul, crispé, comme à l'accoutumée. J'ai épousé ma femme pour ses talents de cuisinière, et mes gènes ont produit la splendide Aimée.

Il tenait toujours à appeler sa fille par son véritable prénom.

— Non, non, insista Platnauer, Amy a hérité des yeux de sa mère. Est-ce que je me trompe, monsieur Childes, euh, Jonathan ?

— Elle a pris toutes les qualités de ses deux parents, répondit-il, diplomate, se tapotant les lèvres avec sa serviette.

« Un point pour lui », pensa Amy, sur le chemin de la cuisine tandis que quelqu'un s'écriait : « Bravo ! » Jusque-là, tout allait bien. Elle avait discrètement regardé son père étudier Jon tout au long de la soirée. Elle connaissait bien cette évaluation savante, généralement réservée aux futurs clients, aux collègues ou aux rivaux. Pourtant, il avait joué les hôtes irréprochables, et, fort courtois, s'était intéressé à ses invités, accordant autant d'attention à Jon qu'aux autres, le traitant sur le même pied que l'associé de Marseille. Amy soupçonnait que ce dernier n'avait pas été invité simplement parce qu'il se trouvait sur l'île cette semaine-là, ce qui permettait de régler facilement certains problèmes financiers, mais aussi parce qu'il était jeune, couvert de succès, et pourtant digne de confiance — un parti idéal en un mot. Le gendre rêvé de Paul Sebire. Elle se demandait même si son père n'avait pas invité Jon pour qu'elle puisse faire la comparaison entre les deux ; effectivement, le contraste était indéniable.

Elle devait reconnaître que le Français était séduisant, intelligent et drôle, mais son père se trompait, comme d'habitude. On ne jugeait pas les gens selon des critères aussi superficiels. Bien qu'il se montrât souvent froid et tranchant dans les affaires et extrêmement pointilleux sur certains sujets, Paul Sebire était plein de gentillesse et de générosité, et Amy l'aimait comme une fille peut aimer un père. Malheureusement, sa possessivité inconsciente l'obligeait, s'il devait céder sa fille à quelqu'un, à le choisir à sa propre image, un homme de sa trempe, ou mieux encore, une réplique de lui-même, en plus jeune. Le stratagème était aussi évident que maladroit, pourtant, son père avait sans doute voulu se montrer habile, sous-estimant comme toujours la perspicacité des autres, tout particulièrement celle de sa fille unique.

Rêveuse, Amy songea à leur déjeuner quelques jours plus tôt, leur première confrontation, seuls dans sa maison, après qu'ils se furent rendu compte jusqu'où leur relation était allée, à quel point ils tenaient l'un à l'autre, bien plus qu'ils ne l'avaient cru auparavant. Ils n'avaient eu que peu de temps à eux ce jour-là, et pourtant leurs caresses étaient empreintes d'une nouvelle tendresse.

— J'aimerais bien avoir ces assiettes, quand vous aurez fini d'écouter aux portes ! dit la voix amusée de Helen, une main dans l'évier, l'autre sur la hanche.

— Oh, je n'écoutais pas, répondit Amy en souriant timidement. Je rêvais, j'étais dans les nuages.

Penché sur la table, Victor Platnauer regardait Childes. Malgré ses soixante ans, Platnauer était toujours bien proportionné, avec sa silhouette taillée à la serpe et ses mains larges, si courantes dans l'île. Sa voix était rocailleuse, ses manières directes. Par contraste, sa femme, Tilly, parlait doucement, paraissait presque timide, son apparence extérieure et son attitude n'étant pas sans rappeler celles de Vivienne Sebire.

— Je suis content de savoir que vous allez consacrer plus de temps à La Roche, dit Platnauer.

— Seulement un après-midi par semaine. J'ai accepté au début de la semaine.

— C'est ce que m'a dit Mlle Piprelly. C'est une bonne nouvelle, mais peut-être réussirons-nous à vous persuader de nous donner encore plus de temps. Je sais que vous travaillez aussi à Kingsley et à Montfort, mais pour nous, il est très important de développer ce secteur. Pas seulement à cause de la demande des parents... Je crois que les élèves sont très douées pour l'informatique.

— Oh, pas toutes, malheureusement. Je pense que nous nous leurrons en pensant que tous les enfants ont des aptitudes naturelles pour les méthodes de calcul électronique et la compilation de fichiers informatiques.

— Je pensais que nous en étions déjà à l'ère de la guerre des Étoiles, et que tous les enfants étaient des génies de la micro, comparés à leurs aînés, dit Tilly, l'air surpris.

— Nous n'en sommes qu'aux balbutiements, répondit Childes, souriant. Et les jeux électroniques, ce n'est pas tout à fait la même chose que les applications pratiques de l'informatique. Pourtant, je dois reconnaître que c'est un début. L'ordinateur est excessivement logique, vous voyez, et tous les jeunes n'ont pas forcément le sens logique.

— Les adultes non plus, commenta sèchement Victor Platnauer.

— C'est une épée à double tranchant, d'une certaine manière, poursuivit Childes. L'industrie du loisir a encouragé les consommateurs à voir les ordinateurs comme des jouets, c'est parfait, cela crée un intérêt. Mais c'est seulement lorsque le public ou les enfants découvrent qu'il y a beaucoup de travail à faire avant de pouvoir s'amuser qu'ils commencent à comprendre. C'est là que se situe le tournant.

— Alors, la solution, c'est sans doute d'enseigner l'informatique le plus tôt possible aux élèves, afin que cela fasse partie de leur vie.

L'accent d'Édouard Vigier adoucissait les mots, plus qu'il ne les déformait.

— Hum... hum..., vous avez raison, mais vous parlez d'une situation idéale, où l'ordinateur serait un objet courant dans tous les foyers, un meuble presque, comme la télévision ou la chaîne stéréo. Et nous en sommes encore loin.

— Alors, il est d'autant plus important que les écoles initient les enfants à la technologie pendant que leurs esprits sont encore ouverts et malléables, n'est-ce pas ? dit Platnauer.

— En théorie, oui. Mais il faut comprendre que l'informatique n'est pas une science à la portée de tous. Le malheur, c'est que la micro-informatique fera partie de la vie quotidienne d'ici une vingtaine d'années, et il y aura pas mal de sociétés et d'individus qui se retrouveront relégués à l'arrière-garde.

— Il faut donc s'assurer que les enfants de cette île ne tomberont pas du mauvais côté de la barrière, affirma Paul Sebire à Platnauer qui approuva d'un signe de tête.

Childes cacha son exaspération en voyant qu'il n'avait pas réussi à se faire comprendre, ou que du moins, on avait ignoré ses arguments : on pouvait faire ingurgiter de force la connaissance technique aux enfants, ce n'était pas pour cela qu'ils pourraient la digérer, si les prédispositions n'existaient pas.

Vigiers changea la tournure de la conversation.

— Vous êtes professeur de sciences à La Roche et dans tous ces autres collèges, Jon ?

— Pas du tout, répondit Paul Sebire à sa place. M. Childes est un spécialiste des ordinateurs, un sorcier de la technique en quelque sorte, d'après ce que j'ai compris.

Comment avait-il « compris », se demanda Childes en l'observant. Amy ?

— Ah bon, dit Vigiers. Alors comment se fait-il que vous vous soyez tourné vers l'enseignement ? N'est-ce pas, euh... disons, un retour en arrière ? Je me trompe ? Excusez-moi si mes questions paraissent indiscrètes, mais une modification brutale du mode de vie, *un brusque changement de vie*, comme on dit en français, est toujours intéressant. Vous ne trouvez pas ?

Vigiers sourit d'une manière charmeuse à Childes qui devint soudain méfiant.

— Parfois, on s'aperçoit qu'être toujours au four et au moulin n'est pas aussi passionnant qu'on le croit.

— Et puis, ajouta Vivienne Sebire qui avait apprécié la réponse, comment résister au calme de cette île, bien que, vous, les magnats de la finance, essayiez de le troubler par tous les moyens, dit-elle en lançant un regard significatif à son mari.

La porte donnant sur la cuisine s'ouvrit et Amy et Helen entrèrent, poussant des tables roulantes couvertes de desserts.

— Ah, de nouveaux plaisirs ! s'exclama George Duxbury. Avec quoi allez-vous nous ensorceler maintenant, Vivienne ?

— Il y a le choix, la mousse au chocolat et à l'abricot est une de mes inventions, mais Amy a préparé sa spécialité, l'omelette soufflée aux framboises. Bien sûr, vous pouvez avoir les deux, si vous avez encore de la place !

— J'en ferai, j'en ferai, la rassura Duxbury.

— Ma diététicienne aurait une attaque si elle me voyait ! dit sa femme en tendant déjà son assiette, au grand amusement de tous. Chocolat-abricot, s'il vous plaît, mais surtout, surtout, ne me proposez pas de crème !

Amy se rassit pendant que Helen faisait le service. Vigiers, assis à côté d'elle, se pencha et lui murmura sur un ton confidentiel :

— Je crois que je vais tenter le soufflé, cela me paraît succulent.

Elle sourit intérieurement. Vigiers avait une voix à vous vendre des spiritueux à la télévision.

— Oh, ma mère est bien meilleure cuisinière que moi. Je ne suis qu'une débutante.

— Je suis sûr que tout ce que vous faites, vous le faites bien. Votre père m'a dit que vous enseigniez aussi à La Roche ?

— Oui, français et anglais. Je donne aussi des cours d'élocution et d'art dramatique.

— Alors, vous parlez couramment français ? D'après votre nom, vous auriez des ascendances françaises ? Je me trompe ? Et si vous me permettez de m'exprimer ainsi, il y a chez vous quelque chose qui n'est pas sans affinités avec les femmes de mon pays.

— Votre Victor Hugo a écrit que ces îles étaient des fragments de France volés par les Anglais. Et comme nous avons fait partie du duché de Normandie, beaucoup de gens ici ont des ascendances françaises. Il y a même encore certains résidents qui parlent toujours patois. Et vous avez sans doute remarqué que nous avons gardé pas mal d'anciens noms de lieux.

— Notre terre a toujours été fort convoitée, et par plus d'une nation, monsieur Vigiers.

— J'espère que mon pays ne vous a jamais plongés dans l'embarras, répondit-il, une pointe d'humour dans les yeux.

— Dans l'embarras ! s'exclama Paul Sebire en riant. Vous avez essayé de nous envahir à plusieurs reprises, et autrefois vos pirates ne cessaient de nous harceler. Même Napoléon a eu des visées sur nous à la fin, mais j'ai bien peur qu'il ne se soit fait écorcher le nez !

Visiblement amusé, Vigiers but une gorgée de vin.

— Pourtant, nous avons toujours apprécié nos origines françaises, poursuivit Sebire, et je suis heureux de constater que les vieux liens ne se sont jamais effilochés.

— Je crois savoir que vous ne nourrissez pas des sentiments aussi chaleureux envers les Allemands.

— Ce n'est pas du tout la même chose, répondit Platnauer d'une voix éraillée. L'Occupation fait encore partie de l'histoire récente, et avec tous leurs bunkers et leurs forteresses un peu partout, leur présence est difficile à oublier. Mais cela dit, il n'y a plus de véritable animosité entre les deux peuples. En fait, les vétérans de la dernière guerre reviennent ici en tant que touristes.

— C'est étrange à quel point cette île a pu attirer l'homme depuis la nuit des temps, commenta Paul Sebire en indiquant sa préférence pour le soufflé. A l'époque néolithique déjà, il avait choisi cet endroit pour enterrer les morts et vénérer les dieux. Il y a toujours d'immenses tombes de granit et on trouve des menhirs et des mégalithes un peu partout. Aimée, pourquoi ne ferais-tu pas visiter l'île à Édouard demain ? Il repart à Marseille lundi et il n'a pas encore eu l'occasion d'y faire un tour depuis son arrivée. Qu'en pensez-vous, Édouard ?

— J'en serais enchanté, répondit le Français.

— Malheureusement, Jon et moi avons déjà des projets pour demain, dit Amy en souriant, mais en lançant un regard froid à son père.

— Balivernes, insista Paul, malgré les réticences de sa fille. Vous vous voyez tous les jours au collège, et presque tous les soirs apparemment. Je suis sûr que Jonathan ne verra aucun inconvénient à te libérer pour quelques heures, étant donné le peu de temps qu'il reste à notre invité.

Il regarda amicalement Childes, engagé dans une conversation avec Vivienne Sebire mais dont l'attention avait été attirée à la mention de son nom.

— Euh... c'est à Amy d'en décider, dit-il, hésitant.

— Eh bien voilà ! Le problème est réglé, dit Paul Sebire en souriant à sa fille.

Gêné, Vigiers tenta d'intervenir :

— Cela n'a pas grande importance. Si...

— Ne vous inquiétez pas, Édouard. Aimée a l'habitude de s'occuper de mes invités. Je regrette souvent qu'elle n'ait pas choisi la même profession que moi, plutôt que de s'être tournée vers l'enseignement. Elle aurait été d'une grande valeur pour la société, j'en suis sûr.

— Tu sais bien que je ne suis pas attirée par la finance, répondit Amy, dissimulant son regret de n'avoir rien d'autre à faire que d'accepter son rôle de guide touristique. *Jon, pourquoi n'es-tu pas venu à mon secours ?* J'aime beaucoup les enfants, et j'aime me rendre utile. Ce n'est pas une critique, mais je ne me sentirais pas satisfaite par votre façon de gagner de l'argent. J'ai besoin que mes efforts donnent des résultats tangibles, et pas seulement un chiffre au bas d'une colonne.

— Et vous en obtenez avec vos élèves ? demanda Vigiers.

— Oui, souvent.

— La plupart du temps j'en suis sûr, avec toi pour professeur, rectifia Sebire.

— Voyons, cesse de me paterner, dit-elle d'un ton menaçant.

Les deux hommes se mirent à rire ensemble.

— Allez, Amy, ne faites pas attention, dit Grace Duxbury. De toute évidence ils font partie de cette race d'hommes en voie d'extinction qui sont toujours persuadés de diriger le monde. Monsieur Vigiers, avez-vous essayé quelques-uns de nos restaurants pendant votre séjour ? Que valent-ils à côté de vos bonnes adresses en France ?

Tandis que la conversation suivait son cours, Amy jeta un coup d'œil à Childes, essayant de lui transmettre ses excuses pour la journée du lendemain. Il comprit et hocha imperceptiblement la tête. Il leva son verre et le tendit légèrement vers elle avant de boire. Amy répondit à son toast.

Helen se trouvait de nouveau à la cuisine et plaçait les assiettes et les couverts dans le lave-vaisselle. Elle était contente pour sa maîtresse que la soirée se passe si bien. Mlle Amy avait bien de la chance d'être courtisée par deux hommes, mais comment pouvait-elle résister au Français, si cultivé, avec ses manières distinguées, son allure française, son accent français... irrésistible ?

Elle trembla et se pencha sur le plan de travail pour fermer la fenêtre près de l'évier. La nuit s'était rafraîchie. Tout était noir, à part un mince croissant de lune. Helen repoussa la fenêtre.

Des rires résonnaient tout autour de la table, tandis que Duxbury, qui en plus de ses activités d'importateur grâce auxquelles il fournissait toutes les sociétés en matériel de bureau, organisait également des conférences pour d'autres sociétés, régalait les convives d'une de ses longues histoires, généralement drôles, sur les mésaventures d'un débat.

Childes goûta une cuillerée de soufflé en regardant Amy d'un air approbateur. Elle lui envoya un discret baiser des lèvres en retour. Au début de la soirée, Childes marchait sur des œufs, peu sûr qu'il était de l'attitude de Paul Sebire, conscient qu'il serait soumis à une sorte d'examen où il serait jugé, d'autant plus sévèrement peut-être que l'engagement affectif d'Amy devenait indéniable. Pourtant, le financier s'était montré plutôt cordial, la sécheresse des premières rencontres avait apparemment disparu ou du moins était restée bien contrôlée. Néanmoins, Childes n'arrivait pas à se détendre, car il s'apercevait que le Français n'était pas là par hasard, mais qu'il représentait un rival potentiel, invité par Sebire. La visite de l'île proposée par celui-ci avait confirmé ses soupçons. La maladresse et la grossièreté du procédé n'empêchaient pas Childes d'admettre qu'il faisait piètre figure face au Français.

Vivienne Sebire, tout au contraire, s'était montrée aimable et attentionnée, sincèrement accueillante, et, en parfaite hôtesse, lui avait fait sentir qu'il était un invité d'importance, contrepartie idéale à la brusquerie de son époux.

Il se joignit aux rires des autres lorsque Duxbury lança la chute de son histoire, laissant à peine à son auditoire le temps de se remettre avant de se lancer dans un autre récit. Childes prit son verre, et pensa voir une sorte de lueur dans le vin. Il cligna les yeux, puis regarda le liquide. Il avait dû se tromper, ce devait être un reflet. Childes en but une gorgée et allait reposer le verre sur la table lorsqu'il eut l'impression que quelque chose bougeait à l'intérieur. Childes regarda de nouveau, intrigué plus qu'inquiet.

Non, du vin, c'était tout, rien qui puisse... rien qui...

Une image. Mais pas dans le verre. Dans son esprit.

Il réprima un ricanement alors que Duxbury poursuivait son récit...

Une image irréelle, lointaine, un scintillement flou, comme un cauchemar. S'apercevant de son tremblement, Childes reposa son verre. Une sensation étrange le saisit, à la base de la nuque, une main froide qui l'agrippait. Il fixa le vin.

Amy gloussait, soupçonnant que l'histoire de Duxbury aurait une fin osée.

L'image... des images désormais. Peu à peu, elles se précisaient. La chaleur de la pièce était devenue suffocante. Inconsciemment, Childes porta la main à son col de chemise, comme pour l'ouvrir.

Grace Duxbury, qui avait entendu l'histoire de son mari à de maintes occasions et qui connaissait la chute, gigotait déjà, embarrassée.

L'apparition avait basculé à l'intérieur. Il visualisait un scénario dans son esprit, un événement qui se produisait au-delà des limites de la pièce mais pourtant à l'intérieur de lui-même. Il avait l'impression de s'approcher de cette activité éthérée, qui s'intégrait à lui, à laquelle il participait. Pourtant, il ne faisait qu'observer. On remuait de la terre meuble.

Le ricanement rauque de Victor Platnauer, un grondement sur le point d'exploser, était contagieux, et Vivienne Sebire se retrouva à rire avant même la fin de l'histoire.

De gros doigts rugueux recouverts de terre humide qui grattaient le bois. Un nouvel effort, plus frénétique. Enfin débarrassé de la terre, le bois révélait sa forme. Étroite. Rectangulaire. Petite. Childes frémit et renversa son verre.

Vigiers l'avait remarqué et observait de l'autre côté de la table.

Le couvercle du cercueil explosa, des éclats sautaient sous les coups de hache. Les fragments déchiquetés furent arrachés, le trou agrandi. Le petit corps restait indistinct dans la faible lumière. Les mains de Childes se resserrèrent sur le verre. La pièce tournait, il arrivait à peine à respirer. La pression invisible se raffermissait sur sa nuque, le serrait comme un étau.

Pendant un instant, la main, que Childes prenait presque pour la sienne, s'immobilisa, comme si le profanateur avait senti quelque chose, une présence qui l'observait. Avait senti Childes. Un objet froid le toucha profondément, à l'intérieur de son esprit. L'impression disparut.

Till Platnauer n'aurait pas dû s'amuser de ce récit,

pourtant comment résister aux talents de joyeux conteur de Duxbury... Déjà, ses épaules se soulevaient d'allégresse.

Le minuscule cadavre fut libéré de son cercueil tendu de soie. A présent, Childes voyait les petits yeux ouverts, sans profondeur, sans force de vie. On l'étendit sur l'herbe, à côté de la tombe. La brise nocturne frémissait dans les cheveux, soufflant par bouffées sur le front pâle et lisse, donnant une illusion de vie. Les vêtements furent coupés et jetés plus loin. Le corps nu gisait dans la nuit, marbre blanc dans la couleur et le silence.

Un éclat de métal étincelait à la lueur du mince croissant de lune. Plongeait en avant. Pénétrait.

Découpait.

Le verre éclata, le vin et le sang souillant la nappe de dentelle blanche. Quelqu'un cria. Childes s'était levé, avait renversé sa chaise, les dominait, vacillant, les yeux rivés au plafond, les lèvres luisantes, la peau humide de sueur.

Son corps se secoua, puis se raidit. Même ses cheveux semblaient se hérisser. Poussant un hurlement désespéré, il tomba sur la table.

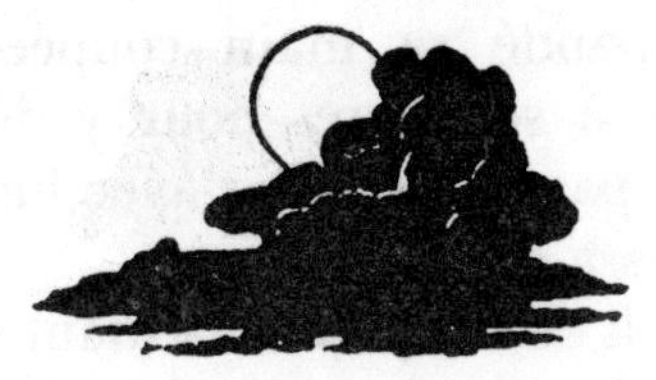

AMY SERRA les poings et ferma les yeux en voyant le reflet de son père.

L'air misérable, les yeux gonflés et rougis par les larmes, elle se tenait devant le miroir de sa coiffeuse, tandis que son père, très agité, faisait colériquement les cent pas. Elle ne pouvait libérer son esprit de l'image de Jon, conduit hors de la maison par Platnauer, le conseiller, qui l'avait aidé à monter dans sa propre voiture car il ne le trouvait pas en état de conduire en dépit de ses protestations. Le visage de Jon était si anxieux, si tendu !

Il avait refusé de faire appeler un médecin, prétendant que tout allait bien, qu'il s'agissait d'un simple évanouissement dû à la chaleur de la pièce. Pourtant, la nuit était fraîche, et à l'intérieur, il faisait tout juste bon, mais personne n'avait discuté. Il se sentirait mieux dès qu'il pourrait s'allonger, avait-il dit, dès qu'il pourrait se reposer. Obstinément, il avait décliné l'invitation de Vivienne et d'Amy qui lui proposaient de dormir dans la chambre d'amis, affirmant qu'il avait besoin de solitude. Amy avait été aussi effrayée par son regard perdu que par son teint livide, mais il était inutile d'insister.

Elle l'avait serré dans ses bras avant son départ, l'avait senti trembler, et aurait souhaité pouvoir le rassurer. On avait soigné et bandé sa main coupée et Amy l'avait doucement portée à ses lèvres pour y déposer un baiser. Childes ne l'avait pas laissée aller avec lui.

Paul Sebire cessa de marcher.

— Aimée, dit-il en lui posant la main sur l'épaule, je ne voudrais pas te fâcher, je veux simplement que tu m'écoutes et que tu te montres raisonnable.

Il lui caressa les cheveux, puis laissa ses mains glisser sur les épaules de sa fille.

— J'aimerais que tu mettes fin à cette histoire avec Childes.

Il attendait l'explosion, mais il ne se produisit rien de tel. Amy regardait toujours froidement le reflet dans le miroir, ce qui, d'une certaine manière, était bien plus troublant. Sebire poursuivit, prudemment :

— Je crois que c'est un instable. Au début, je pensais qu'il souffrait d'une crise d'épilepsie, mais je me suis vite rendu compte qu'il ne manifestait pas les mêmes symptômes. Aimée, il me semble qu'il court tout droit vers la dépression nerveuse !

— Ce n'est pas un instable, répondit calmement Amy, il n'est pas du tout névrosé, et il ne va pas faire de dépression. Tu ne le connais pas, papa, tu ne sais pas ce qu'il a traversé.

— Si, justement, Aimée. Je me demandais si tu avais pleinement conscience de ses antécédents.

— Que veux-tu dire ?

Elle s'était tournée vers Sebire dont les mains avaient glissé de ses épaules.

— La première fois que tu as mentionné son nom, il y a pas mal de temps, cela m'a rappelé quelque chose. Comme je n'arrivais pas à savoir quoi exactement, je me suis fait du souci pendant un bon moment. Et plus récemment, quand je me suis aperçu que les choses devenaient plus sérieuses entre vous, j'ai vérifié, dit-il en levant la main de manière défensive. Non, ne me regarde pas comme ça, Aimée. Tu es ma fille unique, et tu es la personne à laquelle je tiens le plus au monde, alors tu n'imagines tout de même pas que je n'allais pas m'occuper d'un problème qui te touche de près.

— Tu aurais pu me poser des questions.

— Oui, mais te demander quoi ? J'avais un pressentiment, un doute, rien de plus. Et je n'étais pas sûr que tu connaissais toute la vérité sur lui.

— Et qu'as-tu découvert ?

— Eh bien, je savais vaguement à quel moment il était arrivé dans l'île, et qu'avant il menait une carrière dans l'informatique. J'ai donc demandé à Victor Platnauer — en tant que membre de la Commission de la police de l'île — de mener discrètement l'enquête — je te jure que c'est resté discret — sur le passé de Childes, pour vérifier s'il n'avait jamais eu maille à partir avec la police, ou ce genre de chose.

— Parce que tu crois qu'il aurait été engagé par l'un des collèges avec un casier judiciaire ?

— Bien sûr que non, je cherchais autre chose. Je t'ai déjà dit que son nom m'était familier et que je ne savais pas pourquoi.

— Alors, tu as découvert ce qui l'a poussé à fuir l'Angleterre, ce qui l'a obligé à quitter sa famille.

— Tu ne m'as jamais caché son divorce, si bien que cela n'a pas été une surprise. Mais ce qui m'a étonné, c'est d'apprendre qu'il avait été soupçonné de meurtre.

— Papa, si tu as fait faire une enquête sérieuse, tu dois être au courant de tous les faits. Jon a permis d'élucider toutes ces affaires. Et comme récompense, il a été victime de fausses accusations et d'un harcèlement constant des médias, même bien longtemps après.

— Officiellement, ces meurtres n'ont jamais été éclaircis.

Elle poussa un grognement, mi-désespérée, mi-furieuse.

Sebire ne se découragea pas pour autant.

— Il y a eu une série de trois meurtres, et toutes les pistes indiquaient qu'ils avaient été commis par la même personne. Et les victimes étaient toujours des enfants.

— Jon a fourni des indices décisifs à la police.

— Il les a conduits à l'endroit où les deux derniers avaient été enterrés, c'est vrai. Mais tout le monde aurait aimé savoir *comment*, c'est ça qui a déclenché le tollé général.

— Il leur a dit, il a expliqué.

— Il a dit qu'il avait été témoin des meurtres. Pas physiquement : il n'était pas sur les lieux quand ils se sont produits ; mais il les a « vus » commettre. Tu ne peux pas reprocher à la police, au public de s'être posé des questions !

— Il a... il avait... une sorte de double vue. Ce n'est pas si inhabituel, c'est arrivé à d'autres. La police s'est souvent servie de médiums pour résoudre des affaires criminelles.

— Chaque fois qu'il y a une série de meurtres particulièrement épouvantables, il y a toujours des imbéciles pour dire à la police que des esprits leur ont raconté les circonstances du meurtre, où, quand, pourquoi le meurtrier va frapper la prochaine fois. C'est tragique, mais c'est courant, et les policiers perdent leur temps avec ça.

— Pas toujours, pas toujours. Autrefois, de nombreux crimes ont été élucidés grâce à ce genre de personnes.

— Et tu es en train de me dire que Childes possède le même talent. (Dans la bouche de Sebire, le mot « talent » prenait une connotation méprisante.) C'est ce que racontaient les journaux à l'époque.

— Mais c'est ça le problème. Il n'est pas médium, ce n'est pas un extralucide dans le sens habituel du terme. Jon n'avait jamais eu ces prémonitions avant, pas de cette façon. Il était aussi perplexe, aussi dérouté que les autres. Et il avait peur.

— La police l'a retenu en garde à vue.

— Ils étaient abasourdis par ce qu'il savait. Bien sûr qu'ils l'ont soupçonné au début, mais il y avait trop de témoins pour certifier qu'il était ailleurs au moment des crimes.

— Pourtant, la police avait toujours l'impression qu'il était lié aux meurtres d'une certaine façon. Ses renseignements étaient trop précis.

— Ils ont retrouvé le coupable et ont prouvé que Jon n'avait aucune relation avec lui.

— Je suis désolé, mais ce n'est pas dans le dossier. Les meurtres n'ont jamais été élucidés.

— Vérifie tes sources, papa. On a trouvé le coupable,

pas officiellement, mais on l'a trouvé. Le psychopathe s'est tranché la gorge. Le dossier n'a pu être fermé car il n'avait pas laissé de mot avant de mourir reconnaissant sa culpabilité dans le meurtre des trois enfants. Mais la police avait de forts indices, des preuves contre lui. Ils l'ont signalé à l'époque, et les journaux aussi, mais on ne pouvait l'annoncer officiellement, la loi les en empêchait. Le coupable s'est suicidé parce qu'il savait que le filet se resserrait autour de lui ; Jon avait donné assez de renseignements pour qu'on puisse l'identifier. Il était déjà connu pour attentat à la pudeur avec des mineurs, et il avait fait de la prison. Après sa mort, les meurtres ont cessé.

— Alors pourquoi Childes a-t-il été obligé de s'enfuir ? demanda Sebire qui avait recommencé à faire les cent pas, bien décidé à ne pas quitter la pièce tant que sa fille ne serait pas convaincue. Il a abandonné femme et enfant pour venir ici. Qu'est-ce qui l'a poussé à ça ?

— Il ne les a pas abandonnées, pas de la manière dont tu le suggères, répondit Amy qui avait haussé le ton. Il a supplié sa femme de venir avec lui, mais elle a refusé. Les tensions avaient été insupportables pour elle aussi. Elle ne voulait pas qu'elle ou sa fille soient encore soumises aux insinuations malveillantes, aux coups de téléphone de cinglés, aux journalistes qui, après avoir accusé Jon, essayaient de lui construire une image de malade mental. Elle savait qu'il n'y aurait plus de paix pour elles.

— Ce n'est pas une raison suffisante...

— De toute façon, leur mariage battait de l'aile avant. La femme de Jon avait un bon métier quand ils se sont mariés. Mais quand sa fille est née, elle lui a pris tout son temps ; Fran en avait assez de son rôle de maîtresse de maison vivant à l'ombre de son mari. Elle voulait mener sa propre vie, bien avant ces événements.

— Et l'enfant ? Comment a-t-il pu... ?

— Il adore sa fille, dit Amy d'une voix plus basse. Il a eu le cœur brisé en la quittant. Mais il savait que l'existence serait bientôt intolérable pour tous, s'il restait là-bas. Tout seul, il n'avait rien à offrir à sa fille ; à ce moment, il ne savait pas ce qu'il allait faire ni comment il allait vivre. Mon Dieu, il a abandonné une brillante carrière, il a laissé à sa femme tout ce qu'ils possédaient, toutes leurs économies. Mais comment pouvait-il s'occuper d'une fillette de quatre ans ?

— Et pourquoi ici ? Pourquoi est-il venu sur cette île ?

Sebire s'était immobilisé et se tenait au-dessus d'Amy, de plus en plus furieux.

— Parce que ce n'est pas trop loin de chez lui, tu ne comprends pas ? C'était assez loin pour qu'il ne fût qu'un inconnu en arrivant, et assez près pour rester en contact avec sa famille. Jon ne les a pas abandonnées, il ne leur a pas tourné le dos. Il a été bouleversé en apprenant que sa femme avait entamé une procédure de divorce. Il s'imaginait peut-être qu'un jour, ils se seraient réconciliés, pour le bien de Gabrielle et qu'elles seraient venues vivre ici avec lui, je ne sais pas. Il avait peut-être même l'intention de retourner en Angleterre dans quelques années, quand il serait oublié de tous. Tout a changé quand il a pris connaissance de la demande de divorce.

— Bon, d'accord, Aimée, étant donné les circonstances, et en admettant qu'il n'ait aucune complicité dans ces meurtres horribles et qu'il n'est pas totalement responsable de la faillite de son mariage...

Amy ouvrit la bouche comme pour parler, ses yeux clairs enflammés de colère, mais Sebire l'arrêta :

— Écoute-moi jusqu'au bout, dit-il d'un ton ferme qui n'admettait pas de protestations. Il reste toujours que ce type n'est pas normal. Comment expliques-tu ces... Je ne sais pas comment ça s'appelle, je n'ai guère l'habitude de toutes ces sornettes de médium et de télépathie — disons ces intuitions ? Pourquoi cela lui arrive-t-il à lui ?

— Personne ne sait, et Jon encore moins que les autres. Personne ne peut expliquer. Pourquoi lui fais-tu des reproches ?

— Je ne lui reproche rien. Je me contente de signaler qu'il y a quelque chose d'étrange chez lui. Peux-tu me dire ce qui s'est passé exactement ce soir ? Qu'est-ce que c'est que cet évanouissement ? Cela s'est déjà produit auparavant ?

Mon Dieu, Amy, imagine qu'il ait été au volant ? Et peut-être avec toi à côté ?

— Je ne sais pas ce qui lui est arrivé, et lui non plus. Tout ce que je sais, c'est qu'effectivement cela ne lui était jamais arrivé auparavant.

— Mais il refuse d'aller consulter un médecin.

— Il ira, je l'y obligerai.

— Il n'en est pas question.

Amy eut un sourire incrédule.

— Crois-tu que je sois encore une enfant pour qu'on puisse me dire ce que je dois et ce que je ne dois pas faire ? Crois-tu sérieusement pouvoir m'empêcher de le revoir ? (Elle eut un petit rire sec et sans humour.) Nous sommes au XXe siècle, papa, il est temps que tu t'en rendes compte.

— Je ne pense pas que Victor Platnauer tienne à avoir dans son collège un professeur sujet aux évanouissements.

Elle ne put se retenir.

— Tu plaisantes ?

— Absolument pas.

Elle secoua la tête et le regarda, bouillonnante de colère.

— Il n'était pas bien, cela aurait pu arriver à n'importe qui.

— Peut-être. Avec quelqu'un d'autre, ce serait vite oublié.

— Et là, tu ne veux pas l'oublier ?

— Ce n'est pas le problème.

— Alors, quel est le problème ?

— Il m'inquiète. J'ai peur pour toi.

— Il est très doux et très gentil.

— Je ne veux pas que tu t'attaches à lui.

— C'est déjà fait.

Sebire flancha visiblement. Il se dirigea vers la porte et s'arrêta pour la regarder. Elle connaissait si bien son père, elle connaissait son âpreté dans les disputes. Il surveillait ses paroles, mais ses yeux fulminaient de rage.

— Je crois qu'il est temps que tout le monde soit informé des antécédents douteux de Childes, dit-il avant de quitter la pièce et de refermer brusquement la porte derrière lui.

IL RUISSELAIT de transpiration : la sueur s'écoulait en petites rigoles sur les draps. Il se tourna sur le côté, les draps humides collés au corps, souffrant des désagréments de sa propre odeur.

La vision, l'apparition était encore fraîche dans son esprit, d'une horreur tangible, palpable. Elle le remplissait encore. Puissante. Violente.

Il avait vu sa propre présence dans le cimetière, si proche du petit cadavre qu'il pouvait presque *sentir* la peau froide et humide. Pendant un court instant, il avait existé à l'intérieur de l'autre créature, cette chose qui avait profané le corps de l'enfant. Il avait vécu le triomphe obscène. Observateur sans influence, témoin impuissant.

Ses pensées persistaient et, avec elles, se faufilant insidieusement, une nouvelle terreur, une crainte indicible le fit gémir à voix haute. Une idée trop épouvantable pour l'envisager, mais qui refusait de s'éloigner. Il l'aurait su, sûrement, il en aurait été conscient d'une certaine manière, quelle que soit la profondeur à laquelle sa conscience avait enterré ce secret. Mais n'avait-il pas senti, à un moment donné, que les mains monstrueuses qui avaient soulevé le corps sans vie de sa tombe étaient les siennes, lui appartenaient ?

Cette vision n'était-elle que le retour d'un souvenir enfoui ? Était-ce lui, le profanateur ? Non, c'était impossible. Impossible !

Childes fixa la fenêtre fermée et écouta la nuit.

Tapie dans l'ombre, elle observait le mince croissant de lumière lunaire à travers la sinistre fenêtre et souriait, ses pensées voguant encore sur la cérémonie qu'elle avait accomplie plus tôt cette nuit même dans le cimetière.

Elle revivait le moment exquis de l'ouverture du corps, de son contenu dispersé, et se délectait de ce souvenir.

Une langue se glissa à travers les lèvres ouvertes. Qu'il était bon, ce cœur silencieux !

Mais à présent, un froncement de sourcils modifiait son apparence.

Dans le cimetière, pendant un bref instant, tandis qu'elle extirpait le corps de l'enfant, une sensation avait bloqué son mouvement : l'impression d'être observée. Pourtant, le cimetière était bien désert, avec pour seuls spectateurs nocturnes les pierres tombales et les angelots figés.

Mais il y avait néanmoins eu un contact, avec quelque chose, quelqu'un. Le contact d'un esprit.

Qui ?

Comment était-ce possible ?

La silhouette bougea sur la chaise tandis qu'un nuage engloutissait la lune ; sa respiration se fit courte et rauque jusqu'à ce que la faible lumière réapparût. Elle envisageait la possibilité que quelqu'un fût au courant de son existence, et fouillait, fouillait son esprit à la recherche de l'intrus. Elle ne voyait rien. Pas encore.

Mais un jour. Un jour...

VOUS ME PARAISSEZ un peu pâle, remarqua Estelle Piprelly tandis que Childes entrait dans le bureau et prenait une chaise pour s'installer en face d'elle.

— Ça va, je vous remercie.

— Vous vous êtes blessé ?

Il leva sa main bandée en signe de dénégation.

— J'ai cassé un verre. Rien de grave, juste quelques égratignures.

Sous le plafond haut, les murs à demi lambrissés de chêne clair offraient dans la partie supérieure un vert reposant, à l'exception d'un mur qui disparaissait sous une étagère surchargée. A la droite de Childes, le portrait du fondateur de La Roche dominait la pièce, reproduction sans doute ressemblante mais qui ne révélait pas grand-chose sur la personnalité du modèle, tableau très courant dans les bibliothèques victoriennes. Près de la porte, une vieille horloge marquait bruyamment chaque seconde, comme si chacune d'elles méritait d'être annoncée. Childes regarda derrière la directrice, dont les cheveux gris brillaient de reflets argentés sous la lumière du soleil. Dehors, dans les jardins de l'école, les premières fleurs éclosaient autour des pelouses et dans les bosquets ; le toit incliné de la gloriole peinte en blanc réfléchissait les rayons éblouissants du soleil.

Plus loin, les falaises déchiquetées, qui s'érodaient lentement, opposaient leur bastion à la mer. La ligne bleu sombre de l'horizon marquait une limite claire entre le ciel et les eaux, soulignant la tranquille affinité de ces deux éléments. Bien que la pièce fût spacieuse, et ses couleurs apaisantes, Childes se sentit soudain enfermé, comme si les murs emprisonnaient une énergie qui émanait de l'intérieur de lui-même, une force que les frontières de son propre corps ne pouvaient contenir. Il savait que cette sensation n'était que de la simple claustrophobie, et qu'elle était largement due à la perspective d'une confrontation avec la directrice.

— Victor Platnauer m'a appelée ce matin, dit Mlle Piprelly, confirmant les craintes de Childes. Je crois que vous vous êtes rencontrés lors d'un dîner samedi soir ?

Childes acquiesça.

— Il m'a parlé de votre malheureux... accident de santé, poursuivit la directrice. Il paraît que vous vous êtes évanoui pendant le repas ?

— Non, nous avions terminé le dessert.

Elle le regarda froidement.

— Il s'inquiète de votre état de santé. Après tout, vous portez une lourde responsabilité sur vos épaules, et un tel incident dans la salle de classe pourrait perturber les élèves. En tant que conseiller de la direction, Platnauer voulait s'assurer que vous n'étiez pas régulièrement sujet à de tels malaises. C'est raisonnable, il me semble. Qu'en pensez-vous ?

— C'est la première fois que cela m'arrive. Vous pouvez me croire.

— Vous savez à quoi c'est dû ? Avez-vous consulté un médecin ?

— La réponse est non aux deux questions. Je me sens bien maintenant, je n'ai pas besoin de médecin.

— C'est stupide. Vous vous êtes évanoui, il doit bien y avoir une raison.

— J'étais peut-être un peu nerveux samedi soir. Une histoire personnelle.

— Au point d'en faire une syncope ? remarqua-t-elle doucement.

— Je peux simplement vous assurer que cela ne m'arrive jamais, d'habitude. Je suis en pleine forme, sans doute même en meilleure santé que je ne l'ai jamais été depuis longtemps. Mon arrivée sur l'île a marqué un changement radical, un autre style de vie, loin des tensions de mon précédent métier, loin de la jungle de mon ancienne profession. Et je n'ai pas honte d'admettre qu'il y avait des problèmes dans mon couple depuis plusieurs années. Les choses ont changé depuis que je suis ici. Je me sens plus détendu, et je dirais même plus satisfait.

— Oui, je veux bien vous croire. Mais comme je le disais lorsque vous êtes entré, vous semblez un peu pâlot.

— Ce qui s'est passé m'a ébranlé au même titre que les autres invités, répondit Childes impatiemment.

Le regard de la directrice le mettait mal à l'aise, et il enleva un grain de poussière imaginaire de son pantalon. Pendant un instant, il avait eu l'impression qu'elle le perçait au plus profond de lui-même.

— Bien, monsieur Childes, je n'ai pas l'intention de discuter là-dessus plus longtemps. Toutefois, je vous conseille d'aller consulter un médecin le plus vite possible. Cet évanouissement pourrait bien être le symptôme d'un mal caché.

Il se sentait soulagé, mais ne répondit pas.

Mlle Piprelly frappa légèrement son bureau de son stylo à encre, tel un commissaire-priseur avec son marteau.

— Victor Platnauer a également porté à mon attention une autre affaire qui, je le crains, est liée à votre passé, et dont vous avez omis de me parler, monsieur Childes.

Le corps raidi, les mains crispées sur ses genoux, il se redressa sur sa chaise, sachant déjà ce qui allait venir.

— Je me réfère bien sûr à vos relations malencontreuses avec la police avant votre arrivée sur l'île.

Il aurait dû savoir que tout ne serait pas oublié si facilement, que l'Angleterre était trop proche, trop accessible pour que ce genre d'information ne circule pas, et qu'un jour ou l'autre quelqu'un serait là pour le lui rappeler. Platnauer avait-il toujours su ? Non, il en aurait parlé bien plus tôt. On le lui avait appris récemment. Childes se sourit à lui-même ; inutile de chercher bien loin pour trouver le coupable : Paul Sebire avait fouillé son passé — ou alors Amy avait parlé à son père — et retransmis les informations au membre du conseil d'administration. Curieusement il était content que son secret fût ainsi percé au jour, bien que personne n'ait le droit de se mêler de cette histoire, à part lui. Mais le refoulement mène à la dépression, vrai ou faux ?

— Vrai, répondit-il.

— Pardon ? demanda la directrice, l'air surpris.

— Mes relations avec la police, comme vous dites, n'étaient que de simples témoignages. Je l'ai aidée, au sens propre du terme, dans le déroulement de l'enquête.

— C'est ce que j'ai appris, bien que vos méthodes aient été pour le moins originales, vous ne le contesterez pas.

— Non, effectivement. En fait, je n'ai toujours pas compris moi-même. Et si je ne vous en ai pas parlé plus tôt, c'est parce que je n'en voyais pas la nécessité. Je n'étais pas coupable.

— Bien sûr. D'ailleurs, je ne veux pas en faire une histoire.

C'était à Childes d'être surpris.

— Euh, ma position ici n'est pas remise en cause ?

Le tic-tac de l'horloge chronométra la pause. Six secondes.

— Il est de mon devoir de vous dire que j'ai demandé à la police locale de me fournir toutes les informations nécessaires à ce sujet. Je pense que vous comprenez aisément pourquoi j'ai agi ainsi.

— Vous ne me renvoyez pas ?

Elle ne sourit pas et ne se départit pas de sa sécheresse habituelle, mais Childes la considéra sous un autre jour lorsqu'elle répondit :

— Je ne vois aucune raison à cela, pour le moment du moins. Sauf bien sûr si vous avez quelque chose à me dire maintenant, quelque chose qui finira par se savoir, de toute façon.

— Non, je n'ai rien à cacher, mademoiselle Piprelly, je vous le jure.

— Parfait. Nous avons besoin de vos talents, sinon, je ne vous aurais pas demandé de nous consacrer plus de temps, c'est d'ailleurs ce que j'ai expliqué à Victor Platnauer. Je dois avouer que j'ai eu du mal à lui faire admettre mon point de vue au début, mais c'est un homme à l'esprit ouvert. Toutefois, il gardera sûrement un œil sur vous, monsieur Childes, et moi aussi. Nous avons décidé que cette histoire resterait entre nous : La Roche n'apprécierait pas du tout ce genre de publicité autour de vous. Nous devons protéger notre vieille réputation.

Estelle Piprelly s'appuyait sur le dossier de sa chaise, et bien que son dos fût toujours droit comme un i, sa position semblait presque décontractée pour elle. Elle continuait d'observer Childes de son regard troublant et pénétrant, son stylo crispé entre les doigts, une extrémité reposant sur le bureau, minuscule poteau inamovible. Il se demandait ce que signifiait ce soudain froncement des sourcils, ce qu'elle lisait dans son esprit. N'y avait-il qu'un simple signe d'inquiétude derrière les verres épais de ses lunettes ?

Elle se reprit rapidement. Il ne savait toujours pas s'il avait décelé un réel changement dans l'attitude de la directrice.

— Je ne vais pas vous retenir plus longtemps, dit brièvement Mlle Piprelly. Je suis sûre que nous avons tous deux beaucoup à faire.

« Je veux qu'il s'en aille, pensait-elle, je veux qu'il sorte immédiatement. » Ce n'était pas sa faute, il n'était pas plus responsable de cette vision extra-lucide scandaleuse qu'elle-même de ses étranges facultés, il n'y avait rien à lui reprocher. Elle ne pouvait se débarrasser de lui sous un tel prétexte, cela aurait été trop hypocrite, trop cruel. *Mais elle voulait qu'il la libère de sa présence, maintenant, à ce moment précis.* Pendant un instant, elle avait cru qu'il voyait à travers la rigidité de son propre masque, avait deviné le même talent chez elle, ce don malvenu, aussi inacceptable pour elle que la publicité tapageuse pour l'école. Son secret, son *affliction*, ne serait pas partagé ; elle l'avait gardé pendant trop d'années. Elle prendrait le risque de le conserver dans l'équipe — elle lui devait bien ça — mais elle se tiendrait à l'écart, éviterait tout contact inutile. Mlle Piprelly n'offrirait pas à Childes l'occasion de reconnaître leur similarité. C'était trop risqué, trop de confidences après un si long silence. Dangereux même, dans sa situation professionnelle.

— Monsieur Childes, avez vous quelque chose à ajouter ?

Elle maîtrisait volontairement son impatience, des années d'autodiscipline venant à son secours.

— Non, je voudrais simplement vous remercier. J'apprécie votre confiance.

— Il ne s'agit pas de cela. Si je ne vous avais pas cru digne de confiance, je ne vous aurais jamais engagé. Disons simplement que j'estime vos talents d'expert à leur juste valeur.

Il se leva et réussit à sourire. Pour lui, Estelle Piprelly restait une énigme. Il voulut dire quelque chose, puis pensa qu'il valait mieux se taire et sortit de la pièce.

La directrice ferma les yeux et reposa la tête contre le haut dossier ; le soleil qui tombait sur ses épaules ne parvenait pas à estomper le froid qui la transperçait.

Dans le corridor, Childes se mit à trembler. Plus tôt dans la matinée, il s'était cru maître de la situation et avait pensé qu'une grande partie de son angoisse avait été expulsée la veille, était littéralement sortie de son organisme, l'épuisant à tel point que lorsqu'il rentrerait chez lui, le sommeil l'écraserait. C'est ce qui s'était passé. Pas de rêve, pas d'agitation dans son lit, pas de draps trempés de sueur, simplement quelques heures d'oubli total. Ce matin-là, il s'était réveillé l'esprit frais, les images du samedi soir n'étaient plus qu'un souvenir, encore troublant, mais du moins maladroitement contenu dans un coin de son esprit. Des réflexes inconscients ; un conditionnement mental autoprotecteur ; il n'y avait aucun terme médical officiel pour décrire cette réaction.

Les journaux du matin avaient vite ébranlé cette défense temporaire.

Pourtant, il avait accompli tous les gestes de la vie quotidienne, bouleversé, mais déterminé à vivre normalement la journée. Entre-temps, était venu l'entretien avec Mlle Piprelly. A présent, il tremblait.

— Jon ?

Il se retourna, alarmé, et Amy lut sa frayeur sur son visage. Elle se précipita vers lui.

— Jon, qu'est-ce qui ne va pas ? Tu as l'air décomposé.

Childes la serra rapidement dans ses bras.

— Sortons d'ici, tu peux te libérer un instant ?

— C'est l'heure du déjeuner. Il me reste une demi-heure avant le prochain cours.

Ils se séparèrent en entendant des pas dans le couloir et se dirigèrent vers l'escalier menant à la porte principale, sans dire un mot, jusqu'à ce que le soleil les réchauffe après la fraîcheur de l'intérieur.

— Où étais-tu hier ? demanda Amy, j'ai cherché à te joindre toute la journée.

— Je croyais que tu faisais visiter l'île à Édouard Vigiers.

Il n'y avait aucune nuance de reproche dans cette constatation.

— C'est ce que j'ai fait pendant une heure ou deux. Il a compris que je m'inquiétais pour toi et a suggéré d'aller vite. Je crains bien d'avoir été d'une piètre compagnie. Je suis allée chez toi, mais il n'y avait aucun signe de vie, dit-elle en arrivant au parking. J'étais folle d'inquiétude.

— Je suis désolé, Amy, j'aurais dû y penser. Il fallait que je sorte. Je ne pouvais pas rester chez moi.

— A cause de ce qui s'est produit au dîner ?

— Je ne me suis sûrement pas attiré les bonnes grâces de ton père.

— Cela n'a pas d'importance. Je veux savoir, Jon, dit-elle en lui prenant le bras.

— Ça recommence. Je le savais déjà la dernière fois sur

la plage ; c'était la même impression, comme si j'étais quelqu'un d'autre, que je voyais, que j'observais quelque chose sans avoir aucun pouvoir sur les événements.

Ils s'étaient approchés de la voiture de Childes et Amy vit ses mains trembler tandis qu'il se bagarrait avec la clé.

— Je crois qu'il vaudrait mieux que je conduise.

Il ouvrit la porte et tendit les clés à Amy sans discuter. Ils s'éloignèrent du collège par une route sinueuse longeant le bord de mer. De temps en temps, Amy jetait un coup d'œil sur Jon, et fut bientôt prise de la même nervosité. Ils se garèrent dans une clairière surplombant une petite crique, devant la mer d'un bleu étincelant, tirant sur le vert par endroits, plus claire là où les eaux étaient peu profondes. A travers les fenêtres ouvertes, ils entendaient le bruit des vagues qui se brisaient doucement sur les galets. Au loin, un ferry sillonnait les eaux calmes vers le port, à l'est de l'île.

L'esprit ailleurs, Childes le regardait évoluer lentement et Amy dut tendre le bras et tourner son visage vers elle.

— Nous sommes ici pour parler, tu as déjà oublié ? S'il te plaît, raconte-moi ce qui s'est passé samedi soir.

Elle se pencha vers lui pour l'embrasser et fut soulagée de voir qu'il tremblait moins.

— Je peux faire mieux même, je peux te le montrer.

Il se tourna vers le siège arrière et déplia le journal devant elle.

— Regarde, dit-il, montrant un titre du doigt.

— « Tombe d'enfant profanée », lut-elle à voix haute, mais elle poursuivit en silence, n'en croyant pas ses yeux. Jon, c'est horrible. Qui a bien pu faire une chose pareille ? Arracher les membres du corps d'un enfant et... C'est atroce, ajouta-t-elle en frissonnant et en détournant la tête du journal.

— C'est ce que j'ai vu, Amy.

Incrédule, elle le regarda, ses boucles blondes lui retombant doucement sur l'épaule.

— J'y étais, près de la tombe. J'ai vu mutiler le corps. Je faisais partie de la scène, d'une certaine façon.

— Non, c'est impossible...

— J'ai tout vu répéta-t-il en lui agrippant le bras. J'ai touché l'esprit du coupable.

— Mais comment ?

La question resta suspendue dans l'air.

— Comme avant. Exactement comme avant. L'impression d'être à l'intérieur de la personne, de tout voir avec ses yeux. Mais je n'ai rien fait. Je n'ai aucun pouvoir. Je ne peux pas empêcher ce qui arrive.

Bouleversée par sa terreur soudaine et pitoyable, Amy se serra contre lui et prit une voix réconfortante :

— Ce n'est rien, Jon. Personne ne peux te faire de mal. Tu ne fais pas partie de ces histoires. Ce qui s'est passé n'a rien à voir avec toi.

— L'autre nuit, j'avais vraiment des doutes à ce sujet. Je me demandais si je ne faisais que me souvenir de cette violence ou si j'avais moi-même commis certaines actions que mon esprit avait totalement occultées. Ça s'est passé en Angleterre le soir où j'étais chez vous, dit-il en montrant le journal, ça m'a soulagé de l'apprendre.

— Si seulement j'avais été près de toi hier, je t'aurais ôté ces idées stupides de la tête.

— Non, j'avais besoin d'être seul. Cela ne m'aurait servi à rien de parler.

— C'est toujours mieux de pouvoir partager un problème.

— Le problème, il est là, à l'intérieur, répondit-il en se tapant sur le front.

— Non, tu n'es pas fou.

Il sourit tristement.

— Je sais. Mais est-ce que je resterai longtemps sain d'esprit si les visions continuent ? Tu ne sais pas ce que c'est, Amy, tu ne sais pas à quel point c'est effrayant. Quand c'est terminé, je suis totalement décomposé, comme si on m'avait volé une partie de la cervelle.

— C'était comme ça aussi la dernière fois ? En Angleterre, je veux dire.

— Oui. Pire peut-être. Pour moi, c'était une nouvelle expérience.

— Et ensuite, quand ils ont découvert le coupable ?

— Le soulagement, un soulagement incroyable. C'était comme si on m'avait enlevé une sorte de conscience noire et incommensurable, un peu comme si quelqu'un qui souffrait d'hypersensibilité auditive découvrait soudain que le vacarme avait été éliminé, que ses tympans avaient finalement réussi à trouver leur équilibre. Mais curieusement, j'étais soulagé avant qu'on ne découvre le coupable. D'une certaine façon, je connaissais le moment exact de son suicide, car c'est à ce moment-là que mon esprit s'est senti libéré. Sa mort m'a libéré.

— Mais pourquoi lui ? Pourquoi ce meurtrier, et pourquoi seulement lui ? Tu t'es déjà posé la question ?

— Oui, mais je ne suis jamais parvenu à une conclusion satisfaisante. J'avais pressenti des choses avant, mais rien d'extraordinaire, rien qui puisse faire penser à la prémonition, à la psychologie extra-sensorielle ou à je ne sais quelle télépathie. C'était toujours assez banal, des trucs que la plupart des gens sentent, comme lorsqu'on devine qui est à l'autre bout du fil quand le téléphone sonne, ou qu'on arrive à retrouver son chemin quand on est perdu. Des choses simples, de la vie de tous les jours, rien de bien fascinant.

Il s'enfonça dans le siège de la voiture et regarda une mouette tournoyer.

— Les médiums racontent que notre esprit est une sorte de récepteur radio, qui change sans cesse de longueur d'onde et qui reçoit plusieurs fréquences. Eh bien, peut-être émettait-il une fréquence particulière, la seule que je pouvais recevoir, et lorsqu'il commettait un meurtre son excitation servait d'amplificateur et les ondes devenaient alors assez puissantes pour me parvenir.

La mouette montait à nouveau dans le ciel, les ailes étincelantes déployées sous les rayons du soleil.

— Je sais que c'est une théorie stupide, poursuivit Childes en se tournant vers Amy, mais je n'ai pas mieux à proposer.

— Ce n'est pas si stupide que ça, au contraire. Cela explique un peu les choses, même si c'est d'une manière étrange. Une émotion violente, un choc brutal peuvent induire des relations télépathiques puissantes entre certaines personnes, c'est bien connu. Mais pourquoi maintenant? Qu'est-ce qui a déclenché cette crise de spiritisme, cette fois-ci?

Childes replia le journal et le jeta sur le siège arrière.

— La même chose qu'avant. Je reçois une nouvelle fréquence.

— Il faut que tu ailles voir la police.

— Tu plaisantes? Ce genre de publicité a brisé mon ménage et m'a obligé à m'enfuir pour avoir la paix. Tu n'imagines tout de même pas que je vais remettre la main dans ce genre d'engrenage.

— Tu n'as pas le choix.

— Bien sûr que si. Je peux rester tranquille et prier pour que tout disparaisse.

— La dernière fois, cela n'a pas marché.

— D'après ce que je sais, personne n'a été tué pour le moment.

— D'après ce que tu sais. Que s'est-il passé la semaine dernière, quand tu as failli te noyer tellement tu avais été bouleversé par ce que tu avais vu?

— Un méli-mélo incroyable; impossible de savoir de quoi il s'agissait.

— D'un meurtre peut-être.

— Je ne peux pas tout gâcher en allant voir la police. Je n'aurais plus la moindre chance à La Roche ni dans les autres collèges si un seul mot transparaissait et qu'on sache qu'une espèce de cinglé télépathe enseigne l'informatique aux enfants de l'île. Victor Platnauer m'a déjà dans sa ligne de mire, et je n'ai pas envie de lui fournir des munitions.

— Platnauer?

Il lui résuma brièvement l'entrevue avec Mlle Piprelly.

— Je crois que papa a mis le feu aux poudres dans cette histoire.

— Tu en as parlé à ton père? Excuse-moi, je ne voulais pas être si rude, tu n'as aucune raison de faire des cachotteries à ta famille, alors je ne te reproche rien.

— Non, il a demandé à la police locale de fouiller dans ton passé. Je n'ai rien à voir là-dedans.

— J'aurais dû m'en douter, dit Childes en soupirant. Il fait tout ce qu'il peut pour nous séparer, c'est ça ?

— Non, Jon, il se préoccupe des gens avec lesquels je suis liée, dit-elle, mentant à demi.

— Je ne peux pas lui reprocher d'être troublé.

— Ça ne te ressemble pas de te dérober comme un lâche.

Un froncement du front durcissant son visage, elle le prit par le revers du veston, et glissa les doigts sur la bordure.

— Je reste persuadée que tu devrais avertir la police. La dernière fois, tu as réussi à prouver que tu n'étais pas fou.

— Laissons-nous un peu de temps, dit-il en lui prenant les doigts, tu veux bien ? Ces... euh, visions ne sont peut-être rien, ça passera tout seul...

Amy se détourna de lui et mit le contact.

— Il faut y aller, dit-elle, puis elle ajouta après une pause : Et si cela ne passe pas ? Et si cela devient de pire en pire, Jon ? Et si quelqu'un se fait assassiner ?

Il n'avait pas de réponse à fournir.

CHILDES PRIT son ton faussement officiel en reconnaissant le petit « allô » pointu de Gabby.

— A qui ai-je l'honneur de parler ? demanda-t-il, écartant un instant ses pensées tourmentées.

— Papa ! dit-elle doucement, habituée à ce jeu. Devine ce qui s'est passé aujourd'hui à l'école.

— Attends, laisse-moi réfléchir. Tu as tué le professeur ?

— Non, voyons.

— Alors, le professeur a tiré sur toute la classe !

— Sois sérieux.

Childes sourit en imaginant sa fille, impatiente, debout près du téléphone, le récepteur fermement collé à l'oreille, les lunettes repoussées sur le bout du nez, comme d'habitude.

— Bon, je donne ma langue au chat.

— Eh bien, on a présenté nos dossiers et Mlle Hart a montré le mien à toute la classe, tellement il était bon.

— Celui sur les fleurs sauvages ?

— Oui, je t'en ai parlé la semaine dernière.

— Ah, oui, je me souviens maintenant. C'est fantastique ! Alors, elle l'a beaucoup aimé ?

— Bien sûr. Celui d'Annabel était presque aussi bien que le mien, mais je crois qu'elle a copié sur moi. Moi, j'ai eu une étoile dorée, et Annabel, une jaune, c'est ce qu'il y a de mieux.

— C'est merveilleux, dit-il en riant doucement.

— Et puis Mlle Hart nous a dit que nous irions tous au parc de l'Amitié mardi prochain. On prendra un autocar et on verra les singes en cage et le grand lac avec tous les bateaux, et puis les toboggans et toutes sortes de jeux.

— Il y a des singes dans l'autobus ?

— Mais non, au parc, idiot ! Maman m'a dit qu'elle me donnerait de l'argent et qu'elle me préparerait un pique-nique.

— Une bonne journée en perspective apparemment. Maman t'accompagne ?

— Non, c'est juste pour la classe. Tu crois qu'il fera beau ?

— Sans doute, il fait bon en ce moment.

— J'espère qu'il y aura du soleil, et Annabel aussi. Tu viens me voir bientôt ?

Comme d'habitude, elle avait lancé sa question en toute innocence, inconsciente du petit coup de poignard qu'elle allait provoquer.

— J'essaierai. Au milieu du trimestre, on verra. Maman te laissera peut-être passer les vacances ici.

— Je viendrai en avion ? Je n'aime pas les bateaux, c'est trop long et puis cela me rend malade.

— Oui, en avion. Tu pourras passer quelques jours ici, jusqu'à la rentrée.

— Je pourrai amener Miss Puddles ? Elle s'ennuiera sans moi.

Miss Puddles, une chatte noire, avait été offerte à Gabby pour son troisième anniversaire. L'évolution de l'animal avait été beaucoup plus rapide que celle de la fillette, et une froideur impériale avait remplacé les jeux du chaton bien avant le départ de Childes.

— Non, cela ne serait pas une très bonne idée. Maman aura besoin de compagnie, tu ne crois pas ?

Il n'avait pas vu sa fille depuis près de six mois et se demandait si elle avait beaucoup changé. Gabby semblait grandir par bonds soudains, et sa fille le surprenait chaque fois qu'il la voyait.

— Oui, sans doute. Tu veux parler à maman ?

— Oui, s'il te plaît.

— Elle n'est pas là. C'est Janet qui me garde.

— Ah bon, tant pis, passe-moi Janet.

— Je vais la chercher. Oh, papa, hier, j'ai vaporisé des paillettes sur Miss Puddles pour qu'elle brille.

— Elle a sûrement beaucoup apprécié ! dit-il en souriant.

— Pas du tout. Elle fait la tête ! Maman dit que ça ne partira jamais, et Miss Puddles ne cesse d'éternuer.

— Demande à Janet de passer l'aspirateur sur le chat. Ça en enlèvera sûrement un peu si Miss Puddles reste tranquille assez longtemps !

— Oh ! là, là, elle va se fâcher. Je dis à Janet que tu veux lui parler.

— Oui, merci, ma chérie.

— Je pense à toi, papa, au revoir.

Voilà, pas d'autres formalités.

— Moi aussi, je pense à toi, répondit-il en entendant le téléphone retomber avant qu'il ait eu terminé sa phrase.

Des bruits de pas s'éloignèrent et la petite voix pointue résonna, lointaine.

Autres bruits de pas, plus lourds, et Janet reprit le récepteur.

— Monsieur Childes ?

— Oui, comment ça va, Janet ?

— Oh, bien. Fran travaille tard ce soir, et je reste jusqu'à ce qu'elle rentre. Je suis allée chercher Gabby à l'école comme d'habitude.

— Tu as trouvé du travail ?

— Pas encore. J'ai décroché deux entretiens pour la semaine prochaine, alors je me croise les doigts. Ce n'est pas exactement ce que je voudrais, mais c'est toujours mieux que rien.

Il compatissait à son sort. Janet était une adolescente intelligente, mais sans grande qualification ; et comme les emplois à plein temps se faisaient rares pour les jeunes sans expérience, elle devrait mener un dur combat.

— Vous voulez que je transmette un message ? demanda Janet.

— Non, ce n'est pas la peine. Je rappellerai sans doute demain. J'avais simplement envie de bavarder avec Gabby.

— Je dirai à Fran que vous avez appelé.

— Merci, et bonne chance pour la semaine prochaine.

— J'en aurai besoin. Au revoir, monsieur Childes.

La communication fut coupée et Childes se retrouva seul dans son cottage. A de tels moments, reposer le récepteur semblait un geste fatal. Il ressentait de sourds élancements dans sa main blessée et sa gorge était étrangement sèche. Il resta longtemps près du téléphone, laissant dériver ses pensées loin de sa fille pour les porter sur le souvenir d'un commissaire de police qui s'était occupé de l'agresseur d'enfants quelques années auparavant et qu'il avait aidé à retrouver le coupable. Ses doigts reposaient toujours sur le plastique tiède, mais il ne pouvait se décider à saisir le combiné. Amy avait tort, il n'y avait aucune raison d'avertir la police. Il ne pouvait identifier la personne qui avait déterré le corps de l'enfant, il n'avait aucun indice permettant de localiser le criminel. Avant d'avoir lu le journal du matin, il ne savait même pas que cette profanation avait été commise en Angleterre ; il croyait que si sa vision correspondait à la réalité et n'était pas une simple illusion, la scène s'était produite bien plus près de lui, quelque part sur l'île. Il n'avait rien à dire à la police, rien du tout. Il éloigna sa main du téléphone.

La naissance de Gabby avait été difficile, un accouchement par le siège.

Le bébé s'était présenté les pieds les premiers. En voyant la petite forme bleu violacé, Childes, qui était resté près de Fran, avait failli s'évanouir de frayeur. Il se disait qu'une chose pareille, si fragile, si racornie, si sombre ne pourrait jamais survivre. L'obstétricien avait retourné l'enfant pour extraire le liquide amniotique des poumons sans prendre le temps de rassurer les parents, ne s'inquiétant que de la vie du bébé. Il avait dégagé les voies engorgées et soufflé très fort sur la petite poitrine gluante pour faciliter la respiration. Le premier cri, un gémissement à peine audible, les avait tous soulagés, médecin, sages-femmes et parents. On avait prestement coupé le cordon ombilical avant de placer le bébé emmitouflé sur le sein de Fran. Childes, aussi exténué moralement que Fran l'était physiquement, les avait regardés avec une émotion qui avait transformé son épuisement en une fatigue détendue.

Fran, les traits tirés, vieillie par l'épreuve, le bébé encore humide et couvert de sang, le petit visage fripé et ridé comme celui d'un vieillard — une image paisible après le dur combat. Il s'était penché vers elles en faisant attention de ne pas les écraser, ressentant pourtant le besoin d'être aussi proche que possible. Dans cette odeur de sueur qui se mêlait à l'éther, il avait pensé que rien ne pourrait briser leur unité, que rien ne pourrait jamais les séparer.

Pendant les semaines qui suivirent, ce fut comme si Gabby émergeait lentement d'un traumatisme profond et terrifiant, transition normale entre la simple existence et l'aube d'un éveil à la conscience. Il avait commencé à comprendre le sens de la vie.

Dans les premiers jours, le sommeil prenait presque toute la vie du bébé, lui laissant quelques doux moments de répit pour se nourrir et apprendre. La transformation était fascinante. Pour Childes, la croissance de son enfant était une pure merveille, et il passait des heures à l'observer, à la regarder évoluer, devenir une petite fille qui trottinait sur des jambes chancelantes et semblait nourrir une passion forcenée envers son pouce et un vieux chiffon déchiré qui autrefois avait été une couverture. Il avait été ravi par son premier mot, même si cela n'avait pas été « papa ». La confiance illimitée de l'enfant en lui et en Fran, son amour sans partages avait éveillé chez lui une nouvelle tendresse qui se reflétait dans tous les domaines de sa vie. Gabby lui avait fait comprendre la vulnérabilité de tout être vivant que sa carrière trop absorbante, uniquement préoccupée de machines et d'abstractions, avait eu tendance à lui faire oublier.

Ces sentiments tout neufs avaient failli le détruire lorsqu'il avait été mentalement témoin des abominables meurtres d'enfants.

Trois ans plus tard, ces souvenirs le hantaient toujours, et, depuis peu, le tourmentaient plus que jamais.

Childes avait passé la soirée à préparer les exercices du lendemain, le mardi après-midi qu'il avait promis à Mlle Piprelly et qui était déjà devenu réalité. Les élèves devraient bientôt passer leurs examens et l'informatique faisait partie des réjouissances. Il se sentait furieux, car ses pensées n'avaient cessé de vagabonder pendant toute la soirée ; il repensait à Gabby, aux années de bonheur de leur famille heureuse, bien que Fran n'ait jamais vraiment oublié le fantôme de sa carrière professionnelle. Il s'était passé tant de choses en si peu de temps que tout avait été gâché, et les trois années de répit n'avaient pas suffi à dissiper son angoisse.

Sans le voir, il regardait le journal étalé devant lui, sous la lampe à abat-jour qui projetait des ombres profondes dans le petit salon. Gabby dormait-elle à présent, ses lunettes soigneusement repliées près de l'oreiller ? Il regarda sa montre. Presque neuf heures et demie. Elle devait dormir. Fran lui lisait-elle toujours une histoire à l'heure du coucher ou était-elle trop occupée à présent, ou trop épuisée en rentrant à la maison ? Il rassembla ses papiers, un peu inquiet en voyant que certaines élèves ne faisaient toujours pas la différence, dans la brève interrogation écrite du matin, entre analogique et numérique ; quant aux systèmes hybrides ! Une question simple, fondamentale, qui n'aurait pas dû poser de problèmes. Il redoutait les résultats de l'examen et espérait que la pratique se montrerait plus efficace que la théorie.

Il passa la main sur ses yeux fatigués, irrités par les lentilles de contact qui grattaient légèrement la pupille. Manger. Il faut manger, il paraît que cela fait du bien. Mais quelle fatigue ! Un sandwich peut-être et un verre de lait ? A moins qu'un alcool bien fort ne soit plus adapté à la situation ?

Il était sur le point de se lever quand quelque chose de froid, de paralysant vint frapper son esprit.

Childes porta les mains à ses tempes, troublé par cette sensation inattendue. Il cligna les yeux, essaya de se débarrasser de ce froid. Sans succès.

Dehors, il entendait la brise bruisser dans les feuilles. Une latte de plancher craqua quelque part dans la maison, le bois travaillait après la chaleur de la journée.

La raideur s'estompa et il secoua la tête, comme si celle-ci lui tournait. Trop de corrections de copies, trop d'efforts de concentration à cette heure avancée de la nuit. Une concentration troublée par la pensée de Gabby... et d'autres choses.

Il avait bien besoin d'un verre. Il se leva, prenant appui sur le bureau pour se lever. La flèche glacée lui transperça les nerfs une fois de plus et il chancela, s'accrochant au bureau pour retrouver son équilibre.

Ses pensées se bousculaient, s'entremêlaient dans son esprit. La glace, tel un doigt, poussait à travers ces pensées, les prenait, et d'une certaine façon... d'une certaine façon... s'en repaissait. Il courba les épaules et inclina la tête. Ses lèvres se rétractèrent comme sous la douleur ; pourtant, rien ne le blessait, un simple engourdissement, un chaos mental. Un grognement lui échappa.

Son esprit commença à s'éclaircir. Il restait debout, penché sur le bureau, haletant, attendant que la sensation s'apaise. Il lui sembla que cela prenait une éternité, alors qu'il ne pouvait s'agir que de secondes. Il attendit que ses nerfs ébranlés se stabilisent avant de traverser la pièce et de se servir à boire. Étrangement, le whisky paraissait insipide.

Il faillit s'étouffer avec la deuxième gorgée alors que la saveur brûlante se jetait sur lui, de toutes ses forces. Il postillonna et s'essuya les lèvres du revers de la main. Bon sang, que lui arrivait-il ? Il goûta à nouveau le whisky, cette fois avec précaution, en avalant doucement. Il se sentit réchauffé.

Mal à l'aise, ne sachant trop ce qu'il cherchait mais plus ou moins conscient d'une autre présence, Childes regarda autour de lui. Quelle bêtise ! A part lui, il n'y avait personne,

personne ne s'était introduit en catimini tandis qu'il avait le dos courbé sur ses copies.

Les ombres dures de la lampe d'architecte le troublaient, et il se dirigea vers l'interrupteur pour allumer le plafonnier. Il s'arrêta avant de l'atteindre et regarda ses doigts, surpris par leur léger tremblement, comme s'ils avaient reçu une légère décharge électrique. Pourtant, il n'avait pas touché l'interrupteur. Il baissa les yeux en remarquant que les mêmes secousses agitaient les doigts qui tenaient le verre. Le verre lui-même semblait vibrer.

Les doigts invisibles et insidieux refirent surface.

Son corps s'affaissa et il sombra dans le sofa, s'enfonçant dans son moelleux, comme pour échapper à la pression d'un poids. Le verre tomba sur le sol, et le tapis absorba son contenu. Childes ferma les yeux, car l'intrusion se faisait plus intense. Des images tourbillonnaient dans son esprit, des matrices d'ordinateur, des visages, la pièce dans laquelle il se trouvait, des chiffres, des symboles, qui flottaient de-ci de-là, quelque chose de blanc, d'étincelant, des souvenirs, son propre visage, lui-même, ses peurs, ses rêves oubliés depuis longtemps, ramenés à la surface et décortiqués.

Il gémit, repoussant les tentacules fouineurs, se forçant au calme, désireux de mettre un terme à cette confusion.

Ses muscles se détendirent un instant, tandis que le froid perçant s'éloignait de nouveau, sa poitrine se soulevant et s'abaissant en un mouvement exagéré. Le regard vide, il fixait les ombres du mur opposé. Quelque chose essayait de l'atteindre, quelque chose — *quelqu'un* — cherchait à le *connaître.*

Sans le moindre soulagement, l'impression rampante revint, raidissant son corps, infiltrant sa conscience. Non ! cria son esprit. « *Non !* » cria-t-il à voix haute. Mais c'était là, à l'intérieur, fouillant, aspirant ses pensées. Il sentait son existence, il la sentait fouiner dans son esprit comme quelque voleur d'âme. Cela l'envahissait, cela planait sur les souvenirs de l'île, des écoles dans lesquelles il travaillait, d'Amy, de Fran, de... Gabby. GABBY ! Cela semblait s'attarder.

Difficilement, Childes s'extirpa du divan, luttant contre

cette conscience extérieure, délogeant péniblement chaque tentacule glacé, comme s'il s'agissait d'entités physiques. Il sentit leur pression se relâcher mais son effort le fit tomber à genoux. Il s'efforça de ne penser à rien d'autre qu'à une brume blanchâtre, à rien qui puisse le distraire ou offrir une matière à l'intrus, et bientôt son esprit devint plus clair.

Mais avant de trouver le soulagement total, qui le laissa accroupi et tremblant, il entendit un son si réel qu'il s'en retourna pour scruter les coins sombres de la pièce.

Il était seul. Mais le bruit sourd semblait tout proche.

JEANETTE était en retard. Les autres filles du dortoir étaient déjà descendues et, encore en peignoir, elle se brossait furieusement les dents.

Aujourd'hui par-dessus le marché, le jour des examens ! Maths ! Parfois Jeanette avait bien peur de ne pas avoir la bosse des chiffres.

Le soleil du matin se déversait dans les rangées de lavabos, éclairant la faïence de reflets brillants ; l'eau formait de petites flaques sur le sol carrelé, résidus du rituel quotidien. Elle était seule et s'en réjouissait : les autres la mettaient souvent mal à l'aise en comparant la taille de leurs seins respectifs, avides de gagner la course à la croissance. Jeanette, très en retard par rapport à ses camarades de classe de treize ou quatorze ans, n'appréciait guère ce genre de compétitions. De plus, pour ajouter à son malaise, elle n'avait toujours pas eu ses premières règles.

Jeanette se rinça la bouche, cracha dans la vasque, s'essuya les lèvres avec un gant de toilette et fourra ses affaires dans sa trousse en plastique rose. Pieds nus, elle trottina vers la porte, glissant à demi sur le sol, se pressa le long du sinistre corridor, laissant des marques humides sur les lattes du plancher. Les pieds nus étaient strictement interdits dans l'école, mais elle n'avait pas eu le temps d'extraire ses chaussons de sous son lit et, de toute façon, il n'y avait personne pour la voir ; tout le monde, surveillantes y compris, était déjà installé devant les tables du petit déjeuner.

Malgré le soleil, il faisait un peu frais dans le dortoir qu'elle partageait avec cinq autres filles. Jeanette sortit rapidement ses sous-vêtements, une culotte bleu marine et une petite chemise réglementaire, et les disposa sur son lit défait. Elle se débarrassa de son peignoir, passa le haut de son pyjama par-dessus sa tête et se frotta les bras comme pour faire disparaître la chair de poule qui l'avait saisie. Elle prit sa petite chemise, mais avant de l'enfiler marqua une pause pour examiner ses seins et soupira devant leur suffisance usurpée. Sous le froid, les mamelons s'étaient érigés, mais les légères rondeurs dont ils jaillissaient, une fois encore, la décevaient. Elle les pinça pour les durcir et les pressa l'une contre l'autre comme pour encourager leur croissance. Une délicate bouffée de plaisir l'envahit alors qu'elle s'imaginait les voir se gonfler légèrement. Assise sur le lit, toujours en pantalon de pyjama, elle passa les mains sous les minuscules renflements. C'était agréable et elle se demanda comment cela serait si... Non, pas le temps de rêver, elle était déjà suffisamment en retard !

Elle ôta son pyjama et enfila rapidement la culotte, la chemise et les chaussettes blanches qu'elle avait retirées du dernier tiroir de sa table de nuit. Comme le temps s'était mis au beau, les jeunes filles de La Roche avaient l'autorisation de porter leurs robes bleu clair à manches courtes. Jeanette passa la sienne et mit ses chaussures qui auraient eu bien besoin d'un coup de chiffon. Elle arrangea son lit, fourra son pyjama sous l'oreiller, attrapa une brosse à cheveux et s'attaqua à sa longue chevelure tout emmêlée, grimaçant sous l'effort. Le petit miroir bordé de bleu, posé sur la table de nuit, orné d'un raide papillon de porcelaine sur le coin supérieur, lui renvoyait une image guère plaisante. Malgré sa hâte, Jeanette se pencha pour examiner les défauts apparus au cours de la nuit. Elle avait pratiquement renoncé au chocolat et faisait tout son possible pour terminer son assiette de légumes à la table du dîner, en dépit de sa répugnance. Pourtant, les boutons revenaient avec une régularité prévisible, surtout lors des grandes occasions. Mais il n'y avait rien de particulier ce jour-là, à part ce maudit examen, et sa peau était nette ! Elle aurait parié que le jour de son mariage elle aurait au moins cinq boutons au centimètre carré et devrait porter un voile sur le visage pendant toute la cérémonie qu'elle n'oserait pas retirer quand son mari voudrait l'embrasser. Elle ressemblerait sûrement à une glace à la vanille décorée de framboises !

Jeanette s'approcha encore du miroir, scrutant la profondeur de ses yeux sombres, se demandant, songeuse, si elle pourrait y lire l'avenir. Ses parents l'avaient souvent grondée de passer ainsi son temps à rêvasser au lieu de réfléchir, et elle avait essayé de se concentrer sur des choses plus sérieuses, mais au bout de quelques minutes son esprit dérivait et se perdait dans l'imaginaire. Elle essayait, elle essayait, mais il lui semblait que ses pensées s'animaient d'une volonté propre. Pour elle, regarder par une fenêtre, c'était se voir voguer au sommet des arbres, plonger dans les vallées, planer sur les vagues moutonneuses de l'océan, non comme un oiseau, mais comme un pur esprit libre. Le soleil qui lui réchauffait le visage évoquait de farouches déserts, des plages dorées, des journées lascives aux côtés de... — et ce mot l'envahissait d'une sensualité exacerbée — son futur *amant*. Respirer la fragrance d'une fleur éveillait des pensées sur l'existence des choses de ce monde, grandes ou petites, animées ou inanimées, et elle imaginait son rôle dans cet univers. Décrocher la lune...

Une ombre passa derrière elle.

Elle se retourna ; par chance, le dortoir était vide.

Des affiches et des photos de vedettes de cinéma, de pop-stars, de champions de tennis, de coiffures et de photos de mode, des images dernier cri couvraient les murs en petits groupes soigneusement organisés. Un ou deux ours en peluche râpés et quelques poupées en haillons, conservés comme des mascottes et non plus comme les compagnons de tendresse qu'ils avaient été, observaient de leurs yeux morts.

ELLE SE TENAIT au-dessus de lui et secouait énergiquement la tête, l'aspergeant d'eau de mer. Agréablement rafraîchi par les gouttelettes qui tombaient sur sa poitrine, il ouvrit un œil, se protégeant des rayons du soleil, toujours puissants en cette fin d'après-midi.

— Elle est bonne ? demanda Childes.

— Plutôt froide, mais agréable, répondit Amy, s'agenouillant près de lui et s'essuyant vigoureusement les cheveux dans une serviette épaisse. Tu devrais te baigner.

Il referma les yeux et répondit paresseusement :

— Je ne veux pas prendre la peine d'enlever mes lentilles.

Il ne précisa pas qu'il ne s'était pas baigné depuis la triste expérience du mois précédent. Après cette semi-noyade, il se sentait trop vulnérable dans l'eau.

— Allez, ça te rafraîchirait.

Elle lui posa la main à plat sur le ventre et sourit en voyant les muscles se rétracter.

Il l'attira vers lui, pour respirer le corps mouillé sentant bon l'eau de mer.

— C'est de repos que j'ai besoin, pas d'exercice.

— De repos ? C'est la semaine des examens, tu n'as jamais été aussi tranquille.

— Exact, et j'ai bien l'intention que ça continue le plus longtemps possible.

La serviette, qu'Amy venait d'enrouler autour de sa tête et de ses épaules, les abritait de son ombre. Amy croisa les bras sur la poitrine de Childes pour se soulever légèrement et lui donna de petits baisers sur les lèvres.

— Tu as bon goût. On croirait embrasser une huître.

— Comme je ne sais pas si c'est un compliment ou non, je préfère ne pas relever.

Les cheveux humides et emmêlés lui caressèrent la joue tandis qu'il soulevait légèrement la tête pour embrasser le menton humide.

Il n'y avait que peu de gens sur la plage à cette heure de la journée, car les touristes n'avaient pas encore fait leur arrivée en force et les habitants de l'île étaient encore enfermés sur leur lieu de travail. A une extrémité, un bunker allemand à trois étages, immense monolithe de granit face à la mer, triste souvenir de l'histoire récente, gardait la crique, vaste étendue de sable. Des rochers entremêlés, comme s'ils venaient de s'écrouler de la falaise, bloquaient l'autre extrémité.

— Tu t'es réconciliée avec ton papa ?

Amy savait que pour lui l'emploi du mot « papa », qu'elle utilisait également, n'était qu'une plaisanterie amicale, une allusion rappelant qu'elle était toujours la petite fille de son père et elle avait cessé de s'en offusquer depuis longtemps.

— Oh, il est toujours un peu fâché et moi aussi, mais je crois qu'il finira par accepter la situation.

— Moi, je n'en suis pas si sûr.

— Ce n'est pas un ogre, Jon, il ne te veut aucun mal.

— Ce n'était pas le cas il y a quelques semaines lorsqu'il a demandé à Victor Platnauer de se plaindre à mon sujet auprès de Mlle Piprelly.

— Pip n'est le laquais de personne. Elle est assez grande pour se faire sa propre opinion. Mais pour être juste — et je ne cherche pas à excuser papa le moins du monde —, il faut reconnaître que ton passé est plutôt déconcertant.

Il ne put s'empêcher de sourire en tortillant une mèche de cheveux mouillés autour de son doigt.

— Et cela t'ennuie ?

— Comment voudrais-tu qu'il en soit autrement ? Surtout après ce qui s'est passé ces derniers temps. Tu sais à quel point je tiens à toi, alors comment peux-tu espérer que j'oublie tout ce qui s'est produit ?

— Amy, il n'y a rien eu de nouveau depuis cette soirée. Je ne me sens plus aussi troublé, je ne sursaute plus en voyant mon ombre. C'est difficile à expliquer, mais j'ai l'impression qu'on m'a enlevé un gros poids. Du moins, pour le moment.

Il ne lui avait pas parlé de la nuit où, seul dans son cottage, une tension insupportable dans son esprit l'avait cloué à terre. Les jours suivants, ses sentiments prémonitoires s'étaient lentement dissipés, comme si une force extérieure, un sort inexorable, le libérait. La menace était passée à côté de lui. Et pourtant, le rire malin de l'intrus résonnait toujours à ses oreilles.

— J'espère bien, Jon, dit Amy. (Sa voix douce éloigna les dernières traces de doute.) Je te préférais avant, je préférais l'homme que j'ai rencontré, calme, insouciant, parfois drôle... Parfois séduisant...

Il l'attira tendrement par les cheveux, si bien que ses lèvres pressèrent les siennes. Leur baiser, tendre au début, se fit plus farouche, presque violent, et leurs bouches s'entremêlèrent. Amy se serrait contre lui, sa jambe mince entre ses genoux.

— Hé, du calme ! dit-il, le souffle coupé, après un instant. N'oublie pas que je suis en maillot de bain et que nous sommes dans un lieu public.

— Personne ne nous regarde.

Elle plongea le nez dans son cou et appuya une cuisse ferme contre la sienne.

— Ce n'est pas une façon de se tenir pour un professeur !

— L'école est finie.

— Et moi aussi si tu continues.

— Il y a quelque chose d'inconvenant ?

— Amy !

En riant, elle s'écarta de lui.

— Qu'est-ce que tu peux être prude, dit-elle en s'asseyant et en continuant à s'essuyer les cheveux.

Il s'assit également, replia pudiquement les jambes et posa les bras sur ses genoux.

— C'est une honte, dit-elle, moqueuse.

— J'ai une idée, répliqua-t-il gaiement.

— Ah oui ? répondit-elle, toujours amusée mais d'une voix plus profonde, presque rauque.

— Pourquoi ne viendrais-tu pas te sécher chez moi ? A moins que tu ne doives rentrer chez toi pour je ne sais quelle raison.

— En fait, j'ai prévenu que je ne rentrerais pas pour dîner.

— C'est vrai ? Tu as des projets ?

— Non, mais je pensais que tu en aurais.

— J'ai quelques idées en tête...

Ils prirent la voiture, sans se rhabiller, les silhouettes à demi nues étant chose courante dans l'île par beau temps, et se retrouvèrent bientôt à l'intérieur de la villa de pierre grise.

Amy trembla tandis que Childes refermait la porte.

— Il fait frais ici.

— Je vais te chercher mon peignoir et je te sers à boire.

— J'aimerais bien me débarrasser de tout ce sel.

— Je vais te chercher mon peignoir, je te sers à boire et je te fais couler un bain.

Elle lui passa les bras autour du cou et lui déposa un baiser sur le nez.

— Occupe-toi simplement des boissons.

Il la prit par la taille, la serra contre lui, ses lèvres cherchant les siennes.

Amy lui rendit son baiser avec une égale ferveur, mais elle s'éloigna en sentant qu'elle ne maîtrisait plus la situation.

— Laisse-moi me laver d'abord, dit-elle, légèrement essoufflée.

— Mais tu es propre, tu sors de l'eau.
— Sers-nous à boire et lis ton courrier, dit-elle en s'écartant de lui.

Elle disparut dans la salle de bains avant qu'il ait eu le temps de protester, et le laissa seul avec les lettres sur le paillasson. Il fut immédiatement attiré par une enveloppe rose, avec un Snoopy dans un coin, et sourit en reconnaissant les pattes de mouche enfantines. Il enfila la chemise qu'il avait jetée sur la rampe d'escalier avec ses autres vêtements et alla au salon, reposant les deux enveloppes jaunes sur le bureau : des factures sans doute. Il traversa la pièce et ouvrit la lettre en marchant. Gabby lui écrivait au moins une fois par semaine, parfois de longues lettres informatives, parfois, comme aujourd'hui, quelques lignes griffonnées, un moyen de garder le contact malgré les kilomètres qui les séparaient. Miss Puddles étincelait toujours de paillettes, Annabel avait attrapé la varicelle, et maman avait promis de lui apprendre à faire un gâteau au chocolat la semaine suivante. Childes toucha des lèvres la rangée de XXXXXXX, chaque baiser symbolique scellé d'un vrai, comme le voulait le secret partagé avec sa fille.

Il entendait l'eau couler dans la salle de bains et replaça la lettre dans son enveloppe. Il versa un scotch pour lui et un Martini pour Amy et alla chercher des glaçons à la cuisine. Amy entrait dans le bain, les robinets toujours ouverts, lorsque Childes vint lui apporter son verre. Il l'observa de la porte, admirant la peau dorée, le corps et les jambes minces, les longs doigts effilés qui tenaient le rebord de la baignoire. Les cheveux, noircis par la mer, retombaient en mèches folles sur ses épaules. Amy ferma les yeux en s'enfonçant dans l'eau et soupira en un gémissement de plaisir silencieux, tandis que la chaleur du bain l'envahissait. Ses petits seins pointaient au-dessus du niveau de l'eau.

Childes referma les robinets et lui tendit le verre. Amy ouvrit ses yeux qui sourirent en guise de remerciement. Ils trinquèrent et burent une gorgée d'alcool. Childes laissait traîner une main dans l'eau, effleurant la douceur de la peau, et laissa glisser ses doigts dans la fine toison pubienne.

Les dents pressées contre sa lèvre inférieure, Amy poussa un petit soupir tandis que la main s'attardait. Il se pencha vers elle et embrassa le sein ferme alors qu'elle lui caressait gentiment les cheveux, plongeant les doigts dans l'épaisseur sombre, le long de la nuque. Elle glissa les doigts sous le col de la chemise le long de la colonne vertébrale. Sans hâte, d'une main apaisante, elle massa la chair et ce fut à son tour de gémir de plaisir. Il glissa les lèvres vers l'épaule de la jeune fille et la mordit, pas assez fort pour lui faire mal, et continua, sentant certains nerfs où il s'attardait. Amy penchait la tête sur le côté, envahie d'un plaisir sensuel.

Il se détendit, ne voulant pas aller trop loin pour le moment. Les yeux brillants, elle se retourna pour le regarder.

— Je t'aime, dit-elle simplement.

Il l'embrassa encore, légèrement, repoussant les cheveux qui encombraient le visage.

— Il y a un lit confortable qui nous attend en haut, murmura-t-il.

Comme prise d'une soudaine timidité, Amy baissa les yeux.

— Je suis bien avec toi, dit-elle.

Elle but son Martini, se réchauffant à la chaleur du liquide. Il fit mousser le shampooing dans ses cheveux et les rinça avec le verre vide. Lentement, d'un mouvement languide, il lui frotta le dos. Il l'aida à sortir du bain et admira la silhouette souple et dorée, d'une sensualité innocente dans la nudité, mais au sourire savant. Childes l'essuya d'un mouvement retenu et léger, comme si la peau allait se briser si on la pressait trop fort. Il lui sécha les jambes qui s'écartèrent insensiblement et marqua une pause pour déposer des baisers sur le ventre, les hanches, l'aine. Il sentait là une humidité qui n'était pas simplement celle du bain.

— Jon, dit-elle, une douce urgence dans la voix, on monte maintenant ?

Il se releva et prit le peignoir bleu marine suspendu à la porte, le lui passa autour des épaules et noua la ceinture, emprisonnant les mains à l'intérieur du vêtement.

— Vas-y, je te rejoins, je vais nous resservir à boire.

Dans le salon, il entendit le son des pieds nus et le craquement du lit. Il remplit les verres rapidement et grimpa le petit escalier, oubliant les glaçons. Amy, toujours en peignoir, l'attendait, étendue sur le dessus-de-lit, une jambe provocante dénudée jusqu'à la cuisse, tandis que le vêtement lâche dévoilait la délicate courbe des seins.

Childes savoura cette image avant d'entrer dans la pièce. Il posa les verres sur la table de nuit et s'assit à côté d'elle. Ils restaient silencieux et se regardaient, s'admiraient, heureux de cette attente.

Enfin, Amy l'attira vers elle, le débarrassant de sa chemise alors qu'il s'enfonçait sur le lit. Il glissa les mains sous le peignoir, les passa autour des reins, et la serra contre lui. Ils s'embrassèrent et bientôt ne se maîtrisèrent plus. Leurs bouches se mêlaient, se confondaient. Amy lui caressait le dos, les hanches, ses mains avides griffant et tordant la peau. Il lui effleura les seins, dont le mamelon durci pointait sous la paume.

Elle lui embrassa la poitrine, causant une tension agréable sous sa langue. Childes glissa les mains sur les cuisses, plongeant sous le tissu rugueux pour sentir la rondeur des courbes. Amy gémit de plaisir lorsqu'il fit courir ses doigts le long de sa colonne vertébrale et retomba sur le dos, une jambe passée au-dessus de la sienne. Elle accueillit d'un petit cri la main aventureuse qui approchait de sa douce intimité. Il caressait, s'attardait, tandis que les hanches arquées l'invitaient et s'ouvraient à lui. Il caressa encore pour qu'elle gémisse, soupire, s'accroche et s'agrippe à lui de toute la force de ses membres.

Amy avait le souffle court et elle grogna de déception lorsqu'il la relâcha, mais il avait besoin d'elle, besoin de s'engloutir en elle. Elle comprit son intention et l'aida à se débarrasser du reste de ses vêtements, l'attirant vers elle et le guidant, une fois qu'il fut libéré de son maillot de bains.

Tous deux geignirent de plaisir pendant ce voyage sans entrave à travers les corps. Childes se força à s'arrêter pour voir son visage, son amour, lui montrer le sien. Ils s'embrassèrent encore mais la tendresse céda bientôt la place à un besoin plus impérieux.

Il sentait la chaleur et la douceur de ses hanches contre les siennes et plongea pour lui embrasser les seins, goûtant leur saveur amèrement stimulante. Il se redressa sur les coudes si bien que leurs bustes se séparèrent tandis que les corps restaient rivés l'un à l'autre, sans la moindre intention de se séparer. Ravi par la vue qui s'offrait à lui, Childes précipita bientôt ses mouvements, Amy répondait à son ardeur. Il s'écrasa sur elle et réfugia sa tête dans le creux de son cou ; elle adorait sa force et le serrait très fort contre elle. Les corps s'animaient à l'unisson, au rythme des soupirs qui emplissaient la pièce ; leur extase finale résonna contre les murs, puis de lents et profonds soupirs exprimèrent leur satisfaction.

Après un moment, ils se séparèrent en s'embrassant. Allongés sur le dos, ils laissaient tous deux la tension s'apaiser et reprenaient leur souffle. La poitrine de Childes se soulevait fortement et luisait de sueur. Amy retrouva son calme plus rapidement ; elle se tourna vers lui, une main négligemment posée sur sa taille. Elle observait son profil, la rigueur du menton, la légère bosse à la naissance du nez. Elle passa un doigt sur ses lèvres entrouvertes qu'il mordit légèrement, la respiration plus sage à présent.

— Encore partant ? dit-elle malicieusement.

Il grogna et lui passa le bras autour des épaules. Amy vint blottir la tête contre sa poitrine.

— Tu sais, parfois, on dirait que tu as quinze ans.

— Maintenant ?

— Hum... Avant aussi.

— Cela t'ennuie ?

— Bien au contraire, je connais la vérité. Je connais la femme qui se cache derrière la fillette.

— La putain ?

— Non, la *femme*.

— Je suis contente que cela te fasse plaisir, dit-elle en le mordillant.

— Tu fais le bonheur d'un vieil homme.

— Trente-quatre ans, ce n'est pas exactement l'âge d'un vieillard.

— J'ai onze ans de plus que toi.

— Oui, finalement, c'est beaucoup. Il va peut-être falloir que je réexamine mes projets.

— Tu as des projets ?

— Disons que j'ai des intentions.

— Et je peux savoir de quoi il s'agit ?

— Non, pas pour l'instant. Tu n'es pas encore prêt à les entendre.

— Je me demande si ton père serait d'accord.

— Pourquoi faut-il toujours remettre mon père sur le tapis ?

— C'est un personnage important dans ta vie et je ne pense pas que cela t'amuse de provoquer son courroux.

— Bien sûr que non, mais je dois vivre ma vie, prendre mes propres décisions.

— Faire tes propres erreurs ?

— Oui, aussi. Mais pourquoi es-tu si pessimiste ? Tu crois que nous commettons une erreur ?

Childes se souleva de nouveau sur les coudes et la regarda.

— Non, pas du tout. Mais c'est si bien entre nous depuis un certain temps que parfois cela me fait peur. J'ai peur de te perdre.

Amy resserra son bras autour de lui.

— C'est toi qui avais érigé les barrières qu'il a fallu briser.

— Nous sommes restés sur nos gardes tous les deux pendant longtemps.

— Tu étais encore un homme marié quand je t'ai connu au collège, même si tu étais déjà séparé de ta femme et de ta fille. Et puis, tu as toujours été un mystère pour moi, c'est peut-être ce qui m'a attirée.

— Il m'a fallu un an avant de t'inviter à sortir avec moi.

— C'est moi qui t'ai posé la question, tu ne t'en souviens pas ? Le barbecue sur la plage, un dimanche ? Tu avais dit que tu viendrais peut-être.

— Ah oui, dit-il en souriant. Je ne me confiais pas beaucoup à cette époque.

— C'est toujours le cas.

— Pas avec toi.

— Je n'en suis pas si sûre, répondit-elle en fronçant les sourcils. Il y a une partie de toi que je n'ai jamais réussi à atteindre.

— Amy, sans vouloir paraître trop préoccupé par ma petite personne, j'ai souvent l'impression qu'il y a une partie de moi-même que je n'arrive pas à connaître. Il y a quelque chose chez moi — je n'ai pas la moindre idée de ce que cela peut bien être — que je ne peux pas expliquer ; un élément enterré dans l'ombre, quelque chose qui sommeille. Parfois, il me semble que je suis un monstre prêt à bondir. C'est une drôle de sensation, pas très agréable. Je me demande parfois si je ne suis pas fou.

— Nous avons tous des domaines dont nous ne sommes pas sûrs. C'est ce qui rend l'être humain aussi imprévisible.

— Non, ce n'est pas la même chose. C'est comme... comme... (son corps, qui s'était raidi, sembla se dégonfler comme un ballon). Je ne peux pas expliquer, finit-il par dire. Le mieux que je puisse dire c'est qu'une sorte de pouvoir surnaturel caché... non, c'est un mot trop fort, c'est si intangible, si irréel... ce n'est peut-être que mon imagination. J'ai simplement l'impression qu'il y a quelque chose qui n'a jamais été exploré. Peut-être que tout le monde est pareil.

Elle l'observait attentivement.

— D'une certaine manière, oui. Mais est-ce que cette impression a quelque chose à voir avec tes « visions » comme tu les appelles ?

— Il réfléchit un instant avant de répondre.

— Oui, j'en suis plus conscient à ces moments-là, je dois l'avouer.

— Tu n'as jamais cherché à y voir plus clair ?

— Comment ? A qui pourrais-je m'adresser ? A un médecin ? Un psychanalyste ?

— Un parapsychologue ?

— Ah non, pas question que je m'aventure dans ces histoires.

— Jon, il est évident que tu es médium, alors pourquoi ne pas contacter quelqu'un qui s'y connaît dans ce domaine ?

— Si tu avais ne serait-ce qu'une petite idée des lettres de cinglés que j'ai reçues de la part de ces soi-disant « spiritistes », sans parler de ceux qui sont venus frapper à ma porte pour tourmenter toute ma famille il y a trois ans, tu ne me parlerais pas de ça.

— Je ne parlais pas de ces gens-là, mais d'un véritable parapsychologue, de quelqu'un qui a fait des études sérieuses sur ce genre de phénomènes.

— Non.

Elle fut surprise par la brusquerie de sa voix.

— Je n'ai pas envie qu'on m'analyse, dit-il en regardant le plafond. Je ne veux pas fouiller plus loin. Je veux laisser tomber, Amy, comme ça peut-être que cette impression disparaîtra toute seule, qu'elle mourra de sa belle mort.

— Pourquoi as-tu si peur ?

Les yeux fermés, il répondit d'une voix sourde :

— Parce que je me sens menacé... un pressentiment si tu veux, j'ai l'impression que si l'on découvre ce... pouvoir inconnu chez moi, il va m'arriver quelque chose de terrible...

Sans la regarder, il ouvrit de nouveau les yeux.

— ... Quelque chose d'horrible et d'inimaginable.

Sans un mot, Amy le regarda.

Plus tard dans la soirée, Amy prépara le dîner tandis que Childes faisait nerveusement les cent pas de la cuisine au salon. Bien qu'ils se sentissent toujours aussi proches l'un de l'autre, leur humeur avait changé depuis la conversation de l'après-midi. Déconcertée et inquiète des remarques de Childes, Amy préféra ne pas le bousculer davantage. Bien sûr, Jonathan avait des problèmes, mais elle avait confiance dans leur relation, et, le moment venu, il se confierait à elle. Dans un certain sens, elle regrettait même d'avoir abordé ce sujet, car depuis, Childes sombrait dans la rêverie et l'introspection. Pendant tout le repas, ce fut elle qui fit la conversation.

Ils refirent l'amour avant de se séparer, sur le divan du salon, cette fois, sans la moindre précipitation ni le moindre malaise, prolongeant tous deux leur plaisir, savourant chaque instant de bonheur partagé. Le lien qui les unissait devenait de plus en plus fort, et aucune trace de doute n'entachait leurs sentiments. Il était tendre, prévenant et retrouvait son calme, et ses étreintes la firent pleurer doucement. C'étaient des larmes de joie et non de tristesse et Childes la serra si fort qu'elle craignit qu'il ne lui brise les os.

Tard dans la nuit, il raccompagna Amy chez elle. Tous deux avaient l'impression d'être abrités sous un chaud manteau d'euphorie qui liait et mêlait leurs esprits.

Elle lui dit au revoir dans un long baiser et dut faire un effort sur elle-même pour s'arracher de la voiture. Il attendit qu'elle fût devant la porte avant de sortir de l'allée et ce ne fut que lorsque les feux arrière disparurent dans le lointain qu'elle mit la clé dans la serrure.

Avant de pénétrer dans la maison, Amy admira une fois encore le paysage nocturne, presque magique sous la dense lumière du clair de lune.

Le vieillard entendit la porte s'ouvrir mais il garda les yeux fermés et fit semblant de dormir. Des pas résonnèrent dans la chambre, ces pas traînants qu'il s'était mis à haïr et qui le firent se raidir contre les sangles du lit étroit. L'odeur épouvantable confirma ses soupçons. Incapable de se taire plus longtemps, il abattit son jeu :

— Vous êtes revenue me tourmenter, c'est ça ? Pouvez pas me laisser tranquille, ça serait trop demander !

Il n'y eut pas de réponse.

Le vieillard leva le cou, pour y voir plus clair. La lampe du plafond, protégée par un grillage grossier, une simple veilleuse réglée au minimum, lui permit pourtant d'apercevoir la silhouette qui attendait près de la porte.

— Ah, je savais bien que c'était vous ! cria l'homme étendu. Que voulez-vous cette fois ? Des insomnies, hein ? Vous ne dormez jamais, c'est ce qu'on raconte ici, vous le saviez ? Dort jamais, ça rôde toute la nuit. Ils vous aiment pas, personne ne vous aime, moi non plus. En fait, je vous hais. Mais ça, vous l'avez toujours su.

Le vieillard se mit à rire d'une voix sèche.

— Qu'est-ce que vous fichez là. Je n'aime pas qu'on m'observe. Oui, c'est ça, fermez la porte, que personne ne vous entende me torturer. Vous ne voudriez tout de même pas réveiller les autres cinglés, ce serait dommage. J'en ai parlé aux médecins, je leur ai dit ce que vous me faites quand nous sommes seuls. Ils m'ont dit qu'ils vous en

toucheraient un mot, dit-il en ricanant. Ils vont pas tarder à se débarrasser de vous, c'est moi qui vous le dis, et plus vite que ça.

La silhouette s'approcha du lit.

— Je parie que vous croyiez qu'ils ne m'écouteraient pas, poursuivit-il, tel un moulin à paroles. Mais ils savent bien que les fous ne sont pas tous enfermés la nuit, qu'il y en a plein les couloirs quand les autres sont endormis, tous ceux qui jouent aux gentils dans la journée. Ceux qui sont encore plus cinglés que les vrais malades qu'ils doivent soigner...

La silhouette dressée devant lui obstruait la faible lumière. Elle portait un sac à la main.

— Ah, vous m'avez apporté quelque chose, dit le vieil homme, plissant les yeux pour discerner les traits dans la pénombre. Encore un de vos méchants tours. Vous m'avez fait des marques, la dernière fois. Les médecins les ont vues, lança-t-il avec un rire triomphant. Ils me croient maintenant ! Ils ont pas pu dire que je m'étais blessé tout seul !

De la bave apparaissait aux commissures des lèvres et dégoulinait sur le parchemin craquelé de la peau. Il sentit le poids du sac sur sa poitrine frêle, et entendit la fermeture de métal s'ouvrir brusquement. Des mains larges plongèrent à l'intérieur.

— Qu'est-ce qu'il y a là-dedans ? demanda-t-il. Ça brille. J'aime bien ce qui brille. J'aime bien ce qui est pointu. C'est pointu ? Oui, bien sûr, je le vois. Vous savez, je n'en ai pas vraiment parlé aux docteurs. J'ai fait semblant, pour vous faire peur. Je n'aurais jamais fait une chose pareille, je n'aurais jamais parlé de vous. Cela m'est égal... que... vous... me fassiez du mal..., dit-il dans de petits soupirs. On... s'amuse... bien...

Il se retourna contre les sangles serrées, mais ses muscles atrophiés restaient sans effet. Étrangement, la terreur qui se lisait dans ses yeux lui donnait une apparence de lucidité, d'homme sain d'esprit.

— Dites-moi ce que vous avez dans la main.

Ses mots étaient rapides à présent, presque collés les uns aux autres, et s'élevaient comme une lamentation. Les épaules et la poitrine se soulevaient péniblement sous les lanières de cuir. La silhouette se courba et il put en discerner les traits.

— Non, s'il vous plaît, non, ne me regardez pas comme ça. J'ai horreur que vous me souriiez de cette façon. Non... pas ça... non... Pas sur le front... Non ! Ça me fait mal... Je sais que si je crie personne ne

m'entendra, mais... je vais... crier... quand même. Mais, c'est du sang ? J'en ai plein les yeux... S'il vous plaît, je ne vois plus rien... Non, ne faites pas ça... j'ai mal... ça me coupe... Je... Je vais... crier, non,... ça va... trop... profond...

Le hurlement ne fut qu'un hoquet gargouillant, car la créature lui avait fourré dans la bouche une chaussette qui gisait à proximité.

Accroupie sur le lit, la silhouette recousait, d'un mouvement souple et régulier tandis que dans le reste de l'asile, médecins et malades continuaient à dormir du sommeil du juste.

CE SOIR-LÀ, un cauchemar vint hanter l'esprit de Childes, mais il ne dormait pas. Il rentrait chez lui au volant de sa voiture.

Une sensation de chaleur moite l'envahit, comme si l'atmosphère s'alourdissait de fumées nauséabondes. Il resserra les mains sur le volant, et, bien que collants d'humidité, ses doigts semblaient le picoter. Il se concentra sur la route éclairée par le clair de lune essayant de faire disparaître la pression qui lui oppressait la tête. Pourtant, elle ne cessait de s'accroître, une substance nuageuse se propageait dans son crâne, les muscles du cou se raidissaient, ses bras lui semblaient de plomb.

Avec la fugacité d'un éclair, la première vision apparut devant lui, dispersant pour quelques instants son brouillard intérieur. Il n'était pas très sûr de ce qu'il avait vu, cela avait disparu trop vite, cédant de nouveau le terrain à la sensation de lourdeur, ce qui l'obligea à serrer le bas-côté ; les buissons et les ronces griffaient la carrosserie, comme si elle cherchait à s'y introduire. Childes ralentit mais ne s'arrêta pas.

Il croyait avoir vu des mains. De grosses mains. Puissantes.

Il lui semblait que sa cervelle s'emplissait à présent de boules de coton, qui anéantissaient sa conscience au fur et à mesure que la forme mal définie s'amplifiait. Il n'était plus très loin de chez lui et s'efforçait de conserver une vitesse réduite mais constante, roulant au milieu de la route, car la circulation était pratiquement inexistante à cette heure tardive. Dans son esprit, il vit les mains brandir des instruments pointus, image étincelante comme la foudre, qui estompait tout le reste.

Il luttait pour conserver sa direction quand soudain l'image s'évanouit. La lourdeur revint, moins intense pourtant, mais le picotement des doigts s'était propagé dans le bras.

Plus très loin... La route qui menait au cottage se trouvait juste devant lui. Childes relâcha le pied de l'accélérateur et commença à freiner. Une gouttelette de sueur lui tomba dans le coin de l'œil et il l'essuya d'un revers de la main pour dégager sa vue, d'un mouvement lent et délibéré, presque pénible. Il tourna le volant et les phares de la Mini dévoilèrent la rangée de maisonnettes un peu plus loin. Il était conscient de ce qui lui arrivait et redoutait les autres images à venir. Il éprouvait un besoin désespéré de se sentir en sécurité, chez lui. Ici, dans la lueur iridescente de la lune qui semblait figer tout le paysage, le mettre à plat, comme si on avait découpé les arbres dans du carton, avec des ombres dures et des contours parfaitement définis, il se sentait trop exposé, trop vulnérable.

Plus très loin... encore quelques mètres. Tout droit. La voiture se glissa dans l'espace libre devant le cottage et Childes coupa le moteur, basculant en avant, les poignets posés sur le volant. Il inspira profondément pour combattre l'étau qui lui compressait la tête. Il retira la clé de contact, trébucha hors de la Mini, les épaules baignées par la lueur argentée de la lune. Il se débattit avec sa serrure, mais finit par l'ouvrir et poussa la porte, tombant à genoux dans le couloir au moment où la vision l'assaillait de toute sa force.

Une terreur incommensurable déformait les traits du vieillard, l'horreur se lisait dans ses yeux. Les lèvres minces et craquelées bredouillaient des mots que Childes n'entendait pas ; des gouttes de bave suintaient du coin de sa bouche tandis qu'il luttait contre les sangles qui le retenaient sur le lit étroit. Quand il tourna la tête, les tendons du cou tirèrent la peau lâche, et l'excroissance exagérée de la pomme d'Adam monta et descendit, comme s'il avalait de l'air. Les pupilles se détachaient, immenses, sur l'ivoire parcheminé par les ans. Childes y perçut un reflet, une forme indéfinissable qui grandissait au fur et à mesure qu'une silhouette s'approchait du vieillard.

Childes se rejeta contre le mur en voyant un objet métallique se poser contre le front de l'homme terrifié et hurla lorsque le mouvement de scie s'amorça, portant la main à ses yeux, comme pour chasser cette image épouvantable. Du sang suinta de la blessure et ruissela sur le visage, inonda les rares cheveux blancs, aveugla le regard horrifié.

Un instant, le tremblement du corps frêle arrêta le mouvement de l'instrument du chirurgien, fermement enfoncé dans l'os. Une sorte de reconnaissance flotta chez Childes, mais c'était l'*autre* qui l'avait identifié. Lui avait souhaité la bienvenue.

— OVEROY ?

— Inspecteur Overoy à l'appareil, bonjour.

— C'est Jonathan Childes.

— Childes ? Ah oui, dit-il après une pause, oui, Jonathan Childes. Ça fait un moment...

— Trois ans.

— Déjà ? C'est vrai. Que puis-je pour vous, monsieur Childes ?

— C'est... un peu délicat. Je ne sais trop par où commencer.

Overoy repoussa sa chaise et posa un pied sur le coin du bureau. D'une main, il sortit une cigarette du paquet et la prit avec les lèvres. Il l'alluma avec un briquet de quatre sous, comme pour laisser à Childes le temps de trouver ses mots.

— Vous vous souvenez des meurtres ? dit finalement Childes.

— Vous voulez dire les meurtres d'enfants ? demanda Overoy en exhalant une longue bouffée de fumée. Comment les oublier ? Vous nous avez été d'un grand secours à cette époque.

« Et j'en ai payé le prix », pensa Childes, mais il se tut.

— Je crois que ça m'arrive à nouveau.

— Pardon ?

Overoy ne lui simplifiait vraiment pas les choses.

— J'ai dit que je croyais que ça m'arrivait à nouveau. Les visions, les prémonitions.

— Du calme ! Dites-vous que vous avez découvert d'autres corps ?

— Non, cette fois, il semblerait que je sois témoin des meurtres eux-mêmes.

Overoy ôta son pied du bureau et s'en approcha pour prendre un stylo. Si cela avait été quelqu'un d'autre au téléphone, Overoy n'aurait pas hésité à lui raccrocher au nez et à le considérer comme un fou, mais il avait appris à prendre les déclarations de Childes au sérieux, malgré ses réticences du début.

— Dites-moi exactement ce que vous avez, euh... vu, monsieur Childes.

— Avant, je veux que nous passions un accord.

Overoy regarda le combiné comme s'il s'agissait de Childes lui-même.

— Je vous écoute, lui dit-il.

— Je veux que tout ce que je vous dirai reste strictement entre nous, aucune fuite à la presse. Pas comme la dernière fois.

— Oui, mais ce n'était pas entièrement ma faute. Les journalistes ont du flair pour tout ce qui est inhabituel, et ils en auront toujours. J'ai essayé de les tenir à l'écart, mais une fois qu'ils avaient reniflé la piste, c'était impossible.

— Je veux des garanties, Overoy. Je ne veux pas courir le risque d'être traqué à nouveau. Ça a causé assez de dégâts la dernière fois. Et en plus, ce que j'ai à vous dire n'a peut-être aucun sens.

— Je peux simplement vous assurer de faire de mon mieux.

— Ça ne me suffit pas.

— Qu'attendez-vous de moi ?

— Pour le moment, la promesse que vous n'en parlerez à personne, quoi que je vous dise. Vous ne porterez les choses plus loin que si les faits sont vérifiés, et encore, seulement à vos supérieurs hiérarchiques ou à ceux qui seront directement impliqués dans l'affaire.

— De quelle affaire parlez-vous ?

— D'une seule sûre pour le moment, et d'une autre possible.

— J'aimerais en savoir plus.

— Vous me donnez votre parole ?

Overoy inscrivit le nom de Childes sur un bout de papier et le souligna de deux traits.

— Comme je n'ai aucune idée de ce dont vous voulez parler, eh bien, c'est d'accord, vous avez ma parole.

Pourtant, Childes hésitait toujours, comme s'il ne faisait pas confiance au policier. Overoy attendait patiemment.

— Pour le garçon dont la tombe a été profanée et le corps mutilé, votre enquête a déjà abouti ?

Overoy souleva les sourcils de surprise.

— Pas la moindre piste, à ma connaissance. Vous savez quelque chose ?

— Je l'ai vu se produire.

— Comme avant ? Vous en avez rêvé ?

— Je n'étais pas présent physiquement, mais je n'en ai pas rêvé non plus.

— Excusez-moi, j'ai employé le mauvais mot. Vous avez vu ce qui s'est produit dans votre esprit.

— Le cercueil a été brisé avec une sorte de petite hache, ensuite on a déposé le corps sur l'herbe, à côté de la tombe.

Il y eut un nouveau silence à l'autre bout de la ligne.

— Continuez, finit par dire Overoy.

— On a découpé le corps avec un couteau, et on a sorti les organes.

— Monsieur Childes, ce n'est pas que je ne veuille pas vous croire, mais tous ces détails figuraient dans la plupart des journaux... Je sais que vous avez eu beaucoup de mal à me convaincre la dernière fois — je dois reconnaître que je vous croyais un peu fou au début — mais vous y êtes quand même parvenu. Même moi, je n'avais plus rien à dire lorsque vous nous avez dit où se trouvait le second corps. Mais il m'en faut un peu plus, vous me comprenez sûrement.

Childes poursuivit sur un ton neutre, dépourvu d'émotion.

— Il y a une chose dont les journaux n'ont pas parlé, pas celui que j'ai lu du moins. On a dévoré le cœur du garçon.

Le stylo qu'Overoy faisait nerveusement tournicoter entre ses doigts s'arrêta brusquement.

— Overoy ? Vous m'entendez ?

— Oui, j'ai entendu. En fait le cœur n'a pas été mangé, mais il a été déchiré avec les dents, le médecin légiste a retrouvé les marques. Il y avait également d'autres morsures sur le corps.

— Quel genre de créature a...

— C'est ce que nous aimerions savoir, monsieur Childes, que pouvez-vous me dire d'autre ?

— Là-dessus, rien. J'ai vu ce qui s'est passé, mais je ne peux pas décrire la personne qui l'a fait. C'était comme si je voyais la mutilation à travers les yeux du coupable.

Overoy s'éclaircit la voix.

— J'ai appris que vous vous étiez réfugié dans les îles de la Manche après, euh... la dernière affaire. C'est de là que vous m'appelez ?

— Oui.

— Pouvez-vous me communiquer votre adresse et votre numéro de téléphone ?

— Vous ne les avez pas dans vos dossiers ?

— Si, mais cela m'évitera de regarder.

Childes donna les informations voulues et demanda :

— Alors, vous me prenez au sérieux ?

— La dernière fois aussi, n'est-ce pas ?

— Vous y avez mis le temps.

— Encore une question de routine, monsieur Childes, et je crois que vous en comprendrez aisément les raisons. Vous étiez bien dans les îles le soir de la profanation ?

Childes répondit d'un ton las :

— Oui, j'étais ici, et je vous donnerai le nom des témoins qui pourront le confirmer.

Le stylo d'Overoy gribouilla de nouveau.

— Excusez-moi de vous ennuyer avec ça, s'excusa le policier, mais autant être clair là-dessus dès le début.

— Je devrais m'y être habitué maintenant.

— Vous admettrez sans difficulté que les circonstances étaient assez exceptionnelles. Bon, êtes-vous sûr de ne rien avoir à ajouter à propos de cet incident ?

— Je crois bien que non.

Le policier reposa son stylo et reprit sa cigarette dans le cendrier. Des cendres tombèrent sur ses notes.

— Cela s'est produit il y a déjà quelques semaines, pourquoi ne m'avez-vous pas appelé plus tôt ?

— A ce moment, je pensais que c'était une prémonition exceptionnelle, une vision unique, et de toute façon, je n'avais pas grand-chose à dire.

— Qu'est-ce qui vous a fait changer d'avis ?

La voix de Childes s'étouffa :

— J'ai eu une autre vision hier soir.

Overoy reprit une nouvelle fois son stylo.

— C'est un peu confus à présent, comme... un rêve dont on se souvient mal. Je rentrais chez moi en voiture quand une image m'a sauté à l'esprit, une sensation si violente que j'ai failli avoir un accident. J'ai eu du mal à faire le chemin jusque chez moi, et quand je suis enfin parvenu à l'intérieur, je me suis évanoui. Il me semblait que mon esprit était parti ailleurs.

— Dites-moi ce que vous avez vu, demanda Overoy, nerveux et impatient.

— J'étais dans une pièce. Je ne voyais pas grand-chose, mais cela semblait austère, dénudé. Je regardais un vieillard. Il avait l'air terrifié et essayait d'éviter quelque chose qui l'approchait. Ce quelque chose, ce *quelqu'un,* c'était moi, et pourtant, ce n'était pas moi. Je voyais tout du point de vue d'un autre. Il y avait quelque chose de répugnant dans ce... ce monstre...

— Ce monstre ?

— C'est l'impression que j'ai eue. C'était malsain, ignoble. Je le sais, parce que, pendant un moment, j'étais à l'intérieur de son esprit.

— Des indices pour l'identifier ?

— Non, non, c'est comme avant, il y a trois ans.

Attendez... Je me souviens de mains, des grosses mains, oui, il y avait de grosses mains, brutales, et qui portaient un sac... avec des instruments à l'intérieur.

— Des instruments tranchants, dit Overoy sur le ton de l'affirmation.

— Je ne les ai pas tous vus, mais j'ai senti qu'ils l'étaient.

— Est-ce que le vieux a dit quelque chose ? Le nom de l'autre personne ?

— Je n'entendais rien, tout était silencieux pour moi.

— Il essayait de s'enfuir ?

— Il ne pouvait pas. Il luttait, il tentait de s'échapper, mais il ne pouvait pas bouger du lit. C'était bizarre, le lit était très étroit, comme une couchette, et il était attaché par des sortes de sangles, je crois. Il luttait, mais restait rivé au lit ! Il ne pouvait pas se sauver !

— Calmez-vous, monsieur Childes, dites-moi simplement ce qui s'est passé.

— Les mains, les grosses mains, elles ont pris une petite scie dans le sac et ont commencé à scier la tête du vieillard...

Overoy sentit l'angoisse peser sur le silence qui suivit. Il attendit plusieurs secondes avant de demander :

— Avez-vous une idée de l'endroit où cela a pu se produire ? Un indice quelconque ?

— Non, je suis désolé. Je ne suis pas d'un grand secours. En fait, j'ai décidé de vous appeler parce que je suis sûr que c'est la même personne qui s'est attaquée au vieil homme et qui a mutilé le corps de l'enfant.

Overoy grommela dans un souffle :

— Comment pouvez-vous en être si sûr ? Vous dites que vous n'avez pas vu la personne responsable de ces actes.

— Je... je le sais, c'est tout. Vous devez me croire sur parole. Pendant un instant, j'ai été dans l'esprit de cette créature, j'ai partagé ses pensées. Je *sais* que c'est la même personne.

— Vous dites que cela s'est produit la nuit dernière ?

— Oui, il était tard, onze heures, peut-être minuit, je ne sais pas exactement. J'ai lu les journaux ce matin, et je pensais que l'incident s'était passé trop tard pour figurer dans les éditions du matin. On n'en a pas parlé à la radio non plus.

— A ce que je sache, il ne s'est rien produit de tel au cours des dernières vingt-quatre heures. Je peux vérifier, mais généralement ce genre d'affaires circule vite.

Une fois de plus la cigarette remplaça le stylo et le policier respira profondément.

— Dites-moi, sont-ce les deux seuls incidents dont vous avez été témoin récemment ? demanda-t-il dans un nuage de fumée.

Il n'aurait jamais posé une telle question aussi naturellement quelques années auparavant.

— Pourquoi cette question ?

— Euh..., commença-t-il, comme s'il hésitait à en révéler plus. Une prostituée a été assassinée le mois dernier, et nous pensons qu'il y a un lien entre ce crime et la profanation de la tombe de l'enfant.

— Ce serait la même personne ?

— Il y a quelques indices révélateurs. Le même genre de mutilations, le corps ouvert, les organes enlevés, des traces de dents sur la peau, et aussi...

— Il y a un mois ?

La fermeté de la question coupa la parole à Overoy.

— A peu près. Cela signifie quelque chose pour vous ?

— La première vision... Je nageais... J'ai vu du sang... des organes...

— A cette époque ?

— Oui, mais il n'y avait rien de clair. Je n'ai pas compris ce que j'ai vu. Vous êtes certain qu'il s'agit de la même personne ?

— Absolument certain. Nous avons analysé la salive sur les deux corps ainsi que l'empreinte dentaire, il n'y a pratiquement aucun doute. Quant aux motivations, ce genre de psychopathe n'en a pas besoin. La prostituée a été violée, et il nous semble que cela s'est produit *après* la mort. Aucune femme vivante, même sans le moindre respect d'elle-même, n'aurait toléré de se laisser traiter ainsi. D'après l'expertise médicale, il n'y a pas eu de véritable pénétration, on n'a retrouvé aucune trace de sperme, mais des objets ont été introduits dans le vagin... L'assassin se sentait peut-être frustré par sa propre impuissance. Il devait être très fort, car la fille a été étranglée avec les mains nues, et ce n'était pas un poids léger, bien au contraire. En fait les services la connaissaient pour ses violences, contre les hommes en particulier.

Overoy tira sur sa cigarette.

— Il y a encore une chose qui confirme nos conclusions. Je voudrais que vous y réfléchissiez. Avez-vous vu quelque chose d'étrange, quelque chose que vous ne parvenez pas à identifier ?

— Non, je vous ai dit que je n'en savais pas plus.

— Prenez votre temps, réfléchissez.

Overoy regarda son bloc-notes et attendit.

— Je suis désolé, je ne vois rien, répondit Childes après un instant. Plus je me concentre, plus cela s'embrouille. Vous pouvez me dire ce que vous avez en tête ?

— Non, pas maintenant. Voilà ce que je vais faire, monsieur Childes. Je vais vérifier cette histoire de vieillard et voir si on a des informations maintenant. Ensuite, je contacterai les responsables de l'enquête sur la prostituée et la profanation du corps et je vous appellerai. D'accord ?

— Et vous gardez tout ce que je vous ai dit pour vous ?

— Oui, pour le moment. D'ailleurs je n'ai pas grand-chose à dire, pas vrai ? Même si nous avons obtenu des résultats la dernière fois, je suis toujours en butte à des plaisanteries pour vous avoir fait confiance, alors je n'ai pas très envie de revivre toute cette histoire. Excusez ma franchise, mais c'est ainsi que les choses se passent.

— Ne vous en faites pas, je ressens exactement la même chose.

— Je vous appelle si j'obtiens de nouvelles informations. Mais cela ne sera peut-être pas tout de suite.

Quand il eut reposé le combiné, Overoy observa ses notes pendant un moment. Childes était sincère, il en était sûr. Un peu étrange, peut-être, mais ce n'était guère surprenant avec un tel sixième sens. En fait, c'était ce don qui le laissait perplexe, pas Childes lui-même.

Le policier écrasa sa cigarette et examina ses doigts, fronçant les sourcils en voyant les traces de nicotine. Il en alluma une autre, prit la pierre ponce qui lui servait également de presse-papiers et frotta vigoureusement la peau jaunie. Childes ne s'était pas trompé pour le corps profané, mais il avait fallu le pousser pour qu'il parle de la prostituée ; de plus, il était resté vague. Alors qui était-il, lui, un soi-disant détective cynique au cœur dur, pour essayer de comprendre ? Peut-être rien. Peut-être quelque chose. Il parcourut une nouvelle fois ses notes. Cette horrible histoire de vieillard... qu'est-ce que cela signifiait ? Overoy abandonna sa pierre ponce et entoura un mot.

Sangles. Childes avait dit que le vieillard était attaché par des sangles à un lit étroit. Que la pièce était à peine meublée... Qu'avait-il dit exactement ? Austère, dénudée... Quel genre d'endroit cela pouvait-il bien être ?

Overoy se concentra sur le mot entouré, puis, les yeux vides, fixa le mur opposé. A travers le verre cathédrale, il apercevait le mouvement des autres bureaux, entendait les machines à écrire, les sonneries du téléphone, des voix, mais ne les enregistrait pas. Un événement tragique s'était produit la nuit précédente. Pouvait-il y avoir un rapport ?

Sans certitude, mais un peu plus que curieux, Overoy décrocha le téléphone.

LE POLICIER attendait aux portes de débarquement, peu discret dans son uniforme, avec sa chemise bleu clair à épaulettes et son pantalon bleu marine. Sa grande taille le trahissait d'autant plus, et un ou deux passagers qui venaient juste de descendre du vol SD330 à l'aéroport de Gatwick lui jetèrent un coup d'œil nerveux en approchant de la douane.

Le petit aéroport fourmillait de touristes et d'hommes d'affaires. Dehors, le soleil estival avait farouchement dissipé toute trace de fraîcheur dans l'air. Un flot ininterrompu de véhicules, qui rôdaient autour des pistes, engouffrait et déversait passagers et bagages. A l'intérieur, les voyageurs occupaient tous les sièges ; les enfants, pour tuer leur ennui, couraient et sautillaient par-dessus les jambes allongées, tandis que les mères épuisées faisaient semblant de ne s'apercevoir de rien. Des groupes de vacanciers riaient et plaisantaient, bien décidés à profiter de leurs dernières minutes de congé.

L'inspecteur Robillard reconnut la silhouette familière qui avançait à grands pas le long du couloir d'arrivée et lui adressa une sorte de rictus. A première vue, Ken Overoy n'avait guère changé au cours des années, mais lorsqu'il s'approcha, les cheveux plus rares et grisonnants et le léger bourrelet de la taille devinrent plus évidents.

— Bonjour, Geoff, dit Overoy en reprenant son sac de

voyage de la main gauche pour pouvoir tendre la droite. C'est gentil d'être venu me chercher, ajouta-t-il sans prendre garde aux officiers des douanes qui attendaient derrière leur comptoir.

— Ce n'est rien, répondit Robillard. Tu m'as l'air en pleine forme, Ken.

— Tu rigoles ? La vie insulaire a l'air de te réussir.

— Disons que c'est le week-end de voile. Je suis content de te revoir... Cela fait un bail !

Les deux officiers de police s'étaient rencontrés lors de leur préparation à New Scotland Yard et avaient suivi ensemble leur formation d'inspecteur dans le Yorkshire. Robillard était resté en contact avec Overoy, et cherchait toujours à le voir lorsqu'il avait l'occasion de se rendre en Angleterre. Il appréciait le récit des aventures inhérentes au métier de policier dans la capitale, si différentes du maintien de l'ordre dans l'île, bien que Robillard reconnût que là non plus, il ne manquait pas de magouilles en tout genre. Cette fois, il se réjouissait de pouvoir offrir assistance au détective londonien.

Il conduisit Overoy du terminal au véhicule qui les attendait à l'extérieur, une Ford blanche avec un gyrophare bleu sur le toit, devant l'horizon de la falaise.

— Alors, comment se porte la criminalité chez vous ? demanda Overoy en jetant son sac sur le siège arrière.

— Elle augmente rapidement avec le début de la saison. J'aurais préféré que vous gardiez vos fortes têtes pour vous.

— Même les méchants ont besoin de vacances, répondit Overoy en riant.

Robillard mit le contact et se tourna vers son compagnon qui s'installait sur le siège du passager et allumait une cigarette.

— Alors, où va-t-on ?

Overoy regarda sa montre.

— Un peu plus de trois heures. Où peut-il bien se trouver à cette heure-ci ? Au collège ?

— Euh, nous sommes mardi, alors, oui, il est sans doute à La Roche.

— A La Roche, donc. Je le verrai à la sortie.

— Il va falloir attendre un moment.

— Cela n'a pas d'importance, j'ai tout mon temps. Mais je peux peut-être réserver une chambre d'hôtel avant.

— Pas question. Wendy ne pardonnerait jamais que je ne t'invite pas à passer la nuit chez nous.

— Je ne voudrais pas déranger.

— Tu ne déranges pas. Elle sera contente de te voir. Et puis, Ken, tu nous donneras des tuyaux sur les crimes de la grande ville corrompue. Elle adorera ça !

Se décontractant déjà un peu, Overoy sourit.

— Bon, très bien. Nous pourrons bavarder en faisant route vers le collège.

Robillard quitta vite la route principale encombrée pour les chemins plus tranquilles menant à la côte. Les couleurs chatoyantes des haies et la fraîcheur de l'air marin contribuèrent à détendre Overoy. Il jeta sa cigarette à demi consumée et inspira profondément par la fenêtre ouverte.

— Que sais-tu de Jonathan Childes ? demanda-t-il, en gardant un œil sur la route devant lui.

Robillard ralentit pour laisser le passage à un véhicule qui arrivait en sens inverse.

— Pas grand-chose à part ce que j'ai lu dans ton rapport. Il vit seul ici depuis près de trois ans, et semble prendre la vie du bon côté, bien qu'il travaille pour plusieurs établissements. Il ne fait guère parler de lui, en général. C'est drôle, on nous a demandé de contacter Londres pour avoir des informations sur lui, il y a quelques semaines.

Overoy le regarda d'un air curieux.

— Ah ? Qu'est-ce que c'est que cette histoire ?

— Un conseiller de l'île, qui fait également partie du comité de la police ici, nous a demandé de faire une enquête sur son passé. Platnauer, c'est son nom. Il est membre du conseil d'administration de La Roche, c'est sans doute à ce titre qu'il procédait à des vérifications.

— Oui, mais pourquoi maintenant ? Cela fait un moment que Childes travaille au collège, n'est-ce pas ?

— Deux ou trois ans. Je dois avouer que cet intérêt

soudain m'a intrigué aussi au début. Qu'est-ce qu'il a fait, Ken ?

— Rien, ne t'inquiète pas. Il s'est produit certains incidents dernièrement sur lesquels il serait capable de nous fournir des indices, c'est tout.

— Maintenant, c'est moi qui ai envie d'en savoir plus. Les informations, quelles qu'elles aient été, ont été transmises au conseiller Platnauer, qui les a lui-même retransmises à Mlle Piprelly, la directrice de La Roche, et depuis, nous n'avons plus entendu parler de rien. On savait que Childes avait fourni des informations à la police il y a trois ans, mais c'était la première fois qu'il était mêlé de près ou de loin à une affaire criminelle. Comme c'était toi qui étais chargé de l'enquête, cela m'étonne que l'on ne t'ait pas contacté personnellement.

— C'était inutile, tout était dans les dossiers.

— Alors, dis-moi, qu'est-ce qui se passe maintenant ?

— Désolé, Geoff, c'est impossible pour le moment. Cela ne servirait à rien, et je ne voudrais pas causer des ennuis à Childes, dit Overoy en allumant une autre cigarette. La dernière fois, j'en ai trop dit à la presse, et ils se sont jetés sur lui comme des vautours sur une charogne.

— Qui c'est ce type ? Une sorte d'extra-lucide ?

— Pas exactement. Un médium, plutôt, d'après ce qu'on en sait, mais il n'a pas de prémonitions, ni de contacts avec les morts, ou ce genre de trucs. Il voyait mentalement où les corps de ces gosses étaient enterrés, et il nous a fourni assez d'indices pour que nous retrouvions l'assassin. Trop tard, malheureusement... il s'était déjà pendu quand nous sommes arrivés.

— Mais comment... ?

— Je n'en ai aucune idée. Je ne suis même pas sûr de comprendre. Appelle ça de la télépathie, si tu veux. Tout ce que je sais, c'est que Childes n'est pas cinglé. En fait, il semble plus troublé par ce phénomène qu'autre chose.

Overoy repéra le collège de jeunes filles avant que son collègue ne le lui ait indiqué. Tandis que la voiture entamait une courbe, le bâtiment principal, blanc et imposant, dressa devant eux, au-dessus des arbres, ses murs étincelants et éblouissants sous le soleil. Ils s'arrêtèrent devant les portes et le détective siffla d'admiration en regardant la grande allée.

— Pas mal, le cadre !

Derrière le grand bâtiment et ses annexes, la mer d'un profond bleu cobalt le disputait en éclat au ciel limpide. La verdure luxuriante des falaises et des bois alentour offrait une agréable variation de couleurs, les nuances du ciel, de la mer et de la terre en harmonie plutôt qu'en opposition. Tout près d'eux, les courts de tennis bordés de pelouses et de plates-bandes fleuries s'intégraient dans le paysage ; même les couleurs mécaniques des voitures du parking avoisinant refusaient de jouer les intruses.

— J'aimerais bien retourner à l'école ici, dit Overoy, chassant un nuage de fumée de son visage.

— Il faudrait d'abord que tu changes de sexe.

— Pour aller ici, cela ne me dérangerait pas.

L'inspecteur se mit à rire.

— Tu veux que je te fasse faire le tour du collège avant ?

— Non, j'attendrai Childes sur le banc près du court de tennis. Inutile d'attirer l'attention.

— Comme tu veux. Il a une Mini noire. Numéro 27292, ajouta Robillard après avoir retiré un papier de sa poche. J'ai vérifié avant de venir te chercher. Je vais voir s'il est bien là avant de te quitter.

Il conduisit souplement la voiture de police à travers les portes du collège et se dirigea vers le parking.

— La voilà, alors, il n'est pas encore parti.

Overoy ouvrit la porte du passager et se pencha pour reprendre son sac sur le siège arrière.

— Tu peux le laisser ici, si tu veux, de toute façon, il faudra que je vienne te chercher plus tard.

— J'ai simplement besoin de quelque chose, dit le détective en ouvrant la fermeture à glissière d'une poche et en plongeant à l'intérieur pour en sortir une enveloppe en papier kraft. Ce sera inutile de venir me chercher. Avec un peu de chance, Childes m'invitera chez lui pour que nous puissions bavarder tranquilles, je prendrai un taxi.

— Tu connais mon adresse ?

— Oui, je l'ai.

A l'extérieur de la voiture, Overoy clignait des yeux sous le soleil. Il se repencha par la fenêtre ouverte :

— Au fait, Geoff, je te serais reconnaissant de pas souffler un mot là-dessus au commissariat. J'ai promis à Childes de rester discret.

— Que voudrais-tu que je dise de toute façon ? répliqua Robillard en souriant. A plus tard ?

Il fit demi-tour, franchit les portes en sens inverse et fit un dernier signe de la main avant de s'éloigner. Overoy s'étira et fourra l'enveloppe brune dans la poche intérieure de sa veste. Il marcha lentement vers un banc, regrettant à la fois de ne pas avoir apporté ses lunettes de soleil et de ne voir aucune des plus grandes élèves évoluer sur les courts de tennis.

Des voitures arrivaient par la route de l'autre côté des courts et Overoy supposa que les parents venaient déjà attendre leurs filles dans le parking, à l'arrière du bâtiment. Il regarda sa montre. Childes ne tarderait pas à sortir.

Le policier avait posé sa veste à côté de lui, remonté ses manches au-dessus de ses coudes et desserré sa cravate. Cela l'avait reposé de rester ainsi assis au soleil et d'avoir un peu de temps pour réfléchir, pour une fois. Sur plus d'un point, il enviait son ami Robillard d'opérer dans une atmosphère aussi amicale. Pourtant, Overoy savait que si attirante que paraisse l'île, elle deviendrait vite fort ennuyeuse pour un homme comme lui, habitué à la ville, avec toute sa corruption, sa déchéance et sa perversité, et qui, à trente-huit ans, adorait le rythme frénétique de la capitale. Josie préférerait cette vie pourtant, pensa-t-il en imaginant sa femme détendue, sur la plage, préparant un barbecue, respirant la fraîcheur de l'air... Moins d'appels nocturnes pour son mari, moins d'heures supplémentaires. Pourtant, cela devait être bien morne en hiver. C'était là la question !

Une sonnerie lointaine retentit et des jeunes filles commencèrent à sortir des différents bâtiments, les bavardages troublaient la paix des lieux. Il se passa un certain temps avant qu'il n'aperçoive Childes venir vers lui, accompagné d'une jeune fille blonde en robe jaune. En marchant, la fille leva le bras derrière sa tête et relâcha ses cheveux qui retombèrent en queue de cheval. Tandis qu'elle approchait, Childes l'observait... jeune, légèrement bronzée et très, très jolie. Il se demanda si Childes avait une liaison avec elle, et une légère touche des doigts de la jeune fille sur le bras de Childes confirma ses soupçons. Overoy se leva à leur approche, rejeta sa veste par-dessus son épaule et mit la main dans la poche de son pantalon.

Childes allait entrer dans le parking lorsqu'il vit le détective. Il se figea sur place et la jeune fille le regarda, étonnée. Elle suivit son regard et aperçut Overoy qui se dirigeait vers eux.

— Bonjour, monsieur Childes. Vous me reconnaissez ?

— Vous êtes difficile à oublier.

Overoy saisit la rancœur sous-jacente dans cette réponse. Les deux hommes se serrèrent la main, bien qu'à contrecœur pour Childes.

— Excusez-moi de vous surprendre à l'improviste, s'excusa le détective, mais, j'ai fouillé, euh, la situation dont nous avons parlé au téléphone il y a environ une semaine, et j'ai pensé qu'il vaudrait mieux que je vous voie en personne.

Il fit un signe à la jeune fille, remarqua ses yeux vert pâle. De près, elle était plus que simplement *très* jolie.

— Amy, je te présente l'inspecteur principal Overoy, dit Childes, c'est le policier dont je t'ai parlé.

Amy serra la main du détective, une lueur de méfiance dans les yeux.

— Pourrais-je vous voir seul à seul ? demanda le détective à Childes.

— Je t'appellerai plus tard, dit immédiatement Amy, avant de tourner les talons.

— Ce n'est pas la peine de...

— Cela ne fait rien, le rassura-t-elle. J'ai des tas de choses à faire. Nous nous verrons plus tard. Au revoir, inspecteur.

Elle hésita avant de partir, comme si elle voulait en dire plus, mais changea d'avis. Elle se dirigea vers une MG rouge et se retourna vers Childes avant d'y monter, visiblement soucieuse. Childes attendit qu'elle ait franchi les portes du collège pour se retourner vers le policier.

— Vous auriez sans doute pu régler tout ça par téléphone, dit-il, incapable de dissimuler sa colère.

— Pas vraiment, répondit Overoy sans se troubler. Vous comprendrez quand nous en aurons parlé. Est-ce que nous pouvons aller chez vous ?

— Bon, dit Childes en haussant les épaules. On vous a chargé de cette affaire ? demanda-t-il à Overoy qui le suivait jusqu'à sa voiture.

— Pas totalement. Disons simplement que je m'occupe d'un aspect particulier, parce que je vous connais.

— Alors, il y a une relation ?

— Peut-être.

— Mais un homme a été assassiné dans les circonstances que je vous ai décrites ?

— Nous en parlerons chez vous.

Ils quittèrent La Roche et, à la grande surprise d'Overoy, atteignirent rapidement l'allée étroite qui conduisait à la maison de Childes, mais après tout, l'île n'était pas si grande. Le modeste cottage se trouvait à la fin d'une rangée de petites villas et Overoy comprit mieux les ressentiments de Childes devant son intrusion. C'était le genre de demeure au charme désuet de l'ancien monde. Les classes aisées du continent étaient prêtes à payer les yeux de la tête pour s'offrir une telle résidence secondaire.

Au grand soulagement d'Overoy, l'intérieur était très frais. Le policier s'installa sur le divan tandis que Childes enlevait sa veste et la suspendait dans le petit vestibule.

— Vous voulez boire quelque chose, demanda Childes, d'un ton un peu moins hostile, thé, café ?

— Euh, je préférerais une bière.

— Allons-y pour une bière.

Childes disparut dans la cuisine et revint bientôt avec un

pack de six et deux verres. Il ouvrit une des boîtes et la passa à Overoy qui en apprécia le contact froid après la chaleur de la journée. Il remplit son verre qu'il leva en signe d'amitié. Assis dans un fauteuil en face de lui, Childes ne répondit pas à ce geste.

— Alors, qu'avez-vous à me dire ? demanda-t-il en se servant l'une des bières posées sur la table basse, sorte de zone neutre.

— Vous aviez peut-être raison au sujet du vieillard.

— Vous avez retrouvé le corps ? demanda Childes en se penchant en avant vers son interlocuteur.

Le policier avala une longue gorgée de bière et hocha la tête.

— Non, mais quand vous m'avez dit qu'il était attaché sur son lit — un lit étroit, si mes souvenirs sont exacts — et que la pièce était peu meublée, cela m'a rappelé quelque chose. Le matin même, nous avions reçu un rapport concernant un incendie dans un hôpital psychiatrique.

Le verre à mi-chemin entre la table et ses lèvres, Childes observait le policier à travers la pièce.

— C'est ça, dit-il calmement.

— Nous ne pouvons pas en être sûrs. Vingt-cinq personnes ont péri dans l'incendie, parmi lesquelles certains membres du personnel. Il y avait plusieurs vieillards parmi les victimes, séniles pour la plupart ou même carrément déments. L'un d'entre eux aurait bien pu être notre homme, mais les corps étaient si sévèrement brûlés qu'il est impossible de dire s'il y en a un qui a été mutilé auparavant.

— Comment, le feu... ?

— Ce n'est pas un accident, car les experts sont certains que deux foyers ont été allumés, l'un aux étages et l'autre au sous-sol. On a trouvé des jerricanes d'essence vides dans les deux endroits. Nous n'avons aucune idée de l'identité du coupable ; pourtant, on sait avec une quasi-certitude qu'un des internés s'est promené cette nuit-là et qu'il a découvert les jerricanes du sous-sol. Les responsables de l'enquête pensent que le pyromane a sans doute péri lors de l'incendie.

— Comment peuvent-ils en être sûrs ?

— Ils ne sont pas sûrs, mais les malades et les membres du personnel qui ont survécu ont été interrogés cette semaine et il n'y a aucune raison de les soupçonner. Évidemment, certains des malades sont complètement fous, alors nous n'avons aucune certitude à cent pour cent. Et puis, il peut s'agir d'une personne étrangère à l'hôpital.

Childes s'enfonça dans son fauteuil et but sa bière, ses pensées tournées vers l'intérieur de lui-même. Patiemment, Overoy attendit. Au loin, on entendait un avion bourdonner au-dessus des têtes.

— Et maintenant ? demanda Childes.

— S'il y a une quelconque relation entre ces trois crimes, nous avons besoin de toutes les informations, même les plus ténues, pour nous faire une idée du coupable. Pour le moment, personne n'envisage sérieusement qu'il y ait un lien entre les deux meurtres et cet incendie — enfin, personne à part moi. Mais il y a des preuves quant aux deux premiers. La fumée ne vous dérange pas ?

Childes fit un signe négatif de la tête, et Overoy sortit son paquet de cigarettes de sa poche. Il en alluma une et se servit de la boîte de bière comme cendrier.

— Quelles preuves ?

— Des mutilations identiques pour la prostituée et le cadavre de l'enfant, pour commencer. Elles portaient toutes les marques d'un crime rituel : organes enlevés, cœur déchiré, objets étrangers placés à l'intérieur du corps — pour la femme, des objets qui traînaient dans la pièce ; de la terre et de l'herbe surtout, dans le cas du garçon, des fleurs fanées aussi. Les blessures ont été recousues. Les gestes d'un fou, mais qui manifeste néanmoins d'une certaine méthode.

— Alors, il s'agit peut-être de plusieurs personnes, appartenant à une même secte par exemple.

— Nous avons trouvé les empreintes d'une seule et même personne sur les lieux des crimes : sur le cercueil et sur les objets qu'on a retrouvés dans le corps de la prostituée. Apparemment, le coupable se moque de laisser des empreintes. Mais bien sûr, avec la destruction presque totale de l'hôpital, nous n'avons retrouvé aucun indice.

— Pas d'empreintes sur les jerricanes ?

— Trop endommagés. Parlez-moi encore de l'incident avec ce vieillard. Qu'avez-vous vu d'autre ?

— J'ai peur d'avoir tout oublié. Les images étaient trop intenses, la torture... C'était trop pour moi.

— C'est compréhensible. Pourtant vous êtes persuadé que c'était encore la même personne ?

— Absolument, même si j'ai du mal à expliquer pourquoi. Quand vous êtes à l'intérieur de l'esprit de quelqu'un d'autre, la reconnaissance est aussi facile que si vous voyez la personne physiquement, plus peut-être — il n'y a aucun moyen de se déguiser.

— Vous avez parlé de mains larges...

— Oui, je les regardais comme si elles appartenaient à la personne dans l'esprit de laquelle j'étais entré. De grandes mains, rugueuses, comme celles d'un ouvrier. Des mains puissantes.

— Des bijoux ? Une bague, une chaîne, une montre ?

— Non, rien de tel.

Tandis qu'ils discutaient, Overoy observait l'homme en face de lui, remarquant les signes de fatigue sur le visage, la nervosité des mouvements. Si Childes avait trouvé la paix au cours de ses années passées sur l'île, il n'en restait plus trace. Overoy avait pitié de lui, mais il n'avait pas le choix, il devait continuer à le presser de questions.

— La dernière fois, dit-il d'une voix presque rassurante, vous souvenez-vous comment nous avons réussi à retrouver la trace du meurtrier ?

— Il avait laissé quelque chose sur le lieu du dernier crime.

— Exact, un mot. Un mot disant qu'il tuerait un autre enfant, qu'il ne pouvait pas s'en empêcher. A l'époque, un psychiatre avait dit que l'homme avait envie d'être pris, pour qu'on l'empêche de recommencer, et qu'il avait écrit pour nous supplier de l'attraper. Quand nous vous avons montré ce mot, vous avez été capable de nous décrire l'homme et de nous donner des indications générales sur l'endroit où il habitait, sur son métier. Nous n'avions plus qu'à vérifier dans nos dossiers pour retrouver les auteurs d'agressions sexuelles qui correspondaient à cette description.

— Je ne comprends toujours pas comment j'ai pu savoir...

— Sans doute parce que vous n'avez jamais voulu.

— Une foule de gens m'ont contacté pour m'expliquer ce qui se passait, et ils n'arrivaient pas à comprendre que cela ne m'intéressait pas. L'Institut de recherches psychiatriques voulait publier un article sur mon cas ; une ou deux universités américaines m'ont invité à donner des conférences, et Dieu sait combien de personnes m'ont demandé de retrouver des membres de leur famille qui avaient disparu. Je n'avais pas la moindre idée de ce qui se passait dans ma caboche et, pour dire la vérité, je n'avais pas envie de savoir. Je voulais simplement qu'on me fiche la paix, mais malheureusement, cela ne devait pas se passer comme ça. Vous avez une idée de ce que je ressentais ?

— Oui, vous vous considériez comme une sorte d'Elephant Man. Il me semble que vous prenez les choses trop à cœur.

— Peut-être, mais j'étais bouleversé, terrorisé. Vous ne pouvez pas imaginer ce qu'il a fallu que je voie à cause de ce cinglé qui m'habitait.

— Pourtant, vous m'avez contacté la semaine dernière, malgré ce que vous avez dû endurer.

Childes ouvrit une autre boîte de bière bien que son verre ne fût encore qu'à moitié vide. Il le remplit à ras bord et but.

— Il le fallait, finit-il par dire. Qui que soit le coupable, il faut l'empêcher de continuer. J'espère que l'incendie y est parvenu.

— A part attendre un autre incident, il existe peut-être un moyen de savoir.

Childes l'observa, soupçonneux.

— Comment ?

Le détective posa son verre sur la table basse, prit sa veste et retira l'enveloppe brune de la poche intérieure.

— Je vous ai dit que nous avions la preuve qu'il existait un lien entre les deux premiers meurtres et que tous deux présentaient des signes de meurtre rituel. Tenez, vous y trouverez un objet, dit-il en tendant l'enveloppe, identique à celui qui est toujours dans nos laboratoires. L'un a été trouvé à l'intérieur du corps de la prostituée, l'autre dans celui du garçon. Cela m'a demandé des efforts, mais j'ai réussi à obtenir l'autorisation de venir vous le montrer.

Sans oser la toucher, Childes regardait l'enveloppe.

— Prenez-la, le pressa le policier.

Childes avança une main tremblante qu'il laissa retomber.

— Non, je ne crois pas en avoir envie.

Overoy se leva et lui apporta le paquet.

— La dernière fois, votre tourment mental n'a cessé que lorsque nous avons découvert le meurtrier.

— Non, lorsqu'il s'est suicidé. C'est à ce moment précis que j'ai su que c'était fini.

— Comment vous sentez-vous maintenant ? Est-ce que ce maniaque a péri dans l'incendie ?

— Non... je ne crois pas.

— Alors, prenez l'enveloppe, et touchez ce qu'il y a à l'intérieur.

Hésitant, Childes obéit.

Il sursauta, comme s'il venait d'être frappé par une décharge électrique. L'objet ne pesait presque rien.

Il ouvrit l'enveloppe et plongea le pouce et l'index à l'intérieur. Il sentit quelque chose de doux, quelque chose de rond. Un objet minuscule.

Childes retira la pierre ovale et claire. En la tenant dans la paume de la main, il vit un éclair bleuté iridescent dans la forme argentée, une flamme bleue emprisonnée dans le caillou étincelant.

Childes vacilla. Overoy le saisit immédiatement pour le lâcher aussitôt, comme s'il venait de recevoir une décharge. Le policier fit un pas en arrière et vit les cheveux de Childes ondoyer, comme sous l'effet d'un éclair d'électricité statique.

Le frissonnement parcourut le corps de Childes, l'emprisonnant fermement, et pourtant, ses cellules nerveuses semblaient s'agrandir. Il se sentait trembler, mais restait incapable de se contrôler. Un éclair de glace lui poignarda l'esprit. Il ressentait de la surprise, pas seulement la sienne, mais celle de quelqu'un d'autre. Quelque chose de putride s'insinuait à l'intérieur de son crâne. Des yeux l'observaient, de l'intérieur. Il ferma la main autour de la pierre, enfonçant ses ongles dans la peau.

Il sentit la créature...

.. La créature le sentit...

— UNE PIERRE de lune, dit Childes à Amy. Une petite pierre de lune que l'on a retrouvée dans le corps de la prostituée. D'après Overoy, le médecin légiste en aurait découvert une autre dans le corps du garçon.

Assise par terre, Amy avait passé un bras sur les genoux de Childes et l'observait d'un regard inquiet. Il s'enfonça dans le divan, son verre de whisky sur les genoux. Il avait continué à boire après le départ du policier, deux heures auparavant, mais l'alcool n'avait aucun effet sur lui et il se demandait si son esprit n'était pas à demi paralysé par l'expérience qu'il avait vécue plus tôt.

— Et à l'hôpital ? On en a retrouvé une après l'incendie ?

— Non. Il y a eu trop de dégâts pour qu'on puisse retrouver un objet aussi minuscule.

— Et pourtant, Overoy t'a cru lorsque tu lui as dit qu'il s'agissait de la même personne ?

— Il a appris à me faire confiance, même si cela a été difficile pour lui.

Childes avala une gorgée du liquide amer dont la chaleur l'aidait à dissiper le froid qui l'envahissait.

— C'est l'image insaisissable qui me hantait depuis le début. Une pâleur scintillante, comme la lune aperçue à travers de minces nuages. Elle était même présente dans mon cauchemar.

— Tu sais ce que cela signifie ?

— Pas la moindre idée.

— Cette pierre de lune t'a complètement bouleversé.

Le sourire de Childes n'exprimait aucun humour.

— J'ai terrifié Overoy. Et moi aussi d'ailleurs. Qui que ce soit, quoi que ce soit, cette créature me connaît, Amy. Elle était là, dans cette pièce, dans ma tête. Elle se repaissait de mes pensées comme un parasite rampant. J'essayais de résister, de garder l'esprit clair, mais elle était trop forte pour moi. Cela m'était déjà arrivé une fois, mais la sensation n'était pas aussi écrasante.

— Tu ne m'en avais jamais parlé.

— Qu'aurais-je pu dire ? J'ai eu l'impression de devenir fou, puis la tension s'est relâchée pendant un moment. Je me sentais bien, je n'étais plus menacé. Aujourd'hui, elle est revenue avec un désir de vengeance.

— Je ne comprends toujours pas pourquoi toi, Jon. Tu ne te prétends pas médium, sauf lors de ces rares occasions, et le sujet ne t'intéresse même pas, bien au contraire. Tu refoules tout ce qui touche au paranormal comme si c'était un sujet tabou.

— Nous avons déjà discuté de ce qui m'était arrivé avant.

— Je ne parlais pas de ça, mais de l'occultisme en général, du surnaturel, le genre de sujet qu'on aborde ouvertement de nos jours. Tu t'es toujours dérobé chaque fois qu'il m'est arrivé de mentionner un quelconque événement en rapport avec le spiritisme, les fantômes ou les vampires.

— Ce sont des histoires de gosses.

— Et voilà, tu recommences ! Comme si tu avais peur d'affronter le sujet.

— C'est stupide.

— Tu en es sûr ? Jon, pourquoi ne m'as-tu jamais vraiment parlé de tes parents ?

— Qu'est-ce que c'est que cette question ?

— Réponds-moi.

— Ils sont morts tous les deux, tu le sais bien.

— Oui, mais pourquoi ne m'en dis-tu pas plus ?

— Je me souviens à peine de ma mère. J'étais très jeune quand elle est morte.

— Tu avais sept ans, et elle est morte d'un cancer. Et ton père ? Pourquoi ne le mentionnes-tu jamais ?

Childes pinça les lèvres.

— Amy, j'ai affronté assez d'épreuves aujourd'hui sans que tu me passes à l'inquisition. Où veux-tu en venir ? Tu me prends pour un mystique ? Tu sais bien à quel point c'est ridicule.

— Évidemment. Je voudrais simplement que tu sois moins renfermé, Jon, que tu creuses un peu plus au fond de toi-même. Tu caches des choses, Jon, pas seulement à moi, mais, ce qui est plus grave, à toi aussi.

Amy était excédée par l'obstination aveugle de Childes, mais elle pouvait lire dans ses yeux qu'elle avait touché une corde sensible, qu'elle avait dit vrai.

— Bon, bon, puisque tu as si envie de l'entendre, je vais t'en parler. Mon père était un homme rationnel et pragmatique qui a travaillé pendant vingt-six ans pour la même société comme employé au service comptabilité et qui faisait office de pasteur à temps perdu...

— Jusque-là, j'étais au courant.

— Et il est mort alcoolique.

Amy se redressa un instant, stupéfaite, sa colère ne faisant que s'accroître.

— Ce n'est pas tout, je sais que ce n'est pas tout.

— Mon Dieu, Amy, qu'attends-tu de moi ?

— La vérité, c'est tout.

— Mon passé n'a rien à voir avec ce qui m'arrive aujourd'hui.

— Qu'en sais-tu ?

— Il avait horreur de tout ce qui touchait au mysticisme, au surnaturel. Après la mort de ma mère, il ne voulait pas qu'on prononce son nom. Je n'avais même pas le droit d'aller sur sa tombe.

— Et il était pasteur, dit Amy, sceptique.

— *C'était un alcoolique.* Il s'est étouffé dans son vomi quand j'avais dix-sept ans. Et je vais t'avouer quelque chose : j'ai été soulagé ! J'étais heureux d'être enfin débarrassé de lui. Et voilà, qu'est-ce que tu penses de moi, maintenant ?

Elle s'agenouilla et lui passa le bras autour des épaules. Elle le sentit se raidir, tenter de s'écarter, mais elle le retint. Graduellement, la nervosité sembla le quitter.

— Tu renverses mon verre, dit-il calmement.

Amy le serra plus fort, jusqu'à ce qu'il crie :

— Hé, arrête !

Elle relâcha son étreinte et s'assit à côté de lui, en biais pour continuer à voir son visage.

— C'est parce que tu te sentais trop coupable que tu ne m'en as rien dit avant ? Tu n'avais donc pas compris que pour nous, cela ne changerait rien ?

— Amy, laisse-moi te dire quelque chose. Je ne me sens pas du tout coupable à propos de mon père. Triste, peut-être, mais pas coupable. C'est lui qui s'est tué.

— Ta mère lui manquait.

— Oui. Mais il avait d'autres obligations. Il devait s'occuper de son fils. Il l'a fait, dans une certaine mesure. Pourtant, il y a des choses que je ne lui pardonnerai jamais.

— Il se montrait cruel ?

— Pas de son point de vue.

— Il te battait ?

Une ombre traversa le visage de Childes.

— Disons qu'il m'a élevé selon ses propres préceptes. J'aimerais autant changer de sujet, Amy, je n'ai plus la moindre énergie.

Jon remarqua l'humidité emplir les yeux d'Amy et se pencha pour l'embrasser.

— Tu voulais m'aider, mais en fait, cela ne nous a menés nulle part.

— Qui sait ? Au moins, je te connais un peu mieux maintenant.

— La belle affaire !

— Je comprends plus facilement.

— Oui mais quoi ?

— Ta réserve. Pourquoi tu gardes certaines choses pour toi. Il me semble que tu as dû réprimer tes émotions après la mort de ta mère. Ton père n'était pas vraiment quelqu'un que tu pouvais aimer, et il y a un instant tu le décrivais comme rationnel et pragmatique. Drôles de mots pour la seule personne vers qui tu pouvais te tourner.

— Il était comme ça.

— Et tu as hérité d'une partie de son caractère.

Childes leva les sourcils.

— Tu ne te rends pas compte à quel point tu es logique, affreusement terre à terre. Pas étonnant que tu aies été traumatisé par ta première expérience de télépathie.

— Je n'ai jamais nié l'existence du paranormal.

— Tu n'as pas non plus embrassé sa cause.

— Amy, pourquoi es-tu si hostile ?

Cette question l'ébranla.

— Jon, je ne veux pas que tu le prennes comme ça. J'ai simplement envie de t'aider, de te pousser à fouiller dans ton for intérieur. Il y a sûrement un lien entre toi et l'autre individu, quelque chose qui attire ton esprit vers le sien.

— Ou vice versa.

— Peu importe, c'est peut-être une relation à double sens.

Cette idée le fit frissonner.

— Ce... ce n'est pas une personne, Amy. C'est une créature... malveillante... corrompue.

— Après tout ce que j'ai dit ce soir, dit-elle en lui prenant la main, c'est moi qui ai envie que tu sois logique maintenant. Cet assassin est un être humain, Jon. D'une force extraordinaire, d'après ton ami détective, mais une personne à l'esprit particulièrement retors.

— Non, j'ai vu son esprit, j'ai été témoin des horreurs qui s'y fomentent.

— Alors, pourquoi ne sais-tu pas qui c'est ?

— Il... il est... trop puissant, il exerce une pression trop écrasante. J'ai l'impression que mon esprit est ravagé, vidé, comme si cette créature engloutissait mon âme, volait mes idées. Et je ne vois ses actions destructrices que parce qu'elle me le permet, parce qu'elle a envie que je les voie. Elle se moque de moi, Amy.

Elle lui retira son verre, le posa par terre et prit ses mains dans les siennes.

— Je veux rester avec toi ce soir.

Ce fut à lui d'être surpris.

— Ton père...

Malgré la gravité de leur discussion, Amy ne put s'empêcher de rire.

— Mon Dieu, Jon, j'ai vingt-trois ans ! J'appellerai maman pour lui annoncer que je ne rentre pas.

Elle fit le geste de se lever, mais Childes la retint par le bras.

— Je ne suis pas sûr que ce soit une bonne idée.

— Bonne idée ou pas, je reste.

Childes se détendit un peu.

— Je n'ai pas envie de trouver ton père sur le palier avec un fusil chargé. Je crois que ce soir, je ne le supporterais pas.

— Je dirai à maman de cacher les cartouches.

Amy se leva et lui caressa le visage pendant un long moment avant d'aller dans le couloir. Childes écouta la voix étouffée et termina son whisky en une seule gorgée. Il ferma les yeux et appuya la nuque contre le divan. Amy savait-elle à quel point il était soulagé de ne pas avoir à passer la nuit seul ?

Un murmure la réveilla. Allongée près de lui dans l'obscurité, elle écouta. Il dormait et prononçait quelques mots dans son sommeil.

— Tu ne peux pas... être... Il m'a dit... que... c'était impossible.

Sans le réveiller, Amy essaya de comprendre la signification des mots qu'il répétait encore et encore.

— ... Tu ne peux pas être...

Intriguée au début, mais de plus en plus excitée par le contact qui s'établissait entre eux, elle avait fouillé le psychisme de l'homme. Qui était-il ? Quelle était sa puissance ? Était-il dangereux ?

Elle sourit. Ce jeu l'amusait.

Tant d'images s'étaient transmises, d'une force et d'une rapidité parfois troublantes, pourtant vite acceptées... et appréciées. Elle avait cherché, scruté, débridé sa propre conscience, pas toujours avec succès hélas, pour trouver cet être terrorisé ; malgré tout, le lien sensoriel intangible se renforçait. Elle avait senti, elle avait englouti, elle avait touché sa panique. Même les souvenirs n'avaient pu se cacher. Elle avait découvert avec une surprise et une satisfaction sadiques les autres assassinats, les meurtres d'enfants, enfouis dans les couches les plus profondes de l'esprit de l'homme. Elles les avait perçus plutôt qu'observés, elle les avait vécus. Avec joie. Elle avait compris la relation qui unissait cet homme à ces meurtres.

Il y avait bien d'autres évocations sensorielles à contempler chez cet homme, car elle avait trouvé une nouvelle source de plaisir, une nouvelle torture à exercer. Il était facile à percer, car son passé restait gravé dans ses pensées, d'une manière fort précise généralement, et, bien qu'elle ne puisse pas connaître son apparence physique, elle pouvait faiblement percevoir les images qui l'habitaient. La pierre de lune, mystérieusement arrivée en sa possession, avait servi de catalyseur à la rencontre des esprits, provoqué le succès soudain et écrasant de ce qui jusque-là n'avait été que tentatives et balbutiements. Lorsqu'elle avait lu les meurtres d'enfants, le lien entre la pierre et la police lui avait sauté aux yeux, et elle avait compris la nature des dons psychiques de l'individu. La clé se trouvait dans ces premiers meurtres.

Il fut facile de reconstituer leur histoire, car à l'époque, les journaux s'étaient délectés de ces atrocités et des conclusions bizarres qu'elles engendraient. Les microfilms des bibliothèques lui fournirent les réponses dont elle avait besoin.

Une semaine s'était écoulée. A présent, elle composait le numéro suivant sur sa liste, où tous les codes régionaux étaient identiques. Les précédents avaient été marqués d'une croix au crayon.

Elle eut un rictus en entendant la petite voix à l'autre bout du fil lui répondre :

— Allô ?

LE SOLEIL les accueillit comme des enfants prodigues lorsqu'ils sortirent de l'enceinte climatisée du bâtiment Rothschild, les enlaçant de sa chaleur en signe de bienvenue. Les jeunes filles, douze exactement, toutes revêtues de l'uniforme d'été bleu ciel de La Roche, bavardaient gaiement, toutes heureuses de ces quelques instants passés en dehors du collège. Elles se rassemblèrent sur le trottoir devant la tour de bureaux modernes tandis que Childes comptait les têtes pour s'assurer qu'il ne manquait personne. Cette visite au service informatique de la grande société bancaire n'avait pas été vaine, bien que la plupart des élèves fussent restées abasourdies par les explications très techniques de l'opérateur sur le fonctionnement et les possibilités de sa machine. Childes n'avait pu s'empêcher de sourire en voyant les inévitables yeux écarquillés de ses jeunes élèves. Néanmoins, elles avaient maintenant une vague idée du rôle de l'ordinateur dans une société internationale.

Toutes présentes, pas de têtes disparues. Cela avait été une bonne matinée. Childes consulta sa montre. Onze heures quarante-sept.

De là où ils étaient, la grand-rue semblait encercler le port avec ses yachts aux mâts vacillant nonchalamment, comme pour leur adresser un léger salut.

— Il nous reste un moment avant le déjeuner, leur dit-il, que diriez-vous d'une promenade au port ?

Elles poussèrent des petits cris de ravissement et se rangèrent immédiatement par deux. Après leur avoir conseillé de mettre une sourdine à leurs babillages, Childes ouvrit la voie. Pour la première fois, cette semaine-là, sous l'effet du soleil éclatant, du bavardage des filles, de l'aspect normal de l'environnement, il sentait une certaine forme d'équilibre revenir. Non seulement la pierre de lune lui avait laissé une étrange impression d'impuissance, mais sa conversation avec Amy avait également réveillé des souvenirs qu'il préférait endormis. Pendant les jours qui suivirent, les reproches qu'il avait à formuler contre son éducation l'avaient à nouveau hanté, pourtant il se rendait compte que, depuis longtemps, il avait cessé de haïr son père. Ce sentiment avait été profondément enterré, avec d'autres, d'ailleurs. Curieusement, c'était son père lui-même qui lui avait imposé ces critiques. C'était ainsi qu'il voyait les choses désormais. Réprimer ses propres sentiments lui avait donné une certaine souplesse d'esprit. Avec le soleil pour allié, il pouvait résister aux derniers événements macabres et aux inquiétudes de l'introspection. Seules les sombres heures de la nuit faisaient corps avec l'angoisse.

Childes repéra un banc vide donnant sur l'une des marinas et six élèves le revendiquèrent immédiatement lorsqu'il le leur signala. Se tortillant et ricanant, elles se serrèrent sur l'espace exigu. Les autres s'appuyèrent contre la balustrade qui lui faisait face.

Le port fourmillait de touristes et de résidents, les voitures et les autobus blancs progressaient lentement, et le parking était encombré de véhicules. Dans les deux marinas, délimitées par des jetées de granit, des voiliers et des bateaux à moteur de toutes tailles et de toutes formes se balançaient paisiblement. Dans une partie plus tranquille et plus reculée, on apercevait le port de pêche. Le phare se dressait à l'extrémité d'une promenade, tandis que le fort montait la garde de ses deux tours jumelles. Face à la mer, les cafés et les boutiques offraient leurs façades chatoyantes, vieilles ou neuves, bordant le port de béton d'une imagerie de cartes postales.

— Je crois que deux d'entre vous vont bientôt faire une bonne action en faveur des personnes âgées, dit Childes qui arrivait le dernier aux fillettes étonnées. Votre professeur pourrait-il avoir droit à un siège ?

— Est-ce qu'Isabelle compte pour deux ? demanda Kelly avec un sourire malicieux en regardant sa camarade bien enrobée, provoquant une cascade de rires et un cri de protestation.

— Je crois que je vais prendre ta place, Kelly, pendant que tu accompliras une autre bonne action.

Elle se leva, avec un petit sourire moqueur dépourvu de méchanceté, mais le regard plein de défi, comme d'habitude.

— Toujours à vos ordres, monsieur.

Childes sortit son portefeuille.

— Vous avez le choix, les filles : vanille ou fraise. Pas de plombières, de chocolat aux amandes, ou de mangue-mandarine et passion. Compris, rien qui puisse compliquer l'existence. Il me faut deux autres volontaires pour aider Kelly.

Les yeux brillants, Isabelle se leva tandis que les autres exprimaient encore leur ravissement.

— Moi, monsieur, offrit-elle.

— Oh, non, murmura quelqu'un. Il ne restera plus rien quand elle sera de retour.

Nouveaux rires et regard fulminant de la fille rondelette.

— Eh bien, pourquoi n'irais-tu pas avec elles, Jeanette ? proposa Childes en sortant deux billets.

Il sourit à la fillette minuscule penchée contre la balustrade qui se raidit.

— Je crois que je peux te confier le magot, ajouta-t-il alors qu'elle tendait la main vers le billet, d'un air timoré. Einstein, tu prends les commandes, dit-il à Kelly. Pour moi, ce sera vanille, et ne te trompe pas, surtout. Faites attention à la route, toutes les trois, Mme Piprelly n'apprécierait pas que je revienne avec la moitié du troupeau.

Elles se détournèrent. Kelly et Isabelle partageaient déjà quelque plaisanterie confidentielle, tandis que Jeanette traînait à l'arrière. Childes garda l'œil sur elles jusqu'à ce qu'elles aient traversé la rue encombrée puis se retourna vers le port pour observer le ferry de la métropole qui accostait près de l'extrémité de l'embarcadère nord. Au loin, des voiles blanches parsemaient la surface des eaux paisibles, pareilles à de petits cônes de papier, tandis qu'au-dessus des têtes, un Trislander jaune, avion de tourisme à douze places qui assurait un service régulier entre les îles, amorçait sa descente, avec son ronronnement étouffé qui faisait autant partie du décor que le bourdonnement des abeilles. Il se rassurait lui-même en pensant que toute cette agitation, le grondement de la circulation et la clameur des conversations, ne marquait qu'une brève interruption dans la tranquillité du reste de l'année. De toute façon, même ainsi, regarder la mer, ses douces vaguelettes et le vol élégant des mouettes, avait un effet apaisant.

Détendu, il se réjouissait de voir que les élèves se sentaient bien en sa présence, et qu'elles avaient autant apprécié cette sortie qu'il avait aimé les accompagner. Il commença à leur poser des questions sur la salle d'ordinateurs de l'Institut Rothschild pour avoir une idée de ce qu'elles avaient retenu, mais la conversation dépassa vite le cadre purement scolaire. Les remarques des élèves l'intéressaient, l'amusaient même parfois, et lui rappelaient que ce genre d'excursion approfondissait la relation maître-élèves. Childes avait prévu une sortie similaire avec une classe de Kingsley, mais il ne s'attendait pas à passer des heures si agréables car il faudrait sûrement une plus grande fermeté pour contenir l'indiscipline naturelle des garçons.

Kelly, Isabelle et Jeanette revinrent les mains chargées de cornets de glace sous les acclamations de leurs camarades qui les déchargèrent vite de leur fardeau. Il sourit à Jeanette qui fouillait dans sa poche pour lui rendre la monnaie.

— Merci, Jeanette.

— Merci à vous, monsieur Childes, répondit-elle en lui rendant son sourire, comme si elle avait perdu un peu de sa timidité.

— Alors, est-ce que ce que tu as vu ce matin veut dire quelque chose pour toi ?

— Oh, oui, je crois. Enfin, en grande partie.

— C'est beaucoup moins effrayant quand on commence à comprendre. Tu verras que tout deviendra beaucoup plus simple quand tu auras maîtrisé les bases, cela ne va plus tarder, dit-il d'un ton rassurant. Hé ! Où est passée la mienne ? demanda-t-il en se tournant vers les autres.

— Oh, excusez-moi, dit Kelly en gloussant. Je vous promets que je n'avais pas l'intention de la manger.

La glace commençait déjà à fondre et des ruisselets blancs lui coulaient sur les doigts. La glace de Kelly, dans l'autre main, à demi consommée, paraissait naine à côté de celle qu'elle tendait à Childes.

Childes prit la sienne, et elle porta immédiatement la main à ses lèvres pour lécher les dégoulinures.

Soudain, une odeur de brûlé envahit les narines de Childes. Une odeur étrange. De la viande roussie. Non, pire. Bien pire. De la chair incinérée.

Il regarda Kelly. La main qu'elle portait à sa bouche était noircie, simples nerfs déchiquetés qui collaient à l'os blanc. Une main d'infirme, des griffes carbonisées.

Il entendait des rires tout autour de lui, mais dans le lointain, bien que ce fussent ceux de ses propres élèves. Il sentit un liquide froid et visqueux sur sa cuisse, baissa instinctivement les yeux et vit la boule de glace fondue couler le long de sa jambe.

Il regarda de nouveau Kelly qui chahutait avec les autres tout en continuant à se lécher la main, dépourvue de toute meurtrissure à présent.

La route était large et silencieuse, la circulation rare.

Les maisons détachées les unes des autres possédaient toutes leur garage et leur jardinet bien entretenu. A l'arrière, les jardins devaient être plus grands, car sans être richissime, c'était une banlieue aisée. La voiture avançait lentement ; le chauffeur cherchait un numéro précis, une maison précise.

Le véhicule s'arrêta en souplesse et son occupant observa la demeure. Il *ne serait pas là ; la petite fille à la voix pointue des jeunes enfants avait dit au téléphone que papa n'habitait plus ici, qu'il avait déménagé sur une île.* Bien sûr *qu'elle se rappelait le nom de l'île, avait insisté la voix pointue, elle avait sept ans et demi, c'était une grande.*

Dans la voiture, la créature observait sans être vue. Un dimanche matin, le moment idéal pour se prélasser après l'agitation de la semaine. A présent que la maison avait été repérée, la créature reviendrait à la tombée de la nuit, l'obscurité lui serait d'un grand secours.

Pourtant, l'observateur se mit sur ses gardes lorsqu'une fillette surgit de l'angle de la maison pour courir derrière un chat noir. Un frisson glacé parcourut la silhouette grossière.

Le chat sauta sur le muret qui bordait le jardin et se figea en voyant l'ombre recroquevillée dans la voiture. Le poil hérissé, la queue raide, il la fixa de ses yeux jaunes. Soudain, le chat disparut ; la frayeur avait provoqué sa fuite.

A sa place, un visage curieux de fillette regardait par-dessus le mur.

Dans la voiture, la silhouette observa un peu plus longtemps que prévu. Et elle ouvrit la porte.

FRAN S'ÉTIRA et bâilla, bouche grande ouverte. Elle se réinstalla dans son lit, se délectant de la langueur du réveil, et exprima son plaisir dans un gémissement de béatitude. Elle se tourna sur le côté; ses cheveux auburn lui retombaient sur le visage et s'étalaient sur l'oreiller.

Pour une fois, un week-end à elle seule, pas d'obligations, pas de clients exigeants, pas de réunions, pas de coups de téléphone. Pas de ces vils flatteurs de journalistes ou de producteurs de radio et de télévision qui désiraient des interviews avec des personnalités tout à fait capables de refuser, par pur caprice. Pas d'avances d'associés vicieux ou même de clients, surtout des clients, qui prenaient les jeunes divorcées pour des proies faciles. L'occasion de passer un moment avec Gabby qu'elle négligeait un peu et de lui préparer un petit déjeuner copieux, pour une fois. Mais encore dix minutes à se prélasser...

Gabby était venue la voir un peu plus tôt pour l'embrasser et se faire câliner un moment sous les draps. Après avoir promis de préparer une tasse de thé pour ranimer sa maman épuisée, elle avait quitté la chambre en chantonnant, les notes aiguës parfois entrecoupées d'appels à Miss Puddles.

Fran était soulagée que Douglas n'ait pas passé la nuit avec elle — ce n'est pas qu'il y ait eu grand risque, avec la façon dont il préservait son propre mariage. Douglas était un associé solide, et un amant merveilleux et inventif. Malheureusement pour Fran, c'était aussi un mari attentionné (à part une petite infidélité, elle-même) et il ne s'éloignait jamais de son foyer plus longtemps que nécessaire. C'était peut-être mieux comme ça, la seule relation sérieuse de toute sa vie avait déjà été une de trop. Jonathan manquait à Gabby, et il y avait eu des moments au cours des deux dernières années où elle avait regretté son attitude sans compromis, mais trop, c'était trop. Ils avaient été bien obligés de faire face à la vérité : ils ne se faisaient pas de bien l'un à l'autre.

Pourtant, ce serait agréable d'avoir un corps d'homme à côté de soi en ce moment. C'était bizarre comme une splendide soirée d'amour la laissait toujours sur sa faim le lendemain matin. Cette fois, son gémissement étouffé contenait une nuance de frustration. Vite, Gabby, le thé ! Empêche ta mère de succomber à la tentation.

Fran se redressa, gonfla les oreillers derrière elle pour s'installer confortablement. Elle aperçut son reflet dans le miroir de la coiffeuse de l'autre côté de la pièce. Pas mal, pensa-t-elle. Les seins fermes, pas trop de bourrelets. Une chevelure longue et abondante à l'éclat encore naturel. Grâce à Dieu, le miroir était trop loin pour qu'elle remarque les rides perfides autour des yeux et sur le cou. Elle souleva le drap pour examiner son ventre. Hum... hum..., elle pouvait faire quelques abdominaux avant que le « souple » ne se transforme en « flasque ». Pas de problème avec les cuisses, minces et fuselées, comme toujours. Quel dommage qu'un corps aussi bien fait reste sous-employé ! Fran laissa retomber le drap.

Elle se pencha en arrière et observa les moulures du plafond. Elle devrait faire quelque chose avec Gabby aujourd'hui. Quelques courses dans les magasins et un déjeuner au restaurant. Ça lui plairait sûrement. Ce soir, une séance de cinéma, avec Annabel peut-être. Cela aussi Gabby aimerait beaucoup. Au diable le travail, il fallait absolument qu'elle consacre plus de temps à sa fille. Elle avait déjà acquis une maturité supérieure à la normale et avait trop de responsabilités pour une fillette aussi jeune. Ces années d'innocence étaient bien trop précieuses pour être balayées aussi rapidement. C'était étonnant à quel point elle se mettait à ressembler à son père, étant donné les rares et courts moments qu'elle passait avec lui. Bien sûr, ils étaient myopes tous les deux, mais leurs similitudes dépassaient largement les apparences physiques.

Fran entendit une voiture démarrer, et bientôt le son du moteur s'évanouit dans le lointain.

Elle ferma les yeux, mais c'était inutile ; malgré la fatigue, le sommeil la fuyait, et sa tête était agitée de pensées, banales pour la plupart. Oh, pourquoi ne pouvait-elle jamais rester en paix quand elle avait un peu de temps pour se détendre ? Et où était passée Gabby avec ce thé béni ?

Fran rejeta les draps sur le côté et se leva. Elle attrapa sa chemise de nuit vaporeuse sur le dos d'une chaise, l'enfila et se dirigea vers la porte. Penchée sur la balustrade en haut de l'escalier, elle appela :

— Gabby, je meurs de soif. Ce thé, il arrive ?

Il n'y eut pas de réponse.

AMY BOUGEA, mais Childes resta immobile, pour ne pas la réveiller.

Un sein était découvert, courbe délicate et tentatrice. Il résista.

Mais les lèvres légèrement entrouvertes étaient bien trop irrésistibles pour ne pas les goûter.

Il l'embrassa, et Amy ouvrit les paupières.

Elle lui sourit.

Il l'embrassa encore, et cette fois, elle répondit à son baiser et lui passa le bras autour des épaules, le serrant très fort. Bien que leurs lèvres finissent par se séparer, leurs corps restaient collés ensemble, profitant de la chaleur et de la proximité l'un de l'autre. Elle écarta doucement les jambes quand Childes poussa sa cuisse entre les siennes, soupira sous ce doux contact et fit courir ses doigts le long de sa colonne vertébrale.

Ils changèrent de position et s'allongèrent côte à côte, pour mieux voir le visage de l'autre. Il lui caressait les seins qui se dressaient fièrement, tendres monticules de chair. Leur amour s'exprimait tranquillement, facilement, sans hâte, toute leur frénésie ayant été dépensée la veille. A présent, c'était un moment de détente, de griserie paisible.

Il l'humidifia de ses lèvres et elle dut lutter pour maîtriser sa propre excitation, sous ce mouvement exquis, dangereusement tentateur. Sentant sa détermination flancher, il la pénétra rapidement avec une telle douceur qu'il fut en elle avant qu'elle ait eu le temps de se rendre compte qu'il avait bougé. Elle l'entoura de ses jambes et le pressa plus fort contre elle.

Il ne fallut pas longtemps pour que leur tension explose, vague de chaleur qui les fit trembler, avant de s'estomper progressivement et de les laisser à bout de souffle. Ils restèrent rivés l'un à l'autre jusqu'à ce que leurs sens aient retrouvé la paix.

Ils se séparèrent enfin, prenant tous les deux plaisir à cet éloignement, et attendirent, allongés l'un près de l'autre, que leur respiration se calme.

— Tu as bien dormi la nuit dernière ? demanda Amy.

— Comme une souche.

— Pas de rêves ?

— Rien dont je me souvienne.

Elle lui toucha le visage et il put sentir l'odeur des corps encore imprégnée sur ses doigts.

— Tu avais une sale mine hier soir.

— J'étais terrifié, Amy. Je le suis toujours. Pourquoi ai-je vu les mains de Kelly mutilées ainsi ? Une chance que les gamines ne se soient aperçues de rien, tellement elles riaient. Et si c'était une prémonition ? dit-il en lui agrippant le bras.

— Tu m'as dit que tu n'en avais jamais.

— Quelque chose est en train de changer chez moi, je le sens.

— Non, Jon. Tu es troublé, bouleversé par cette histoire de pierre de lune. Quelqu'un te joue des mauvais tours, te tourmente délibérément, tu le sais bien toi-même.

— Et met toutes ces idées dans ma tête ?

— Peut-être.

— Non, c'est absurde, ces choses-là n'arrivent jamais.

— Mon Dieu, explosa-t-elle. Comment peux-tu parler ainsi ? Pourquoi refuses-tu de regarder la réalité en face ?

— Parce que tu appelles ça la réalité !

— Ça arrive, oui ou non ? Il faut que tu te mettes

d'accord avec toi-même, Jon. Cesse de résister à quelque chose qui n'est pas normal chez les autres mais qui est naturel chez toi. Si tu as un sixième sens, accepte-le et apprends à le contrôler. Tu as déjà reconnu qu'une influence extérieure intervient sur tes pensées, alors essaie de comprendre tes propres pouvoirs afin d'organiser ta défense.

— Ce n'est pas si simple.

— Qui a dit que cela serait facile ? Mais à part toi, personne ne peut déterminer ce que tu choisis de penser ou de voir.

— Tu as raison. J'aimerais pouvoir me dominer. Mais chaque fois que je me remets d'un choc, il y en a un autre qui me frappe immédiatement. Cela devient fastidieux. Il faut que je réfléchisse. Amy, tu as dit quelque chose récemment qui ne cesse de me tourmenter depuis et j'ai besoin d'un peu de temps pour m'éclaircir les idées. Il y a une porte qui ne demande qu'à s'ouvrir, tout ce dont j'ai besoin, c'est de la clé.

— Nous ne pouvons pas essayer de la trouver ensemble ?

— Non, pas maintenant. Je suis sûr qu'il n'y a que moi qui puisse résoudre ce problème. Alors, je te demande un peu de patience.

— Si tu promets de ne plus cacher les réponses, ni à moi ni à toi-même.

— C'est une promesse facile à tenir.

— On verra.

— Tu as faim ?

— Tu es doué pour changer de sujet.

— Pourquoi ? Il n'y a plus grand-chose à dire.

— Oh que si !

— Plus tard, qu'est-ce que tu veux ?

— Si tu n'as pas de lion, je me contenterai de café et de tartines.

— Si tu es aussi affamée, j'ai mieux à te proposer qu'un café et des toasts.

— Je te laisse choisir, mais tu ne préfères pas que je m'en occupe ?

— Tu es mon invitée.

— Eh bien, j'espère que je n'ai pas abusé de ton hospitalité ces derniers jours.

— N'aie crainte. Qu'en pense ton père ?

— Il me bat froid. Je voudrais prendre un bain.

— D'accord, tu te laves pendant que je fais la cuisine.

— Tu es bien pudique.

— Après ces dernières nuits ?

— Non, mais ta baignoire est trop petite pour deux.

Il sortit du lit et attrapa sa robe de chambre.

— Laisse-moi quelques minutes, dit-il par-dessus son épaule en descendant l'escalier.

Amy ferma les yeux et bientôt, un froncement de sourcils brisa la douceur de ses traits.

En bas, Childes se rasa et se lava avant de faire couler le bain d'Amy. Il ouvrit la boîte à pharmacie, retira ses lentilles de contact et les mit devant le miroir embué. Il grimpa les marches deux à deux, enfila un jean délavé, des chaussures de tennis marron et un sweater gris tandis qu'Amy l'observait du lit.

— Tu ferais bien de te remplumer un peu.

— Pour qu'on puisse me manger ?

Ni l'un ni l'autre ne trouvèrent la réponse très drôle.

— Ton bain va être bientôt prêt, dit-il en passant les doigts dans ses cheveux blonds ébouriffés.

— J'ai l'impression d'être une femme entretenue.

— Moi aussi de temps en temps, mais c'est rare.

— Tu as retrouvé ta bonne humeur ?

— L'habitude...

Il y avait une certaine vérité dans sa réponse : comme à l'accoutumée, il esquivait les problèmes trop difficiles à affronter.

— Un baiser et je me lève, dit Amy.

— Ah oui ? Et qu'est-ce qu'il te faut pour descendre ?

— Devine.

— L'eau va déborder.

— Tu n'es vraiment pas drôle parfois.

— Et toi, tu n'as rien d'une maîtresse d'école, lui dit-il en lui tendant la robe de chambre. Le déjeuner sera prêt dans dix minutes.

Childes ne put s'empêcher de s'approcher du lit et de lui embrasser les lèvres, le cou et les seins avant de descendre.

Un peu plus tard, tandis qu'Amy se trouvait en face de lui à la table de la cuisine, ressemblant de nouveau à une écolière avec ses cheveux mouillés et la robe de chambre bleue, ils discutèrent de leurs projets pour la journée.

— Il faut que je repasse chez moi prendre quelques affaires, dit-elle en plongeant dans ses œufs au bacon et ses tomates grillées avec un enthousiasme non dissimulé.

— Tu veux que je t'accompagne ? demanda-t-il, ne s'étonnant plus de voir sa silhouette rester intacte malgré les quantités de nourriture qu'elle ingurgitait.

Il mordit dans son pain grillé, la seule chose qui se trouvait dans son assiette.

— Non, je crois qu'il vaut mieux que j'y aille seule.

— Il faudra bien que nous ayons une petite conversation tous les deux, un jour ou l'autre, dit-il en se référant à Paul Sebire.

— Plus tard, il y a assez de problèmes comme ça à régler pour le moment.

— Je m'habitue à te voir ici.

Elle s'arrêta de manger un instant.

— Oui, c'est... bien, non ?

— Assez.

Elle fit une grimace et se remit à manger.

— Je voulais dire, cela paraît... normal. Confortable et excitant en même temps.

— Oui, je crois.

— Tu crois, seulement ? dit-elle d'un ton plat tout en mâchant.

— J'en suis sûr. Je finirai même — qui sait ? — par aimer ça.

— Je devrais peut-être m'installer ici ?

Il était abasourdi, mais elle ne sembla pas le remarquer.

— Même si tu te moques de la réaction de ton père, imagine un peu ce que Mlle Piprelly penserait de savoir que deux de ses professeurs vivent dans le péché.

— Au moins, nous sommes homme et femme, cela devrait jouer en notre faveur. Et puis, elle n'a pas besoin de le savoir.

— Tu plaisantes ! Si quelqu'un éternue à un bout de l'île, quelqu'un attrape le rhume à l'autre bout. Elle est sûrement déjà au courant.

— Alors, il n'y a pas de problème.

— Ce n'est pas la même chose, dit-il en soupirant, de bonne humeur.

— N'essaierais-tu pas de fuir la conversation ? dit Amy en reposant sa fourchette et son couteau.

— La proposition m'a l'air intéressante, répondit-il en riant, pourtant...

Il s'arrêta. Il la regardait, les yeux écarquillés, mais sans la voir.

— Jon ? dit-elle en se penchant sur la table chargée et en lui prenant le bras.

Le percolateur à café frémissait dans un coin de la pièce. Une mouche bourdonnait contre la vitre. Des grains de poussière voletaient dans les rayons du soleil. Tout paraissait tranquille.

— Que se passe-t-il ? demanda nerveusement Amy.

Childes cligna des yeux. Il commença à se lever, mais s'arrêta en chemin.

— Oh non... Non, pas ça..., gémit-il.

Ses articulations crispées blanchissaient contre la table, et Amy lut l'angoisse sur son visage.

— Jon ! cria-t-elle tandis qu'il se dirigeait vers la porte, après avoir fait tomber sa tasse vide dont l'anse se brisa sur le sol.

Amy repoussa sa chaise et le suivit dans le couloir. Il se tenait près du téléphone, un doigt tremblant essayant de composer un numéro. C'était inutile, il n'en était pas capable. Il la regarda, d'un air suppliant.

Elle s'approcha et le prit par l'épaule.

— Dis-moi ce que tu as vu ? implora-t-elle.

— Amy, aide-moi. Je t'en prie.

Stupéfaite, elle vit ses yeux s'emplir de larmes.

— Jon, qui veux-tu appeler ?

— Fran. Vite. Il est arrivé quelque chose à Gabby !

Son cœur sursauta comme sous l'effet d'un coup, mais elle lui prit le combiné des mains, s'efforçant de rester calme. Elle lui demanda le numéro. Au début, il n'arrivait pas à s'en souvenir, puis les chiffres revinrent à toute vitesse et il dut les répéter plus lentement pour elle.

— Ça sonne, dit-elle en lui rendant l'appareil et en s'approchant de lui.

Elle le sentait trembler de tout son corps.

A l'autre bout du fil, on décrocha et Amy perçut une voix lointaine.

— Fran ?

— C'est toi, Jonathan ? Oh, mon Dieu, je suis contente que tu appelles, dit-elle d'un ton plein de détresse, et Childes vacilla, écrasé d'inquiétude.

— Gabby... ? commença-t-il.

— Il est arrivé quelque chose de terrible, Jon, quelque chose d'affreux...

— Fran, dit-il, aveuglé par les larmes.

— C'est l'amie de Gabby, Annabel. Elle a disparu, Jon. Elle est venue ce matin jouer avec Gabby, mais elle n'est jamais arrivée. La police est à côté avec Melanie et Tony. Melanie est folle d'angoisse. Personne n'a vu Annabel depuis. Elle s'est évaporée dans l'air ! Gabby n'arrête pas de pleurer. Jonathan, tu m'entends ?

Seul le soutien d'Amy empêcha Childes de s'évanouir.

AMY ACCOMPAGNA Childes à l'aéroport, jetant fréquemment des regards anxieux sur son visage livide.

Le soulagement de Childes se mêlait de chagrin, pour la fillette disparue, car il connaissait déjà le sort d'Annabel. *La créature* avait commis une erreur, il en était sûr. C'est sa fille qui aurait dû être la victime. Elle devait s'en être aperçue à présent.

Amy gara la MG pendant que Childes se dirigeait vers le comptoir d'enregistrement. Elle le rejoignit au bar où ils attendirent presque en silence que son vol fût appelé. Elle l'accompagna jusqu'à la porte d'embarquement, un bras passé autour de sa taille, le sien sur son épaule.

Amy l'embrassa tendrement avant qu'il ne disparaisse et le serra très fort pendant quelques secondes.

— Appelle-moi, si tu peux, lui demanda-t-elle.

Il hocha la tête, le visage émacié. Puis il s'engouffra à travers la porte, dans le flot des passagers à destination de Gatwick, un sac de voyage en bandoulière.

Amy quitta le terminal et resta dans sa voiture jusqu'à ce que l'avion s'élève dans le ciel clair. Elle pleurait.

CHILDES SONNA à la porte et perçut immédiatement un mouvement derrière le verre cathédrale. Fran ouvrit, une expression de joie et de tristesse sur le visage.

— Jonathan, dit-elle en faisant un pas vers lui comme pour l'embrasser, mais elle hésita en voyant la silhouette derrière lui.

— Bonjour, Fran, dit Childes à demi tourné vers son compagnon. Tu te souviens sans doute de l'inspecteur Overoy ?

Le trouble, puis l'hostilité modifièrent ses traits tandis qu'elle regardait par-dessus l'épaule de Childes.

— Comment aurais-je pu oublier ? dit-elle en fronçant les sourcils, le regard interrogateur.

— Je t'expliquerai à l'intérieur, répondit Childes.

— Allons au salon, proposa Fran, mais ils entendirent un trottinement sur le palier avant d'avoir eu le temps d'accepter l'invitation.

— Papa ! papa ! cria Gabby, toute joyeuse, en dégringolant l'escalier, sautant les trois dernières marches pour se jeter dans les bras qu'on lui tendait.

Elle se serra très fort contre lui, lui mouillant les joues de ses baisers et de ses larmes. Il ferma les yeux et la tint très fort contre lui.

— Papa, papa, ils ont emmené Annabel, cria-t-elle en sanglotant.

— Je sais, Gabby, je sais.

— Pourquoi, papa? Pourquoi? Pourquoi le méchant monsieur l'a emportée?

— Personne ne sait. La police le découvrira.

— Pourquoi il ne la laisse pas partir? Sa maman est inquiète et c'est ma meilleure amie.

Elle avait les joues rouges et les yeux tout gonflés derrière ses lunettes à force d'avoir pleuré.

Childes reposa sa fille sur le sol et s'assit à côté d'elle sur les marches en lui tendant un mouchoir pour qu'elle essuie ses joues humides. Il lui ôta ses lunettes et les nettoya, en lui parlant doucement. Elle garda les doigts crispés autour du poignet de son père pendant tout ce temps.

— Je pense que je vais aller à côté échanger quelques mots avec monsieur et madame... euh? interrompit Overoy.

— Berridge, compléta Fran.

— Allez-y seul, dit Childes en passant le bras autour des épaules de Gabby. Nous parlerons quand vous aurez terminé.

Avec un bref signe de tête à l'adresse de Fran, Overoy sortit. Elle referma la porte derrière lui et la verrouilla immédiatement.

— Qu'est-ce qu'il fiche ici? demanda-t-elle, exigeant de savoir.

— Je l'ai appelé avant de partir. Il est venu me chercher à Gatwick et m'a accompagné ici.

— Oui, mais qu'est-ce qu'il vient faire là-dedans?

Childes caressait les cheveux de sa fille dont le regard passait de lui à sa mère, exprimant une nouvelle crainte. Elle ne voulait pas de querelle devant elle.

— Gabby, remonte donc dans ta chambre, je viens te voir tout de suite, je dois parler avec ta maman.

— Vous n'allez pas vous disputer?

Elle n'avait pas oublié.

— Non, bien sûr que non. Il faut que nous discutions tous les deux.

— A propos d'Annabel ?
— Oui.
— Mais c'est mon amie, je dois savoir aussi.
— Nous en parlerons tant que tu voudras quand je monterai te voir.

Elle se leva mais resta sur la première marche et passa les bras autour du cou de son père.

— Promets que cela ne sera pas long.
— Je le promets.
— Tu me manques, papa.
— Toi aussi, ma chérie.

Elle grimpa l'escalier et se retourna pour faire un signe avant de courir le long du corridor qui menait à sa chambre.

— Gabrielle, dit sa mère d'en bas, je crois qu'il est l'heure que tu te prépares à aller te coucher. Prends ta chemise de nuit rose dans le premier tiroir.

Ils entendirent un son qui aurait pu ressembler à une protestation, mais rien de plus.

— La journée a été rude pour elle, remarqua Fran.
— Pour toi aussi apparemment.
— Imagine l'enfer que Tony et Melanie ont dû vivre.

Elle garda ses distances une seconde de plus, puis se retrouva dans ses bras, la tête sur son épaule, les cheveux contre sa joue.

— Oh, Jon, c'est affreux.

Comme pour sa fille, il la calma en lui caressant les cheveux.

— Cela aurait aussi bien pu être Gabby.

Il ne répondit pas.

— C'est drôle, mais j'avais l'impression que quelque chose ne tournait pas rond ce matin. Gabby préparait le thé en bas et je suis descendue voir pourquoi elle mettait si longtemps. Tu le croiras à peine, ajouta Fran avec un petit rire, elle avait renversé le sucre et balayait jusqu'au dernier grain pour que je ne m'aperçoive de rien. C'est sans doute à peu près au même moment qu'Annabel a dû traverser le jardin pour venir jouer avec elle. A moins qu'elle ne soit venue par la route de devant. Personne ne l'a vue. A part celui qui l'a kidnappée. Oh, pourtant on les avait prévenues toutes les deux de ne jamais franchir la porte d'entrée.

— Je crois que nous aurions bien besoin d'un verre tous les deux, suggéra Childes.

— Je n'osais pas commencer de peur de ne pas pouvoir m'arrêter. Je ne serais pas d'un grand secours à Melanie une fois saoule. Mais puisque tu es là, je suppose que cela n'a plus d'importance. Tu as toujours su m'empêcher de trop boire.

Enlacés, comme s'ils étaient toujours amants, ils se dirigèrent vers le salon. Tout avait pour Childes un aspect confortable et familier ; malgré les meubles dépareillés qui avaient été ajoutés après son départ, les cinq années de vie commune dans cette maison ne s'oubliaient pas facilement. Pourtant, tout était si loin que cela ne faisait plus partie de lui-même, de sa vie. Il éprouvait une sensation bizarre et peu agréable.

— Assieds-toi, dit-il. Je m'occupe des boissons. Toujours du gin-tonic pour toi ?

— Oui. Et bien tassé.

Tout en l'observant, Fran se laissa tomber sur le divan, ôta ses chaussures et replia les jambes sous elle.

— Jonathan, quand tu m'as téléphoné ce matin, je ne t'ai pas laissé beaucoup parler, mais je me suis rendu compte après coup que tu étais déjà bouleversé avant que je t'annonce la nouvelle. Il y avait quelque chose d'angoissant dans la manière dont tu as prononcé mon nom.

— Des glaçons ?

— Pas la peine, donne-le comme ça. Étais-tu inquiet quand tu m'as appelée, oui ou non ?

Childes versa une bonne mesure de gin et chercha du tonic dans le bar.

— Je croyais qu'il était arrivé quelque chose à Gabby.

— A Gabby ? Pourquoi... ?

Sa voix retomba et elle ferma les yeux.

— ... Oh non, ne me dis pas que ça recommence, murmura-t-elle.

Il lui apporta son gin et le regard de Fran ne quitta pas le sien.

— Raconte-moi tout, dit-elle sur un ton plaintif.

Childes se servit un scotch, puis alla s'asseoir près d'elle.

— Les visions m'ont repris.

— Jon...

— Ce matin, j'avais l'impression que Gabby courait un grand danger.

Pouvait-il lui avouer qu'il avait *su* que leur fille était en danger, qu'Annabel avait été enlevée par erreur ? Toute la journée, il avait été hanté par cet esprit pervers, avait eu des indices des longues atrocités infligées ; la créature — qui ou quoi que ce fût — le tourmentait, lui imposait des images insupportables. Étrangement, après un certain temps, Childes avait réussi à s'immuniser contre ces visions car il savait que le pire était déjà arrivé, qu'Annabel ne souffrait plus sous la torture ; d'ailleurs, elle n'avait pratiquement pas eu le temps de souffrir. Ça au moins, il fallait qu'il le dise à Fran.

— Mais ce n'était pas Gabby, c'était son amie Annabel.

— Oui, je n'ai pas dû tout à fait comprendre.

C'était une fuite mais Fran devait encore subir un nouveau choc avant de connaître toute la vérité. Il fallait aller lentement, pas à pas.

— Fran, il y a quelque chose que tu dois savoir.

Elle avala une lampée de gin, comme pour s'endurcir, consciente que les « intuitions » de Childes apportaient toujours de mauvaises nouvelles, jamais de bonnes.

— Annabel est morte, dit-elle à sa place.

Childes hocha la tête, évitant son regard.

Le visage de Fran se plissa, le gin se renversa sur sa main tremblante. Childes lui prit le verre des mains et se pencha pour le poser sur la petite table. Il lui passa le bras autour des épaules et l'attira contre sa poitrine.

— C'est ignoble, c'est abject, murmura-t-elle. Oh, mon Dieu, qu'allons-nous dire à Tony et Melanie ? Comment vas-tu leur annoncer ?

— Non, Fran, nous ne pouvons rien dire pour le moment. La police s'en chargera quand ils trouveront le corps.

— Comment pourrai-je regarder Melanie en face, comment puis-je l'aider maintenant que je sais la vérité ? Jon, tu en es sûr, absolument sûr ?

— C'est comme avant.

— Tu ne t'es jamais trompé.

— Non.

Il sentit le corps de Fran se raidir.

— Pourquoi pensais-tu qu'il s'agissait de Gabby ?

Elle s'éloigna de lui pour le regarder droit dans les yeux. Fran ne s'en était jamais laissé conter.

— Je ne sais pas trop. Je suppose que j'ai été troublé que cela se passe aussi près de la maison.

Elle eut un froncement de sourcils incrédule et allait lui poser d'autres questions quand on sonna à la porte.

— C'est sans doute Overoy, dit Childes soulagé, je vais ouvrir.

Le visage sombre, le policier suivit Childes dans la pièce.

— Ils n'ont pas l'air de le prendre très bien, dit-il.

— Mettez-vous donc à leur place, répliqua Fran, avec une dureté qui surprit les deux hommes.

— Excusez-moi, ce n'était pas très malin.

D'un signe de tête il accepta la proposition de Childes qui lui montrait la bouteille de whisky.

— Puis-je vous poser la même question qu'aux parents d'Annabel, madame Childes — c'est toujours ça, n'est-ce pas ?

— Oui, cela sonnait mieux sur le papier à en-tête que mon nom de jeune fille, si bien que je n'ai jamais rien fait pour le reprendre. Et puis cela pose moins de problèmes à Gabrielle. Quant à votre question, je crois que vos collègues me l'ont déjà posée plusieurs fois et la réponse reste la même : je n'ai vu personne qui me paraissait suspect au cours des dernières semaines, ni même ces derniers mois. Maintenant, laissez-moi vous demander quelque chose à mon tour.

Overoy prit le whisky que lui tendait Childes et leurs regards se croisèrent l'espace d'un instant.

— Asseyez-vous, inspecteur. Ne restez pas debout.

Fran tendit un bras qui tremblait toujours vers son gin-tonic. Pourtant, sa curiosité s'était éveillée, un nouveau soupçon se formait dans son esprit. Childes s'approcha et s'installa à côté d'elle.

— Il me paraît bizarre que Jon vous ait contacté immédiatement après avoir eu une autre de ses malheureuses visions, et que vous ayez pris la peine d'aller le chercher à l'aéroport. En fait, vous ne vous étiez pas revus depuis... combien de temps, presque trois ans ?

— Je connais bien le passé de M. Childes et ses capacités particulières.

— Oui, je sais, vous avez fini par y croire. Mais laisser toutes vos affaires en route pour le simple plaisir de le rencontrer ? Je me demandais si vous étiez de service aujourd'hui ? Nous sommes samedi, après tout ?

Ce fut Childes qui répondit :

— En fait, j'ai contacté l'inspecteur Overoy chez lui.

— Ah ? Tu avais son numéro personnel ?

— Fran, nous n'avons pas l'intention de te cacher quoi que ce soit, nous pensions simplement — je pensais — que tu étais suffisamment bouleversée par la disparition d'Annabel pour ne pas te donner d'autres motifs d'inquiétude.

Une nouvelle crainte dans le regard, elle porta son verre à ses lèvres des deux mains, avala une gorgée, puis le reposa lentement sur ses genoux. Elle se tenait très raide et parla d'une voix hésitante :

— Je crois qu'il est temps de me dire toute la vérité.

Il était tard.

Seuls dans la cuisine, Childes et son ex-épouse étaient attablés devant les restes d'un repas préparé sans enthousiasme et avalé avec encore moins d'entrain. Tout était tranquille dans la chambre de Gabby.

— Je devrais aller voir Melanie, dit Fran en se mordant la lèvre inférieure, signe d'anxiété habituel qu'il lui avait souvent reproché au cours de leurs années de mariage.

— Fran, il est plus de dix heures, tu ne devrais pas la déranger. Et puis son médecin lui a sans doute donné des calmants, elle dort peut-être déjà.

— De toute façon, que pourrais-je lui dire, maintenant que je sais la vérité ? ajouta Fran en haussant les épaules. Comment peux-tu être aussi affirmatif ?

— J'aimerais bien avoir des doutes.

— Oui, et comme je l'ai dit tout à l'heure, tu ne t'es jamais trompé à propos de... ces histoires.

Il n'y avait aucune nuance de critique dans sa remarque, mais simplement une immense tristesse.

— Pourtant, cette fois-ci, c'est différent, n'est-ce pas ? Ce n'est pas comme les meurtres d'il y a quelques années.

Il but une gorgée de café tiède avant de répondre :

— Je n'ai aucune explication, mais d'une certaine façon, ce monstre me connaît, pénètre à l'intérieur de mon esprit. Comment et pourquoi ? Ça reste un mystère.

— Il est peut-être tombé par hasard sur ton mot de passe.

— Je ne te suis pas, répondit-il, l'air surpris.

Fran repoussa son assiette sur le côté et appuya les coudes sur la table.

— Eh bien, réfléchis un peu en prenant modèle sur tes chers ordinateurs. Quand tu veux entrer dans un autre système, tu as besoin du mot de passe pour ouvrir la porte. Une fois que tu le possèdes, tu peux avoir accès aux fichiers de l'autre machine. En fait, il s'établit un dialogue entre les deux ordinateurs, je me trompe ? Eh bien, cet individu est peut-être tombé sur ton mot de passe, par hasard ou par je ne sais quel autre moyen. Et peut-être qu'inconsciemment tu connais le sien.

— Je ne savais pas que tu t'intéressais à ce genre de choses.

— En général, ça me laisse indifférente, mais après ce qui nous est arrivé la dernière fois, je suis devenue plus curieuse. J'ai fait des recherches, pas beaucoup, juste assez pour essayer de comprendre. Il y a énormément de choses qui restent obscures, mais je connais un peu les diverses théories sur les phénomènes parapsychologiques. Je dois reconnaître que la plupart sont franchement ridicules, pourtant quelques-unes manifestent une certaine logique. Cela m'étonne que tu n'aies jamais cherché plus loin toi-même.

Childes devenait mal à l'aise.

— J'avais envie de tout oublier, pas d'aller plus loin dans cette voie.

— Bizarre.

— Quoi ?

— Oh, cela n'a pas d'importance, dit-elle avec un sourire lointain. Je me souviens que tu n'aimais même pas les histoires de fantômes. Je croyais que c'était à cause de tes dispositions d'informaticien. Ton esprit était trop pris par la technique pour laisser place au romantisme. C'est vraiment paradoxal que quelqu'un comme toi reçoive des messages télépathiques. Cela serait même drôle si ce n'était pas si horrible.

— J'ai changé, au moins sur certains points.

— Continue, ça m'intéresse.

— Les ordinateurs sont passés à l'arrière-plan. C'est un travail, simplement, et à temps partiel en plus.

— Ah oui, tu as vraiment changé alors. D'autres miracles ?

— Un mode de vie différent, plus facile si l'on veut, plus de loisirs, plus de temps pour profiter des choses qui m'entourent.

— Jon, tu n'étais pas une bête de travail quand tu étais là, même si tu faisais trop d'heures supplémentaires. Tu nous consacrais un peu de ton temps, à moi et à Gabby, quand c'était possible.

— Je comprends aujourd'hui que ce n'était pas assez.

— J'avais tort moi aussi. J'avais trop d'exigences. Mais c'est une vieille histoire à présent, inutile de revenir en arrière.

— Oui, une vieille histoire, répéta-t-il en reposant la tasse de café sur la table. Fran, cela m'inquiète de vous savoir ici, toutes les deux toutes seules.

— Alors tu es vraiment persuadé que ce monstre voulait s'en prendre à Gabby ?

— Cette créature voulait parvenir jusqu'à moi à travers elle.

— Comment sais-tu qu'il s'agit de la même personne ? Et pourquoi te réfères-tu à elle comme à une créature ? C'est un monstre, mais un être humain.

— Je n'arrive pas à y penser comme à un homme. L'impression de malveillance totale est trop puissante, trop inhumaine. Quand ses pensées entrent dans les miennes, je peux presque sentir la dépravation, je vois presque la pourriture.

— C'est vrai que tu as changé.

Il secoua la tête d'un air las.

— J'essaie de te décrire les sentiments que je ressens, ce qu'on m'impose de malignité morbide. Ce n'est pas joli, je t'assure, et c'est terrifiant.

— Je te crois, Jonathan, je ne mets pas tes visions en doute, je sais que tu souffres de toutes ces horreurs, mais es-tu vraiment sûr de ne jamais perdre le contrôle de toi-même ?

Il essaya de sourire.

— Tu n'as jamais été du genre à ne pas dire le fond de ta pensée. Tu insinues que je deviens fou ?

— Non, ce n'est pas ce que je voulais dire. Mais est-ce que ces expériences pénibles ne pourraient pas aussi provoquer des hallucinations. Regarde la vérité en face : en fait, personne ne connaît grand-chose au fonctionnement des millions de cellules du cerveau, alors qui sait exactement ce qui peut le mettre en dérangement ?

— Il faut que tu me croies sur parole : la personne, si c'est comme ça que tu tiens à appeler la créature qui a assassiné la prostituée, tué le vieillard et mutilé le corps de l'enfant et celle qui a enlevé Annabel par erreur n'est qu'une. Elle me connaît et veut me faire du mal. C'est pour ça que je veux que vous vous mettiez à l'abri, toi et Gabby.

— Mais comment a-t-il su où nous habitions, il a lu l'adresse dans ton esprit aussi ? Ça ne tient pas debout, Jonathan !

— Je ne peux pas lui cacher mon passé, Fran, tu ne comprends pas ?

— Non. Non, pas du tout.

— C'est comme pour les ordinateurs, tout est dans les fichiers de ma mémoire, et comme tu l'as dit, c'est facile d'y avoir accès une fois que tu as le mot de passe. La créature a peut-être découvert comment j'avais vu les autres meurtres. Fran, est-ce que ton numéro est dans le bottin ?

— Pas l'ancien, après tous les coups de fil de cinglés. Mais je ne pouvais pas rester sur la liste rouge, pas avec mon travail, alors, j'ai fait changer le numéro.

Childes s'enfonça dans sa chaise.

— Eh bien voilà, c'est sûrement là la réponse.

— Alors, ce n'est pas un être humain, mais ça peut chercher des numéros de téléphone, dit-elle en tapant impatiemment du pied.

— J'ai essayé de t'expliquer. C'est une personne bien sûr, mais il y a quelque chose chez elle qui n'est pas humain. C'est une créature intelligente, sinon la police l'aurait déjà démasquée, et elle est très perspicace.

— Pas assez pour ne pas se tromper de petite fille...

— Non, grâce à...

Childes s'interrompit, et le sentiment de culpabilité qu'ils partagèrent un instant permit à la tension de se relâcher.

— Le problème, poursuivit Childes plus gentiment, c'est qu'elle se rendra bientôt compte de son erreur, si elle n'est pas déjà au courant grâce à Annabel.

— Les journaux !

— Tous les médias.

— Jon, s'ils font la relation..., dit-elle, les yeux écarquillés.

— Eh bien tout recommencera, dit-il en fixant la table. Un enfant kidnappé juste à côté de celui qui a aidé à résoudre une enquête de police grâce à la télépathie, c'est un peu trop pour une simple coïncidence.

— Je n'y résisterai pas une deuxième fois.

— Raison de plus pour déménager pendant un moment. Overoy s'est arrangé pour faire surveiller la maison, mais il ne peut pas empêcher les journalistes de venir. Pour le moment, il a un bon prétexte car la police est soi-disant là pour Tony et Melanie, mais cela ne va pas tromper la presse longtemps. Ils vont bien s'amuser quand ils apprendront la vérité.

Prudemment, il lança une suggestion :

— Ce serait peut-être une bonne idée si vous veniez vivre avec moi pendant un moment ?

— C'est impossible, Jon, répondit-elle immédiatement. J'ai un travail, ne l'oublie pas. Et puis Gabby va à l'école.

— Quelques semaines de repos ne lui feront pas de mal, et tu dois sûrement avoir des vacances à prendre.

— Non, non, il y a trop à faire à l'agence en ce moment, et nous ne pouvons pas nous permettre de refuser des clients. Et puis de toute façon, il faudrait bien revenir un jour ou l'autre. Qu'est-ce qui se passerait alors ?

— J'espère que l'assassin sera sous les verrous.

— J'aimerais bien savoir comment. Ta suggestion n'est pas très pratique, mais il y a un compromis. Je pourrais habiter avec ma mère. Elle serait contente d'avoir Gabby dans ses jupes, et elle n'habite pas trop loin de la ville, je n'aurais pas trop de trajets.

— Pourquoi ne laisserais-tu pas Gabby rentrer avec moi ?

Sa femme lui assena une réponse définitive et sans équivoque :

— Le juge m'a accordé la garde.

— Je ne l'ai jamais contestée.

— Tu as bien fait. De toute façon, tu n'as pas songé que toi aussi tu es en danger au point où en sont les choses ? Tu ne t'es pas demandé si ce n'était pas toi que ton monstre cherchait ?

Childes avait discuté de cette possibilité avec Overoy, en venant de l'aéroport.

— Tu as peut-être raison, Fran. Il n'y a aucun moyen d'en être sûr, mais cela prouverait simplement que la créature ne sait pas où j'habite.

— Plus il fouillera dans ton esprit, plus il en apprendra

sur toi, dit-elle en s'obstinant à parler du kidnappeur d'Annabel comme d'un homme.

— Son pouvoir ne marche pas comme ça. Les pensées ne sont pas aussi précises. Elle peut avoir une idée de l'environnement, mais pas une adresse exacte. Tu ne te souviens pas que je pouvais simplement décrire les lieux où on retrouverait les corps ?

— C'était assez précis, mais d'accord, tu as sans doute raison. N'empêche que tu représentes un danger.

Il dut lui concéder ce point.

— Il faut quand même que tu fasses surveiller la maison, même si tu t'installes chez ta mère.

— Oh, elle adorera toute cette excitation, tu la connais.

— Oui. Tu n'enverras pas Gabby à l'école ?

— Si tu crois que c'est mieux. Peut-être qu'on trouvera une école près de chez ma mère.

— Oui, ce serait encore le mieux.

— Bon, d'accord.

Fran passa la main dans ses cheveux et sembla se détendre un peu.

— Tu veux encore du café ?

— Non, je tombe de sommeil, cela ne te dérange pas si je passe la nuit ici ?

— Non, je pensais que tu resterais. Tu sais que tu es toujours le bienvenu malgré tout ce qui s'est passé.

Elle lui effleura la main d'un geste un peu maladroit, et il répondit en lui serrant les doigts.

— Nous ne nous serions sûrement pas rendus heureux à long terme, mais il y avait vraiment quelque chose entre nous.

Malgré sa fatigue, Childes répondit à son sourire.

— Nous avons passé de bons moments, Fran.

— Au début.

— Nous avons changé, nous sommes devenus étrangers l'un à l'autre.

— Quand..., commença-t-elle, mais il l'interrompit.

— De la vieille histoire.

Elle baissa les yeux.

— Je vais préparer le lit dans la chambre d'ami. Enfin, si c'est là que tu veux dormir...

Elle laissa volontairement les mots suspendus dans l'air.

Il était tenté. Fran n'était pas moins désirable qu'avant, et les émotions d'une journée d'angoisse leur faisaient ressentir le besoin de réconfort physique. Quelques instants s'écoulèrent avant qu'il réponde :

— Je connais quelqu'un...

— Une de tes collègues ? demanda Fran avec un certain ressentiment dans la voix.

— Comment le sais-tu ? dit Childes, surpris.

— Gabby n'a cessé de parler de cette gentille professeur qu'elle a rencontrée la dernière fois qu'elle est allée te voir. Cela fait un moment que ça dure apparemment ? Ne t'inquiète pas, tu peux parler tranquillement, il y a longtemps que j'ai dépassé le stade de la jalousie. De toute façon, je n'ai plus guère de droits là-dessus en ce qui te concerne.

— Elle s'appelle Aimée Sebire.

— Elle est française ?

— Le nom seulement. Cela fait plus de deux ans que je la connais.

— Cela a l'air sérieux.

Il ne répondit pas.

— Moi, j'ai toujours des aventures avec des hommes mariés, dit Fran en soupirant. Je suppose que je n'ai jamais très bien choisi.

— Tu es toujours belle, Fran...

— Oui, mais pas irrésistible.

— Dans d'autres circonstances je...

— Cela ne fait rien. Je te mets volontairement sur des charbons ardents. Pour une femme, l'indépendance, ce n'est pas ce qu'on croit, même aujourd'hui et à mon âge. Les femmes libérées dans mon genre ont quand même besoin de câlins et d'une épaule mâle pour se reposer.

Elle se leva lentement et pour la première fois Childes remarqua les cernes sous les yeux de Fran.

— Je vais chercher les draps. Tu ne m'as pas encore raconté quel était votre plan à toi et à ton ami Overoy pour capturer la bête, dit-elle, attendant la réponse dans l'encadrement de la porte de la cuisine.

Il tourna sa chaise pour lui faire face :

— Pour le moment, c'est elle qui a essayé de fouiller mon esprit. Overoy pense qu'il est temps de tenter une inversion du processus.

Le ton de sa voix et les implications de ses paroles la firent frémir.

Il se réveilla et sentit une présence avec lui dans la pièce. Pendant un instant, il resta désorienté dans cette lumière faible qui lui était étrangère et qui dissimulait des ombres non identifiables. Les événements de la journée l'assaillirent à nouveau. Il était à la maison. Non, pas à la maison. Temporairement de retour dans son ancien foyer avec Fran et Gabby. La lumière provenait d'un lampadaire à l'extérieur.

Une ombre s'approchait.

Childes s'assit dans son lit, d'un mouvement vif et raide causé par la peur.

Il sentit un poids sur les couvertures et entendit la voix rassurante de Fran.

— Excuse-moi, Jon. Je n'arrive pas à dormir seule. Pas ce soir. Ne sois pas fâché.

Il souleva les couvertures et elle se glissa à côté de lui, tout contre son corps. Il sentait la douceur de la chemise de nuit contre sa peau.

— Nous ne sommes pas obligés de faire l'amour, murmura-t-elle. Je ne suis pas venue pour ça. Prends-moi dans tes bras et serre-moi fort.

Il l'enlaça, et ils firent l'amour.

BEAUCOUP PLUS tard dans la nuit, il s'éveilla soudain d'un sommeil profond.

Une main saisit son épaule. Fran elle aussi s'était éveillée.

— Que se passe-t-il ? chuchota-t-elle.

— Je ne sais...

Le bruit se produisit de nouveau.

— Gabby ! s'écrièrent-ils ensemble.

Childes s'éjecta du lit, suivi par Fran, et se dirigea vers la porte, le froid de la terreur hérissant soudain la peau de son corps nu de petits points rugueux. A tâtons, il chercha l'interrupteur du couloir, et resta ébloui un instant, aveuglé par la lumière qui lui brûlait les yeux.

Ils virent le chat noir devant la porte ouverte de la chambre de Gabby, le dos arqué, le poil en bataille, pareil à une myriade d'aiguilles menaçantes. Miss Puddles fixait droit devant elle, les pupilles pleines de venin, la gueule béante de rage, tous crocs dehors.

A nouveau, le cri de Gabby perça le silence.

La fourrure raidie de l'animal s'ébroua, comme ébouriffée par un courant d'air. Le chat disparut dans l'escalier.

Ils se précipitèrent sur le palier, et, quand ils pénétrèrent dans la chambre, ils trouvèrent Gabby, très droite, assise dans son lit. Elle regardait dans un coin éloigné de la pièce, près de la porte ; la faible lueur nocturne projetait des ombres profondes sur son visage.

Elle ne les vit pas s'approcher du lit et continuait à observer l'angle obscur. Elle percevait quelque chose, quelque chose qui restait invisible à son père et à sa mère.

Quand Fran la serra dans ses bras, elle cligna des yeux, comme si elle sortait brusquement d'un rêve. Inquiet, Childes regarda sa fille s'écarter et fouiller à la recherche d'un objet sur sa table de nuit. Gabby trouva ses lunettes et les mit immédiatement. Une fois encore, elle scruta l'obscurité.

— Où est-elle ? demanda-t-elle, la voix pleine de larmes.

— Qui, ma chérie, qui ? répondit Fran, l'emprisonnant dans une étreinte réconfortante.

— Maman, elle est repartie ? Elle avait l'air si triste...

Les mains et le front moites d'une sueur glaciale, Childes avait la chair de poule.

— De qui parles-tu, Gabrielle ? Qui as-tu vu ? demanda sa mère.

— Elle m'a touchée. Elle avait froid, elle était *gelée*... Annabel avait l'air malheureuse.

Au plus profond de lui-même, Childes sentit vibrer un souvenir oublié depuis longtemps.

LE PAQUET arriva par le premier courrier lundi matin ; il était adressé à Jonathan Childes. Le nom et l'adresse de son ex-femme étaient écrits en lettres capitales bien régulières sur une enveloppe format A4 en papier kraft.

A l'intérieur se trouvait une petite boîte carrée de dix centimètres de côté.

Dans la boîte, un papier de soie froissé.

Et six objets bien emballés.

Quatre doigts minuscules et un pouce.

Le dernier, c'était une pierre de lune, blanche et lisse.

LA VIE SUIVIT son cours, comme toujours.

Childes retourna dans l'île après deux jours d'interrogatoires intensifs, et après avoir envoyé sa femme et sa fille en sécurité chez la mère de Fran qui vivait dans un village paisible à quelques kilomètres de Londres. Il ne les avait pas accompagnées pour n'avoir aucune impression du voyage gravée dans son esprit.

Bien qu'il n'ait pu fournir aucun indice supplémentaire à la police, il soupçonnait que seules les assurances de l'inspecteur Overoy avaient permis son départ. Ni le cachet de la poste, venant d'une banlieue ni l'écriture soignée sur le paquet macabre n'avaient conduit à une piste. Il n'y avait aucune trace de salive sur l'enveloppe de type autoadhésif, aucune empreinte n'avait pu être relevée nulle part. On avait tenu secrète auprès des médias la présence de la pierre semi-précieuse retrouvée parmi les doigts mutilés : la police préférait ne pas encourager les plagiaires. On ne pouvait pas négliger la possibilité d'un lien « probable » entre cet enlèvement et trois autres crimes qui faisaient déjà l'objet d'une enquête, mais les autorités refusèrent d'affirmer qu'elles croyaient à cette relation.

Childes bénéficia de la discrétion de l'enquête et put quitter l'Angleterre avant qu'on ait tiré des conclusions. Son contact psychique avec l'assassin était resté un secret bien gardé. Le médecin légiste affirma que les doigts avaient été arrachés à une victime déjà morte. Ce seul fait en lui-même était un mince soulagement.

On ne retrouva pas le corps d'Annabel et Childes n'eut aucune vision permettant de le localiser. Il chercha sincèrement à fouiller son esprit, mais en vain.

Il ne se passa plus rien pendant quelques semaines.

DANS SON RÊVE, il observait le garçon aux cheveux noirs tout en sachant que celui-ci n'était autre que lui-même.

Il se tenait tout droit dans son lit étroit, les draps rassemblés autour de lui, et il était jeune, très jeune. Il parlait et les mêmes mots revenaient sans cesse, litanie dépourvue de sens.

— Tu... ne... peux pas...

Une silhouette de femme se tenait au bout du lit, statue d'ivoire immobile dans le clair de lune, et observait, comme lui, Childes, le rêveur. Un terrible chagrin émanait d'elle, et tout comme le spectateur endormi savait que le garçon n'était que lui-même en plus jeune, il la reconnaissait elle, comme sa propre mère. Mais elle était morte.

— Il dit que c'est... impossible..., murmura le garçon, et la tristesse qui unissait la femme et l'enfant, la mère et son fils, devenait immense.

Soudain, le fils prit conscience de l'observateur, et ses yeux en alerte se levèrent et scrutèrent l'obscurité. Il se regardait lui-même, droit dans les yeux.

Cet instant s'évanouit dès que des pas lourds retentirent dans le couloir à l'extérieur de la chambre. La vision spectrale de la mère s'était enfuie, elle aussi.

L'ombre noire d'un homme oscillait dans l'encadrement

de la porte, et Childes, l'observateur, se sentit écrasé par la misérable colère qui jaillissait de son père en vagues menaçantes, fureur chargée de culpabilité qui alourdissait l'atmosphère. Childes se recroquevilla, tout comme l'enfant, lui-même plus jeune, lorsque l'ivrogne s'avança, le poing levé.

— Je t'ai dit..., vociféra le père. Plus jamais, plus jamais, tu m'entends !

Réfugié sous les couvertures, l'enfant hurla lorsque le coup tomba.

Childes essaya d'intervenir, de demander à son père de laisser son fils tranquille, de lui crier qu'il ne pouvait pas s'empêcher de voir le fantôme de sa mère, qu'elle était venue pour le rassurer, le réconforter, lui dire que son amour n'était pas mort avec son corps rongé par le cancer, que l'amour durerait toujours, que la tombe n'était ni une prison ni un bourreau, qu'elle l'aimerait toujours, et que grâce à ses dons particuliers, il pourrait la voir... Mais son père n'écoutait pas, ne voulait rien entendre dans son courroux qui anéantissait toute sensation, toute émotion. Il avait répété et répété à son fils qu'il n'y avait pas de vie après la mort, que les morts ne revenaient jamais harceler les vivants ; que sa mère avait péri dans la haine et qu'elle avait mérité cette longue agonie, car Dieu punissait ainsi ceux dont le cœur était plein de fiel ; qu'elle n'avait pas le droit de se relever et de parler d'amour alors qu'elle nourrissait une odieuse rancœur contre lui, le mari, le père de l'enfant. Il n'y avait pas d'esprits, pas de fantômes, d'ailleurs même l'Église niait leur existence, il n'y avait rien qui ressemblait à ça, rien du tout, *rien... !*

Les cris du garçon s'étaient changés en sanglots, mais les coups se faisaient plus violents que jamais. Bientôt, sa conscience s'évapora, tandis que, délibérément, il fermait son esprit, rejetant ce qui se passait, ce qui s'était passé. Et Childes, l'homme, le témoin endormi, savait que l'esprit de l'enfant se fermait aussi à ce qui allait se passer.

Il se réveilla en gémissant, comme pendant ces longues années d'enfance.

— Jon ? Ça va ?

Amy se tenait penchée sur lui et ses cheveux lui balayaient la joue.

— Tu faisais un cauchemar, comme la dernière fois, tu répétais toujours les mêmes mots, et ensuite tu as crié, tu demandais à quelqu'un d'arrêter.

Il avait le souffle court et rapide ; sa poitrine se soulevait en un mouvement sec. Elle avait allumé la lampe de chevet, et son doux visage, bien que tiré d'anxiété, le soulageait de son cauchemar.

— Il m'a... il m'a fait...

— Qui, Jon ? Qui t'a fait quoi ?

Il revenait rapidement à la conscience. Il resta étendu quelques secondes pour rassembler ses pensées, puis se redressa et s'appuya contre le mur. Amy s'était à demi agenouillée à côté de lui ; les ombres soulignaient les courbes gracieuses de son corps découvertes par le drap. Elle lissa une mèche de cheveux bruns qui lui retombait sur le front.

— Qu'ai-je dit dans mon sommeil ?

— Tu marmonnais, mais cela ressemblait à « ça ne peut », non plutôt : « tu ne peux pas ». Tu répétais toujours la même chose puis tu t'es mis à crier.

Bien qu'il fût déjà tard, il n'y avait pas un souffle d'air, pas la moindre brise ne pénétrait par la fenêtre ouverte.

— Amy, je crois que je commence à comprendre, dit-il d'une voix qui faisait penser à une plainte.

Elle l'enlaça et posa la tête sur son épaule.

— Tu m'as fait vraiment peur. Parle-moi, Jon, qu'est-ce que tu as compris ? Je t'en supplie, ne me cache rien.

Il lui caressa le dos, s'imprégnant d'une chaleur qui était plus que simplement physique. Il commença à parler d'une voix douce et lente, un peu hésitante au début, et prononça les mots aussi bien pour elle que pour lui.

— Quand Gabby... quand elle a vu... elle a cru voir Annabel... après l'enlèvement... quelque chose s'est réveillé en moi, une pensée, une sensation, un souvenir. Quelque chose qui était resté enfoui pendant très longtemps. C'est un peu compliqué et je suis sûr que je n'arriverai pas à tout t'expliquer, mais je vais essayer, ne serait-ce que pour mon propre bien.

Amy s'écarta un peu pour ne pas l'écraser de son poids.

— Je suppose que personne n'a vraiment envie de haïr son père, poursuivit-il, surtout que pendant des années, je n'ai eu que lui et la culpabilité a dû jouer un rôle dans mon refus d'accepter certaines choses sur moi-même. Je n'en suis pas sûr, je cherche une voie. J'essaie de trouver des réponses rationnelles, si tu veux, Amy.

Il se tut, comme s'il fouillait dans ses pensées pour y remettre un peu d'ordre. Amy tenta de l'aider.

— Ton rêve, Jon, tu devrais peut-être commencer par là.

Childes passa les doigts sur ses paupières fermées.

— Oui, dit-il après une pause, le rêve, c'est là que se trouve la clé. Mais je ne suis pas certain que cela ne soit qu'un rêve, Amy.

Il lui prit la main, la posa sur ses genoux, et regarda par la fenêtre de l'autre côté de la pièce.

— Je me suis revu petit garçon, au même âge que Gabby à peu près, et je le regardais, je me regardais, comme si je planais dans la chambre. L'enfant était assis dans son lit, il avait peur, mais d'une certaine façon, il y avait une sorte de joie en lui. Il y avait quelqu'un d'autre dans la pièce, une femme, éclairée par le clair de lune, qui regardait le petit garçon que j'étais. Je sais que c'était ma mère.

Childes respira profondément tandis qu'Amy attendait. Il avait les traits tirés, la lueur de ses yeux exprimait à la fois la tristesse et l'enthousiasme de la découverte.

— Mais ma mère était morte depuis plus d'une semaine.

— Jon...

— Non, écoute-moi, Amy. Gabby ne rêvait pas quand elle a vu Annabel. Tu ne comprends pas ? Elle a les mêmes dons que moi, elle est médium, extra-lucide... enfin je ne sais quels mots utiliser, parce que c'est un sujet que j'évite depuis des années... Mais Gabby et moi nous avons un point commun, elle a hérité du même pouvoir que moi. Mais mon père — paix à son âme — m'a ôté ces idées de la tête à coups de trique ! Il refusait de reconnaître ce don chez moi et ne m'a pas laissé l'accepter. Dans mon rêve, je le voyais entrer dans la pièce et me battre, jusqu'à m'en faire perdre connaissance. Et ce n'était pas la première fois, ni la dernière ! Il m'a forcé à rejeter cette faculté, ce sixième sens, il m'a forcé à fermer mon esprit à ce pouvoir.

— Mais pourquoi ?

— Je ne sais pas. J'ai eu une certaine impression de lui pourtant dans mon rêve. Il était troublé et furieux... et oui, il avait peur... mais il éprouvait aussi de la culpabilité. D'une certaine façon, il se reprochait peut-être la mort de ma mère ou... (Il plissa les yeux pour se concentrer, se souvenir.) Ou bien, il s'en voulait de ne pas avoir été à la hauteur pendant les dernières semaines. C'était un ivrogne, un égoïste, incapable de faire face aux responsabilités. Je crois qu'il ne supportait pas la souffrance, il était incapable de l'aider à vivre dans la douleur. Peut-être même qu'il l'a maltraitée et qu'il a eu honte. Mon père tenait à occulter totalement jusqu'à son souvenir, mais mes visions, mes apparitions l'en empêchaient. Je détruisais le mur qu'il avait construit autour de ses émotions.

Il marqua une pause pour retrouver son souffle, car les mots avaient coulé en un torrent inhabituel.

— Amy, je crois que je ne connaîtrai jamais toute la vérité. Je peux simplement te dire ce que je ressens. Pour le moment, j'ai rejeté tout ce qui touchait au surnaturel, comme n'importe quel gosse à qui l'on n'aurait cessé de répéter que le surnaturel, c'est le mal, et pourtant, le pouvoir est toujours resté enfermé quelque part à l'intérieur de moi-même. Tu imagines le conflit qui a dû se produire dans mon jeune esprit ? J'aimais ma mère et elle me manquait, j'avais besoin de son réconfort et mon père me forçait à la rejeter, et par là même, à rejeter un pouvoir particulier. Je suppose que la partie consciente de mon esprit a fini par gagner la bataille... mais pas la guerre !

Amy ôta sa main de la sienne pour lui caresser le visage.

— Cela explique beaucoup de choses, dit-elle en souriant. C'est peut-être même pour ça que tu as choisi un métier fondé sur la logique. Ce qui m'étonne simplement, c'est que tu ne sois pas complètement névrosé.

— Qui te dit que je ne le suis pas ?

Il changea de position, conscient de sa nervosité.

— Mais, Amy, pourquoi ? Pourquoi tout revient-il à la surface maintenant ?

— Cela ne date pas d'aujourd'hui, cela fait plusieurs années que le processus est enclenché, tu ne crois pas ?

— Les meurtres d'enfants ?

— C'est à ce moment-là que ton sixième sens a fait sa réapparition. Mais qui sait ce que tu as pu voir d'autre en le mettant sur le compte de la simple intuition.

Il resta pensif et dit lentement :

— Il fallait peut-être qu'un autre esprit joue le rôle de catalyseur. Quelqu'un a peut-être trouvé mon mot de passe, ajouta-t-il plus calmement.

— Quoi ?

— C'est comme ça que Fran voit les choses, elle compare les esprits à des ordinateurs auxquels on accède grâce au mot de passe. Ce n'est pas la comparaison qui compte, mais le principe. Ah oui, autre chose, qui m'est revenu dans mon rêve, si on peut s'exprimer ainsi. Le garçon m'a vu. Il était conscient de ma présence.

— Je ne comprends pas, dit Amy.

— Il m'a regardé de son lit. Je me suis regardé, plus grand, Amy. Non, je n'ai pas rêvé ce soir, c'était une réminiscence, un souvenir. Je me souviens de l'esprit de ma mère qui revenait me réaffirmer son amour, me dire que la mort n'était pas fatale. Et je me rappelle aussi un autre regard qui m'observait cette nuit-là. *Je te jure que je me souviens de cette nuit, de la façon dont l'a vécue le petit garçon.* Et ces yeux-là appartenaient à quelqu'un qui m'aimait, comme ma mère, qui se faisait du souci pour moi. Tu comprends maintenant, Amy ? A cette époque, j'avais le pouvoir de me voir dans l'avenir. Amy, est-ce que je suis fou, ou est-ce simplement la vérité ? J'avais le pouvoir de me regarder dans l'*avenir,* et ce soir, je me suis revu dans le *passé.*

Il trembla et elle l'enlaça.

— C'est très fort chez moi... Mon Dieu, je sens la force de ce pouvoir et...

La lueur était là devant lui, vaporeuse, vacillante, et pourtant il savait que l'image se formait à l'intérieur de son esprit et non dans la pièce. Minuscule pour commencer, puis plus grande, plus précise, prenant forme peu à peu... s'arrondissant.

Une pierre de lune.

Non. Elle grandissait toujours, changeait de forme, de texture. Ce n'était plus une pierre de lune.

Des fissures et des cratères ridaient sa surface. Des chaînes de montagnes ombrageaient sa blancheur.

Il voyait la lune elle-même.

Et avec cette image vint un pressentiment terrifiant, un pressentiment à vous soulever le cœur.

JEANETTE courait sur la pelouse circulaire vers le département de sciences, priant pour qu'aucun membre du personnel ne la voie ainsi violer une terre consacrée. Elle contourna la statue du fondateur, ses cheveux noirs volant au vent, ses livres bien serrés sous le bras. Heureusement, elle avait cours d'informatique et M. Childes ne se fâchait jamais sérieusement, bien que parfois, il se montrât assez sévère si les filles abusaient.

Elle se sentit soulagée de quitter la pelouse et de se retrouver sur l'allée de gravier qui contournait le parking des visiteurs. Elle grimpa les marches deux à deux, passa la porte de verre et monta un autre escalier vers la salle de cours, au premier étage, à côté du laboratoire de sciences. Dans sa précipitation, elle laissa tomber ses livres et fut obligée de redescendre pour les ramasser. Une fois encore, elle gravit l'escalier.

Arrivée devant la salle, elle s'arrêta un instant pour remettre un peu d'ordre dans sa tenue. Trois profondes respirations, un rapide démêlage des doigts avant d'entrer.

— Bonjour, Jeanette, dit Childes avec l'ombre d'un froncement de sourcils. Tu es en retard.

— Oui, je sais. Excusez-moi, monsieur, répondit-elle, encore essoufflée. J'avais oublié ma feuille de programme au dortoir et je n'ai pas eu le temps d'aller la rechercher entre les cours.

Elle lui lança un regard plein d'appréhension, et Childes lui sourit.

— Bon, ça ira pour cette fois. Voyons, tu partageras ta machine avec Nicole et Isabelle et tu passeras à l'écran quand elles auront terminé. J'espère que tu as préparé un bon travail.

— Un test d'orthographe, monsieur.

— C'est un peu élémentaire, Jeanette, mais je pense que cela fera l'affaire.

Puis il ajouta pour le bénéfice du reste de la classe :

— Il faut que vous trouviez votre propre voie avec l'ordinateur, tout le monde est obligé d'en passer par là. Cela prend un moment pour comprendre la logique de la machine, mais une fois cette étape franchie, vous pourrez décoller.

Jeanette approcha une chaise de Nicole et Isabelle et regarda par-dessus leurs épaules le moniteur sur lequel elles travaillaient. Elles avaient conçu un jeu d'anagrammes.

Childes allait de groupe en groupe, émettant ici et là conseils et suggestions qui permettaient de compléter les informations du programme et de le rendre plus intéressant.

Il s'attarda derrière Kelly et eut un hochement de tête satisfait. Elle établissait un programme de navigation à double sens dans la marina locale dans laquelle elle faisait semblant d'avoir un yacht, et avait pris la peine d'aller rendre visite au contrôleur du port pour obtenir des informations détaillées sur la circulation portuaire. Kelly s'aperçut de son intérêt et se tourna vers lui en souriant.

« Un peu trop fière de toi, comme d'habitude, Kelly, mais tu es très certainement mon élément le plus brillant », pensa-t-il.

— C'est un bon exercice, Kelly. Tu penses déjà à l'avenir ?

— Oui, mais un avenir très proche. Je crois que j'irai plutôt aux Bahamas.

— Je n'en doute pas, répondit Childes en lui rendant son sourire.

Kelly se retourna vers la machine et il regarda les doigts agiles frapper fermement sur le clavier. La seule meurtrissure sur sa main n'était qu'une tache d'encre, et il se demanda encore une fois ce qui avait pu provoquer la vision du membre effroyablement brûlé quelques semaines auparavant. La prémonition ne faisait pas partie des étranges talents qu'il possédait. Pourtant, petit garçon, ne s'était-il pas vu lui-même dans l'avenir ? Il était troublé et effrayé, mais ne voulait plus être la victime docile de cette malédiction, ni du monstre qui se gaussait de lui à travers son propre esprit. Il avait finalement commencé à fouiller à l'intérieur de lui-même, tactique qu'il avait acceptée après la suggestion d'Overoy, et cherchait à rencontrer le psychisme perverti de son bourreau. L'incendie de l'hôpital restait toujours sans coupable officiel, mais lui comme Overoy étaient persuadés que c'était la personne qui avait déjà tué et mutilé auparavant. Sans doute devait-il se montrer reconnaissant de la confiance que le détective plaçait en lui, et Overoy avait durement œuvré en coulisses pour que le nom de Childes ne fût pas lié à la disparition d'Annabel. Overoy voulait réparer les dommages causés par la publicité dévastatrice qui avait entaché leurs relations antérieures, pourtant, Childes ne parvenait pas à lui rendre sa confiance. La dernière fois qu'ils s'étaient rencontrés, trois jours auparavant, Overoy lui avait annoncé qu'il était désormais le grand responsable des enquêtes sur ces quatre crimes et que sa relation avec Childes avait joué un rôle essentiel dans cette décision. Malheureusement, il n'y avait pas encore la moindre piste tangible. Childes avait-il de nouvelles informations pour éviter au policier d'avoir l'air d'un vulgaire polichinelle ? Aucune, avait répondu Childes, puis, presque sur un ton d'excuse, il avait mentionné la curieuse vision de la pierre de lune se transformant progressivement en la lune elle-même. Qu'est-ce que cela pouvait bien signifier ? Dieu seul le savait. Non, il n'avait pas eu de nouveaux contacts avec l'autre esprit. En fait, après avoir accepté l'existence de son pouvoir extra-sensoriel, Childes se demandait si celui-ci ne l'avait pas quitté, comme un fantôme s'évapore dès qu'on l'observe.

Tout était-il fini ? La créature avait-elle cessé d'exister, comme autrefois le meurtrier d'enfants ? S'était-elle rendu justice ? Les terribles apparitions et les cauchemars avaient-ils pris fin ?

— Monsieur, monsieur !

La voix de Kelly avait brisé le cours de ses pensées. Il la regarda. Elle se tournait de nouveau vers lui, le visage empreint de consternation, cette fois.

— Que se passe-t-il, Kelly ? demanda-t-il en se levant de son bureau.

— Quelque chose ne tourne pas rond dans mon ordinateur.

Elle se tourna vers l'écran et donna un coup sur le clavier.

— Hé, ne te venge pas sur la machine. Essaie d'examiner les choses d'un point de vue logique.

Il se pencha vers elle, et les mots se bloquèrent dans sa gorge. Il agrippa le dossier de la chaise tandis qu'une faible pression lui pénétrait l'esprit.

— Pourquoi as-tu écrit ce mot sur l'écran ? demanda-t-il en s'efforçant de rester calme.

— Ce n'est pas moi, répliqua Kelly, indignée. C'est apparu tout seul et le reste s'est effacé.

— Tu sais bien que c'est impossible.

— Je vous jure, monsieur, je n'ai rien fait.

— Bon, vide l'écran et recommence.

La jeune fille appuya sur RETURN. Rien ne se produisit.

Childes se demanda si l'élève ne lui jouait pas une farce stupide et appuya sur la même touche. Pas le moindre effet.

— Kelly, as-tu... ?

— Non, d'ailleurs je ne vois pas comment je m'y serais prise.

— Bon, laisse-moi ta place.

Elle se leva et Childes s'installa devant l'écran qu'il regardait comme s'il n'en croyait pas ses yeux. Nerveusement, ses mains s'agitaient sur le clavier. Les élèves l'observaient d'un air étonné.

— On va essayer RESET, murmura Childes d'une voix posée qui dissimulait la panique qui s'emparait de lui.

Il ne pouvait cependant pas cacher les perles de sueur qui se formaient rapidement sur son front.

Il appuya sur la touche.

L'écran devint vierge et il soupira de soulagement.

Puis le mot unique réapparut.

— Pourquoi est-ce que l'ordinateur écrit ça, monsieur ? demanda Kelly, surprise et fascinée elle aussi par le phénomène.

— Je n'en ai aucune idée. Cela ne devrait pas se produire, normalement c'est une opération impossible. C'est peut-être quelqu'un d'extérieur qui a parasité ton circuit.

Peu probable, pensa-t-il avant de se souvenir de l'analogie de Fran entre les esprits et les ordinateurs. Balivernes, cela n'avait rien à voir avec ça. Une fois encore, il appuya sur RESET.

Le mot disparut. Il revint.

— J'aimerais bien ne pas perdre ton programme, dit-il à Kelly, d'une voix plus égale que ne l'auraient laissé supposer les tourments de son esprit, mais j'ai bien peur d'être obligé de le sacrifier.

Cette fois, il tapa HOME.

L'écran s'effaça, remplacé par un noir néant. Il s'appuya sur le dossier de la chaise.

Devant lui, raide et crispé, le mot scintilla sur le fond obscur.

Éberlué, les yeux écarquillés, il fixait l'écran, les lettres vertes lumineuses se reflétaient dans ses lentilles de contact. Un mot très court, en lettres carrées :

LUNE

Quelques élèves s'étaient rassemblées autour d'eux, mais celles qui étaient restées à leur place se mirent soudain à crier. Ce même mot unique s'était affiché sur tous les écrans, si impossible que fût l'opération.

D'un geste désespéré qui inquiéta les élèves, il se pencha sous les tables et débrancha toutes les prises, si bien que les écrans scintillèrent pour reprendre un gris terne et sans vie. Suffoquant, Childes attendait au centre de la classe. Les élèves commencèrent à se blottir les unes contre les autres comme si leur professeur était devenu fou.

Prudemment, il approcha de la machine sur laquelle Kelly travaillait. Il s'agenouilla, ramassa la prise et la rebrancha.

L'écran reprit vie, mais le mot qui l'avait tant terrifié n'était plus là.

Il rejoignit Amy à la fin du cours. Il était à peine parvenu à retrouver son calme devant la classe, expliquant que l'anomalie était due à un étrange défaut de fonctionnement ou à l'instrusion d'un autre ordinateur dans les programmes. Une telle interprétation ne tenait pas vraiment debout, mais les élèves semblèrent le croire sur parole.

Childes conduisit Amy loin de l'école, heureux que l'incident ait eu lieu juste avant l'heure du déjeuner, leur donnant ainsi l'occasion d'être seuls ensemble. Il ne s'arrêta qu'après avoir trouvé un coin désert au bord de la falaise.

Il coupa le moteur et observa la mer. Ce n'est qu'après quelques instants, lorsque sa respiration se fut calmée, qu'il se tourna vers Amy :

— Elle est là, Amy, la créature est sur l'île.

LA JOURNÉE était splendide. Seuls quelques nuages immobiles — il n'y avait pas la moindre brise même dans les couches supérieures — étaient accrochés dans le ciel, boules de coton en fleur suspendues sur un immense tableau bleu vif. Le soleil, disque de feu étincelant, régnait dans toute sa gloire. Une brume légère s'étalait sur la mer, et les autres îles ne formaient que des taches floues dans le lointain.

Les petits bateaux à moteur laissaient un plumetis blanc dans leur sillage, alors que les yachts cherchaient en vain un souffle d'air qui leur permette de gonfler les voiles. Plus près de la côte, les véliplanchistes dérivaient assis sur leur planche, tandis que les voiles reposaient à côté d'eux, touches de couleurs dans l'eau bleue. Les plages de sable étaient noires de monde, seules les criques peu accessibles et les îlots calmes et presque déserts servaient encore de refuge à ceux qui ne sacrifiaient pas leur tranquillité au prix d'une grimpette difficile.

La Roche, le lycée de jeunes filles, au sommet de la falaise, donnait sur une petite baie paisible ; le bâtiment principal brillait comme un flambeau sous la lumière du soleil.

Oui, un samedi parfait pour une journée portes ouvertes, alors que personnel et élèves paradaient pour l'inspection.

Une journée importante pour l'école : remises de prix, récompenses, certificats d'honneur (ou de parfaite incompétence), récit des brillants résultats du collège tout au long de l'année, discours de la directrice, Mlle Piprelly, et d'un membre du conseil d'administration, Victor Platnauer, récitation par l'une des élèves des événements de l'année, en vers, tradition oblige ; test de calme et de sincérité (et souvent d'endurance) pour les invités et surtout, promesse de nouveaux parents prêts à payer. Jour de fête aussi : tombolas, loteries, vente d'uniformes d'occasion, stands de fraises à la crème, de confitures, de bonbons et de gâteaux, de hot-dogs, et même un barbecue, un stand de boissons, vin et jus d'orange ; des chants de la chorale, une démonstration de gymnastique, des danses folkloriques, des réjouissances sur toute la pelouse.

Une journée où rien ne devait mal tourner.

Remous de la foule des parents, véhicules se disputant les places sur le parking et dans les allées surchargées, élèves, très excitées, feignant le calme et riant sous cape bien qu'on exigeât d'elles le meilleur d'elles-mêmes. Childes observait toute cette activité avec une attention exacerbée. Il essayait de ne pas scruter les visages trop ostensiblement, mais plus d'un parent se sentit mal à l'aise sous son regard.

Un peu plus tard, il eut le sentiment d'être observé, lui aussi. A quelques mètres de lui, Mlle Piprelly, apparemment en conversation avec un groupe de parents, le regardait intensément. Leurs yeux se croisèrent, et un étrange sentiment de reconnaissance passa entre eux, une *reconnaissance* qui ne s'était jamais établie auparavant. L'anxiété assombrit le visage de la directrice, Childes la vit dire quelque chose à ceux qui l'entouraient avant de s'éloigner du groupe et de s'approcher de lui de sa démarche rigide.

Au passage, elle saluait les visiteurs d'un rapide sourire. Un instant plus tard, elle se trouvait devant lui et regardait son visage. Il cligna des yeux, car il avait vu l'énergie qui émanait d'elle, une aura de vitalité, composée de mille touches de couleurs subtiles. C'était un phénomène extraordinaire dont il s'était aperçu plus d'une fois ces derniers temps, une radiance semblable à une douce flamme multicolore qui brillait un instant pour s'évanouir dès qu'on se concentrait sur elle, et le laissait légèrement perplexe et envoûté. Cet étrange halo disparut dès que Mlle Piprelly commença à parler, et l'attention de Childes s'en trouva détournée.

— J'aimerais autant que vous ne toisiez pas les gens de manière si ostensible, monsieur Childes. Peut-être pourriez-vous me dire ce qui ne va pas ?

Une conscience troublante dans son regard. Childes voyait soudain la directrice sous un jour différent, saisissait des traces d'une sensibilité plus profonde sous une surface revêche. Pourtant, leurs relations n'avaient pas changé. Il se demandait si ses nouvelles découvertes sur cette femme n'avaient pas quelque chose à voir avec les sentiments confus qui l'agitaient.

— Monsieur Childes ? dit-elle, en attente d'une réponse.

Il se sentit presque submergé par le besoin de tout lui raconter, mais comment le croirait-elle ? Estelle Piprelly était une femme rationnelle, énergique et efficace dans la poursuite de la perfection pédagogique, et non une institutrice fofolle. Pourtant, qu'est-ce qui l'intriguait tant chez elle ? Quelle qualité mystérieuse — ou quel camouflage — démentait son image ?

— Monsieur Childes, répéta-t-elle impatiemment.

— Excusez-moi, j'étais dans les nuages.

— C'est ce que je vois. Je regrette de devoir vous parler ainsi, mais vous n'avez pas l'air d'aller bien. En fait, vous paraissez complètement hagard, depuis votre absence.

Un petit malaise, un rhume des foins, c'était comme ça qu'il avait justifié les quelques jours passés en Angleterre après la disparition d'Annabel.

— Oh, le dernier trimestre est presque terminé, j'aurai tout le temps que je voudrai pour me reposer.

— Je ne crois pas que votre emploi du temps soit excessivement chargé.

— Peut-être.

— Monsieur Childes, avez-vous quelque chose en tête ?

Il vacilla, mais ce n'était ni le moment ni l'endroit pour

jouer la franchise. De toute façon, dans ce cas-là, elle lui demanderait sûrement de déguerpir sur-le-champ.

— Non, euh, je m'intéressais aux parents, j'essayais de les associer à leurs enfants. Un petit jeu qui m'amuse. Avez-vous remarqué comme certaines élèves ressemblent à leur père ou à leur mère alors que d'autres sont leur parfait opposé ? C'est bizarre, n'est-ce pas ?

— Non, je ne trouve pas cela bizarre du tout. Maintenant, je suggérerais que vous renonciez à votre petit jeu pour vous mêler à nos invités, dit Mlle Piprelly en se détournant, mais elle revint sur sa décision. Vous savez, monsieur Childes, s'il y a quoi que ce soit, ma porte est toujours ouverte.

Mal à l'aise, il évita son regard, car cette remarque représentait plus qu'une simple invitation. Que savait-elle sur lui exactement ?

— Je m'en souviendrai, lui dit-il, avant de la regarder s'éloigner.

Amy remarqua Overoy qui s'efforçait de ressembler à un parent d'élève mais qui parvenait simplement à avoir l'air d'un policier en civil à l'affût des pickpockets, trahi qu'il était par son regard intense toujours en éveil. Elle ne put s'empêcher de sourire. Il lui faisait peut-être cet effet simplement parce qu'elle le connaissait et savait les raisons de sa présence. Elle résista au désir de le saluer malicieusement en criant à tue-tête : « Inspecteur ! » Au lieu de cela, elle demanda aux deux élèves qui l'aidaient à tenir le stand de fraises à la crème :

— Prenez ma place un instant et faites attention à la monnaie. Et seulement quatre fraises par part, sinon nous serons en rupture de stock avant d'avoir réalisé le moindre bénéfice.

— Oui, mademoiselle Sebire, répondirent-elles à l'unisson, ravies de leurs nouvelles responsabilités.

Amy sortit de derrière le stand, échangeant des bonjours

avec les parents qu'elle connaissait. A l'ombre d'un arbre, Overoy buvait du vin dans un gobelet en plastique, les manches de chemise relevées au-dessus du coude, la veste sur le bras.

— Vous avez l'air d'avoir chaud, inspecteur, dit Amy en s'approchant.

Il se retourna vers elle, surpris.

— Bonjour, mademoiselle Sebire. Vous semblez très occupée derrière votre stand.

— Les fraises à la crème ont toujours beaucoup de succès par un temps pareil, vous voulez que je vous en apporte ?

— C'est très gentil, mais non, merci.

— Ça complèterait votre déguisement.

Il sourit devant cette légère plaisanterie.

— Je me fais remarquer tant que ça ?

— C'est sans doute parce que je sais qui vous êtes et ce que vous faites ici. Mais on ne voit pas votre insigne.

— Oui, dit-il en secouant ironiquement la tête. Je sais, je suis désolé de ne pouvoir faire mieux. Mais en fait, je ne suis pas de service. Cela aurait été difficile de convaincre mes supérieurs qu'il fallait toute une équipe en planque pour cette petite fête, et nous n'avons aucun pouvoir officiel sur l'île. Par chance, l'inspecteur Robillard est un vieil ami, alors je suis son invité pour le week-end.

— Je crois l'avoir vu avec sa femme.

— Il fait comme moi, il profite de son congé pour veiller sur les événements.

— Il cherche le monstre ?

— Ouais, ce n'est pas facile tant qu'on ne sait pas à quoi il ressemble.

— Vous voulez dire à quoi cela ressemble — Jon refuse toujours d'admettre qu'il s'agit d'un être humain.

— C'est ce que j'ai remarqué, dit Overoy, mal à l'aise, se grattant la joue de ses doigts jaunis de nicotine. M. Childes est parfois étrange, mademoiselle Sebire.

Amy sourit doucement.

— Vous le seriez sûrement aussi, si vous étiez passé par les mêmes choses que lui.

— Non, moi je serais devenu pire. Je serais complètement fou.

Un froncement de sourcils remplaça le sourire.

— Soyez sûr qu'il a gardé tous ses esprits.

Overoy tenait son gobelet en plastique entre eux deux, tel un bouclier.

— Je ne voulais rien insinuer de pareil. En fait, je le trouve même extrêmement terre à terre, étant donné les circonstances. Je disais simplement que ses talents extra-sensoriels sont un peu bizarres.

— Vous devriez y être habitué à présent.

— Lui ne s'y est pas habitué, et moi non plus.

— Jon commence à accepter cette faculté chez lui.

— Moi, cela fait longtemps que j'ai accepté la situation, mais cela ne veut pas dire que je m'y habitue pour autant.

Un groupe de parents fit un signe de reconnaissance à Amy qui leur rendit leur bonjour.

— Vous pensez vraiment que cet individu a pu venir sur l'île ? demanda-t-elle, en se tournant de nouveau vers le policier.

Overoy avala son verre de vin avant de répondre.

— Il sait que Childes habite ici, alors, c'est tout à fait plausible. J'ai bien peur que toute cette affaire ne se transforme en une vendetta personnelle contre Childes.

— Alors, vous croyez qu'il a pu lire dans l'esprit de Childes d'une manière aussi précise ?

— Pour trouver son lieu de résidence ? Non, ce n'a d'ailleurs pas été la peine. La fille de Childes, Gabrielle, a reçu un drôle de coup de téléphone un jour ou deux avant l'enlèvement de son amie, elle ne se souvenait pas du jour exact. Nous pensons qu'il s'agissait du ravisseur.

— Oui, Jon m'en a parlé.

— Nous n'avons été au courant que quelques jours plus tard quand nous avons interrogé Gabrielle et que nous lui avons demandé si elle ou Annabel avaient parlé à des inconnus avant la disparition. C'est à ce moment qu'elle s'est souvenue du coup de fil.

Son regard parcourut la foule, mais visiblement, il faisait allusion à un incident désagréable.

— Elle n'arrivait pas à décrire la voix, alors elle nous a fait une imitation. Cela m'a donné la chair de poule.

Il termina son vin et chercha un endroit où jeter son gobelet. Amy le lui prit des mains.

— Et alors ?

— C'était une voix étrange, une sorte de grognement sourd. Rauque, mais sans accent particulier, rien qui puisse nous conduire sur une piste. Bien sûr, ce n'est qu'une enfant, et de toute façon, la personne a peut-être volontairement déguisé sa voix, si bien que cela ne nous aide pas beaucoup. Malheureusement, quand elle lui a demandé de parler à son père, Gabrielle a répondu qu'il ne vivait plus en Angleterre et qu'il s'était installé sur l'île.

— Et ensuite, elle se serait rendue sur place...

— Oui, elle en voulait certainement à Gabrielle, ou du moins était animée de mauvaises intentions. Nous n'avons pas parlé de cette interprétation aux parents d'Annabel, c'était inutile, mais nous sommes persuadés que le ravisseur a pris Annabel pour la fille de Childes. Elle avait dit à sa mère qu'elle allait jouer avec Gabrielle, et elle était sûrement dans le jardin de Childes lors de son enlèvement.

— Vous n'avez toujours pas trouvé le corps ?

— Non, pas la moindre trace, dit-il d'un air maussade. Mais l'assassin n'a pas besoin qu'on retrouve le corps, il nous a donné des preuves : la pierre de lune et les petits doigts.

Malgré la chaleur de la journée, Amy se mit à trembler.

— Pourquoi faire une chose pareille ?

— Quoi ? La pierre de lune ou les mutilations ? On peut dire que les profanations ressemblent beaucoup à des meurtres rituels, et il est possible que la pierre de lune joue un rôle semblable.

— Jon vous a parlé de son rêve ?

— La pierre qui se changeait en lune ? Oui, mais qu'est-ce que ça signifie, et pourquoi le mot « lune » est-il apparu sur les écrans d'ordinateur dans sa classe ? Et puis, est-il vraiment apparu ?

— Qu'est-ce que vous voulez dire ? demanda Amy, alarmée.

— L'esprit est bien étrange parfois, et celui de Childes est un peu différent des autres. S'il avait imaginé voir le mot sur les écrans ?

— Mais ses élèves l'ont vu aussi.

— Des adolescentes de cet âge sont ouvertes à toutes les suggestions. Je parle d'une sorte d'hypnose de masse, d'hallucination collective. Ces phénomènes ne sont pas rares, mademoiselle Sebire.

— Mais dans ces circonstances...

Overoy leva la main.

— C'est une considération qu'il faut garder à l'esprit, c'est tout. Je ne serais pas ici si je croyais que Childes avait tout inventé, et je travaille sur une théorie particulière qui risque de nous apporter quelque lumière, mais je dois encore approfondir mes recherches.

— Est-ce que « lune » ne pourrait pas tout simplement être un nom ?

— C'est la première chose qui m'est venue à l'esprit. J'ai cherché à savoir si la prostituée avait un associé ou un client régulier qui s'appelait comme ça. Pour le moment, cela n'a rien donné. J'ai également parcouru la liste du personnel et des malades de l'hôpital, mais sans résultat. Mais nous finirons bien par trouver une piste, c'est la suite logique de la plupart des enquêtes criminelles.

— Est-ce que je peux vous être d'une aide quelconque ?

— J'aimerais bien, nous avons besoin de toutes les énergies que nous pouvons utiliser. Veillez simplement à tous les suspects qui pourraient tourner autour de Childes. Et autour de vous également. Faites attention, l'assassin a essayé de s'en prendre à Childes par l'intermédiaire de sa fille, la prochaine fois cela pourrait bien être vous.

— Pensez-vous que cet individu est ici... aujourd'hui ?

— Difficile à dire, répondit-il en soupirant et en regardant autour de lui. Après tout, que savons-nous de lui ? Un mot sur un ordinateur ? Cela ne nous apprend pas grand-chose. Mais s'il est là, il sait où Childes habite, la seule chose qu'il a à faire, c'est de consulter le bottin, et comme il n'y a qu'un seul Childes...

— Mais vous faites sans doute surveiller la villa ?

— Je n'ai aucune autorité légale ici, mademoiselle Sebire.

— L'inspecteur Robillard... ?

— Que pourrait-il faire ? J'ai déjà eu beaucoup de mal à me faire écouter dans mon équipe, alors comment l'inspecteur Robillard qui d'ailleurs pense que je suis un peu timbré réussirait-il à convaincre ses supérieurs ?

— Alors, Jon est totalement vulnérable ?

— Il se passera peut-être quelque chose aujourd'hui. Childes a eu un mauvais pressentiment sur la sécurité des élèves, c'est pour ça que je suis ici, et j'ai persuadé Robillard de me donner un coup de main. Ce n'est pas grand-chose comme force d'intervention, je le reconnais, mais dans les circonstances, il faudra bien s'en contenter. Nous avons même pensé mettre la directrice dans le secret, mais comment expliquer rationnellement notre présence ? Vous savez, je ne suis pas très sûr de moi dans tout ça, mais je ne supporterais pas qu'il arrive quelque chose sans avoir pris toutes les précautions possibles.

Pendant toute la conversation, Amy avait étudié Overoy.

— Je crois que Jon a eu de la chance de trouver en vous un allié, dit-elle, il est difficile d'imaginer un autre policier le prendre au sérieux.

Overoy, gêné, détourna le regard.

— Je lui dois bien ça. Il a un lien certain avec cette affaire, sinon, je ne vois pas pourquoi ce cinglé prendrait la peine de lui envoyer une pierre de lune. En fait, mademoiselle Sebire, Childes est notre seule piste.

Il continuait à observer la foule des passants à la recherche d'un indice indéfinissable, d'un regard inquiet, d'un mouvement maladroit qui trahirait un être, étrangement en alerte, du moindre détail qui distinguerait un individu parmi la foule anonyme pour un œil entraîné de policier. Pour le moment, tout était normal, mais la journée était à peine entamée.

Amy allait s'éloigner quand Overoy la rappela :
— Vous a-t-il parlé du rêve de sa fille ?
— Quand elle a vu Annabel après l'enlèvement ?
— Hum... hum...
— Oui.
— Ce n'était pas seulement un rêve, n'est-ce pas ?
— Jon vous l'a dit aussi ?
— Il est resté vague. Il m'a dit que lui et Mme Childes avaient entendu Gabby crier au milieu de la nuit, et que lorsqu'ils étaient arrivés dans la chambre, elle était assise dans son lit, apparemment bouleversée, et avait déclaré avoir vu Annabel en rêve — ce sont ses propres mots. J'aimerais bien savoir si Gabrielle rêvait vraiment. Par simple curiosité, ce n'est pas très important. Mademoiselle Sebire, est-ce que Gabby est douée du même talent que son père ?
Overoy ne remarqua pas que certaines de ses paroles avaient fort troublé Amy.
— Jon ne croit pas que c'était un rêve, répondit-elle, l'air absent. Il vous a sans doute dit ça pour protéger sa fille...
— De moi ?
— La dernière fois, vous avez perdu le contrôle de la situation. Il ne voulait pas que Gabby traverse les mêmes épreuves que lui. Je suis même surprise qu'il vous en ait parlé.
— Ce n'est pas lui, c'est Mme Childes, ensuite Jon m'a expliqué qu'il s'agissait d'une sorte de cauchemar.
Cette fois, il prit conscience que la gaieté d'Amy s'était évaporée et pensa, à tort, qu'elle regrettait d'en avoir trop dit.
— Comme je le disais, ce n'est pas bien grave, alors, restons-en là. Pourtant, je trouve dommage qu'il ne me fasse toujours pas confiance. Je n'aimerais pas du tout que M. Childes me cache des choses importantes.
— Vous n'avez pas à vous inquiéter là-dessus, inspecteur. Mais Jon vit dans la terreur en ce moment.
— Pour être franc, il n'est pas le seul. J'ai vu des photos et je sais de quoi ce maniaque est capable.
— Je ne crois pas avoir envie d'en savoir plus, dit Amy

en regardant le stand de fraises à la crème. Je dois retourner là-bas pour aider les gamines. Elles sont assaillies de clients.

— Je me promènerai dans les parages tout l'après-midi avec l'inspecteur Robillard, alors n'hésitez pas à prévenir l'un de nous deux si vous voyez quelque chose de suspect. Je ne crois pas qu'il puisse arriver grand-chose au milieu de toute cette foule, mais on ne sait jamais. Oh, j'oubliais, ajouta-t-il alors qu'Amy se retournait déjà, si vous me rencontrez encore, essayez de ne pas m'appeler inspecteur !

Overoy sourit, mais Amy pensait déjà visiblement à autre chose car elle ne lui répondit pas aussi gentiment.

— Je m'en souviendrai, se contenta-t-elle de dire avant de disparaître dans la foule qui se pressait autour du stand.

Il regarda sa montre, ce serait bientôt l'heure de la démonstration de gymnastique.

Childes observait attentivement les visiteurs et le personnel dériver vers la pelouse principale à l'arrière du collège. Bien que rien n'ait pu lui procurer la moindre source d'inquiétude, il continuait à se sentir mal à l'aise. Personne ne lui avait semblé déplacé, personne ne lui avait donné la chair de poule dans la nuque, réaction qu'il n'aurait pas manqué d'avoir, il le savait d'instinct, s'il avait porté les yeux sur l'individu — la créature — qu'il cherchait. *La créature qui le cherchait.* S'était-il trompé ? S'était-il faussement imaginé qu'elle était sur l'île ? Il ne le croyait pas, l'impression était trop forte, trop intense.

En suivant les visiteurs, Childes remarqua le policier de l'île, Robillard. Overoy ne devait pas être bien loin.

Conversations joyeuses, visages souriants, couleurs vives, atmosphère animée... les conspirateurs avaient pris les apparences de la normalité. Pourquoi avait-il des doutes ? Il n'y avait eu aucun avertissement, aucun pressentiment de danger immédiat, mais simplement un tremblement interne, un malaise rampant, une certaine tension. Pas de véritable certitude, mais une conscience lourde et obscure, mal définie, peu claire. Il sentit un regard porté sur lui et eut soudain peur de se retourner. Il se força pourtant à le faire.

A quelques mètres de lui, Paul Sebire, apparemment en grande conversation avec Victor Platnauer, observait Childes avec une insistance troublante. Le financier s'excusa brutalement et s'approcha de lui.

— Je n'ai pas envie de faire un esclandre ici, Childes, mais il est grand temps que nous ayons une petite conversation tous les deux, dit Sebire d'un ton brusque en s'approchant du professeur.

Pendant un instant, Childes en oublia ses préoccupations.

— Je suis prêt à vous parler d'Amy quand vous voudrez, répondit-il avec un calme qu'il était loin de ressentir.

— C'est de vous que je veux parler, pas de ma fille.

Ils se faisaient face au milieu de la foule qui s'écoulait de chaque côté, telle une rivière contournant des rochers.

— J'ai découvert certaines choses, des plus inquiétantes, poursuivit Sebire.

— Oui, je suppose que c'est vous qui avez ordonné l'enquête sur mon passé. Vous avez sans doute été surpris d'apprendre qu'Amy était parfaitement au courant.

— Que vous l'ayez informée ou pas, cela ne me regarde pas. En revanche, cela m'a intéressé de savoir que vous aviez fait l'objet d'une enquête de police.

— Vous savez parfaitement de quoi il s'agit, répondit Childes en soupirant d'un air las. Je n'ai pas à me justifier.

— Oui, j'ai appris que vous aviez été lavé de tout soupçon, mais j'ai encore une chose à dire, Childes. Vous ne me donnez pas l'impression d'être quelqu'un de très stable. Je m'en suis parfaitement rendu compte lorsque vous avez dîné à la maison.

— Écoutez, je n'ai pas envie de discuter avec vous. Vous pouvez penser ce que vous voulez à mon sujet, mais la vérité, c'est que j'aime votre fille, et qu'il devrait vous être évident que mes sentiments sont partagés.

— Oui, elle s'aveugle pour le moment, et Dieu seul sait

pourquoi. Vous rendez-vous compte que je n'ai pas revu Amy depuis qu'elle s'est installée avec vous ?

— Ça, c'est un problème entre elle et vous, monsieur Sebire. Je ne la séquestre pas.

— Elle n'est pas faite pour vous.

Il avait élevé la voix d'un ton et les passants commençaient à regarder dans leur direction.

— C'est à Amy d'en décider.

— Non, il n'en est pas...

— Ne soyez pas grotesque.

— Comment osez-vous... ?

Une petite silhouette s'interposa doucement entre les deux hommes.

— Paul, je crois que nous devrions aller sur la pelouse, dit Victor Platnauer d'un ton apaisant. Le spectacle va commencer et je dois prononcer mon traditionnel discours. Cette année, ajouta-t-il avec un petit rire, j'essayerai de ne pas vous ennuyer trop longtemps, vous m'avez fait assez de reproches la dernière fois. Monsieur Childes, si vous voulez bien nous excuser... Voilà, il y a un point que je voudrais soulever...

Il entraîna gentiment le financier, parlant toujours d'un ton placide, tenant absolument à ce qu'aucun incident ne troublât le déroulement de la journée.

Childes les regarda s'éloigner. Il regrettait son entrevue brève mais acerbe avec le financier, malgré tout il restait insatisfait, car rien n'avait été résolu. Il n'avait pas voulu tomber si amoureux d'Amy — quel homme ou quelle femme se rendrait volontairement si vulnérable ? — mais, puisque c'était fait, il ferait tout pour la garder. Pourtant, une dispute en public avec son père n'était guère de nature à arranger les choses. Pas plus que d'avoir couché avec Fran, si on voulait aller par là. Il repoussa immédiatement cette pensée, mais le sentiment de culpabilité est un bourreau très patient.

Il n'y avait plus grand monde autour de lui à présent, la plupart des visiteurs étaient déjà à l'arrière. Au lieu de les suivre, Childes fit un détour, vérifiant les zones plus calmes, gardant un œil méfiant sur les buissons et les bois, observant derrière les portes reculées et dans les coins obscurs du bâtiment principal et des annexes.

Des mouettes tournoyaient paresseusement et disparaissaient soudain en plongeant sous l'arête de la falaise. Il s'arrêta un instant pour mieux écouter le bruit des vagues qui se brisaient contre les rochers. Un énorme bourdon velu titubait mollement devant lui sur le sentier, incapable de voler, victime d'amours précoces. Le soleil, dardant impitoyablement de tous ses rayons, faisait scintiller le sol un peu plus loin.

Childes continua de marcher, évitant soigneusement l'insecte blessé. Un bruissement à sa gauche le fit s'arrêter de nouveau, jusqu'à ce qu'il vît, à son grand soulagement, que les buissons d'où il provenait ne pouvaient guère dissimuler qu'un animal minuscule ou un oiseau. Il reprit sa marche.

La rumeur des voix l'accueillit dès qu'il tourna à l'angle du bâtiment, offrant un panorama agité, en contraste total avec la solitude paisible qu'il venait de quitter. De longues lignes de bancs et de chaises avaient été installées face à la tour — laissant un vaste espace de pelouse vide devant la terrasse — pour permettre le déroulement du spectacle, des discours et des remises de prix. Visiteurs et élèves, entassés sur les bancs, dans un mélange vibrant de couleurs, s'animaient déjà sur la pelouse. Un avion-navette volait bas au-dessus des têtes, tandis qu'à l'arrière-plan les arbres détachaient leur végétation luxuriante sur le bleu pur du ciel.

Childes poursuivit son chemin sur l'allée de gravier jusqu'à la pelouse, et, voyant que tous les sièges réservés au personnel et aux invités d'honneur étaient occupés, se dirigea vers l'arrière. Il s'assit à une place libre et attendit que les festivités commencent.

Sur la terrasse, Mlle Piprelly se tenait à côté des membres du conseil d'administration, des représentants des parents d'élèves et de quelques enseignants, tous installés devant une table couverte de trophées, de parchemins roulés, de prix de tombola et d'un microphone quelque peu obsolète. Un escalier, assez bas, mais très large, conduisait à la terrasse, et le bâtiment de pierre grise qui abritait les salles de classe et les dortoirs dressait sa silhouette sombre, tandis que la tour blanche, de construction plus récente, où se trouvaient la salle de réunion et le gymnase dominait, l'ensemble.

La foule se calma, tandis que la directrice de La Roche se levait pour prononcer son discours. Childes, réchauffé par la chaleur du soleil qui lui tombait sur le dos, commença à mettre sérieusement en doute ses appréhensions du début de la journée.

JEANETTE était étendue sur son lit, la tête appuyée sur des oreillers et des coussins, les genoux repliés très haut et recouverts d'un pan de sa robe bleu ciel, les pieds dans ses chaussettes blanches abrités sous la couverture. Un Pierrot noir et blanc d'une propreté plus que douteuse reposait sur ses cuisses, le visage triste et larmoyant encadré d'une collerette blanche amidonnée. L'air désespéré, Jeanette tripotait les boutons de coton de la tunique du pantin.

Elle aurait dû être dehors avec ses camarades de classe mais s'était sauvée pour se retrouver un peu seule. Elles avaient toutes leurs parents, leurs frères et leurs sœurs avec elles, et au milieu de ses compagnes, ses propres parents lui manquaient encore plus. De plus, on ne l'avait pas retenue pour le spectacle de danse et elle n'était capable d'aucune prouesse en gymnastique ; il n'y avait ni prix ni récompense qui l'attendait sur la table. Il n'y en avait jamais ! Ah, si, une fois, elle avait eu un accessit en broderie, mais le monde n'avait pas été ébranlé pour si peu. C'était peut-être mieux que ses parents n'aient pas entrepris tout le trajet d'Afrique du Sud pour venir s'asseoir à côté d'elle et regarder ses camarades recevoir leur prix. Son père était une sorte d'ingénieur — elle n'avait jamais vraiment compris ce qu'il faisait exactement. L'île lui servait de base pour les différents voyages et travaux, et, souvent, sa femme l'accompagnait. Cette fois, ils seraient absents pendant dix-huit mois, *dix-huit mois !* Enfin, elle passerait deux mois avec eux pendant les vacances d'été. Ils lui manquaient terriblement, mais Jeanette ne savait pas si l'inverse était vrai. Bien sûr, ils le disaient, mais quoi de plus normal ! « Mais oui, nous t'aimons et tu nous manques beaucoup, mais ce ne serait pas très pratique pour toi d'être ballottée aux quatre coins du monde, tes études en souffriraient. Évidemment, nous préférerions t'emmener avec nous, mais l'école passe en premier. » Jeanette laissa son Pierrot tomber de ses genoux et glisser sur le sol. Son expression misérable la rendait triste.

Elle ferma les yeux pendant quelques instants, le visage vers le plafond, son unique mèche de cheveux étalée sur l'oreiller — elle trouvait que cette coiffure ressemblait à celle de Mlle Sebire. Si on la trouvait au dortoir à cette heure, elle aurait sûrement des ennuis, mais heureusement, les professeurs seraient trop occupés par les parents pour s'aventurer dans les étages, sinon, elle n'aurait pas pris le risque de se réfugier ici. Elle aimait bien la solitude parfois, mais le problème, c'était qu'à force d'être seul on se sentait isolé.

Jeanette soupira en imaginant Kelly avancer d'un pas confiant pour recevoir ses trophées — premier prix de maths, premier prix d'élocution, une récompense spéciale pour ses progrès en informatique... Comme elle aurait aimé lui ressembler. Et puis, Kelly était si jolie. Elle avait tort d'être jalouse... mais parfois, parfois, elle souhaitait tant ressembler à sa camarade. Elle n'y arriverait jamais pourtant, il fallait bien se résigner, mais tout le monde devait avoir au moins *une* qualité, un talent particulier qui vous rendait aussi valable que les autres. Pour Jeanette, il était plutôt difficile de découvrir le sien. Un jour pourtant, la vérité sauterait aux yeux. Bientôt peut-être. Quand elle aurait ses règles, elle perdrait sans doute tous ses boutons, et sa poitrine commencerait à pousser. Et puis, elle serait moins rêveuse, peut-être même qu'elle grandirait enfin et que...

Les mobiles commencèrent à s'agiter.

Évidemment, par ce beau temps, les fenêtres étaient

ouvertes et ce n'était qu'un courant d'air. Jeanette s'en voulait. Les autres filles l'accusaient souvent d'avoir peur de son ombre, mais parfois, elle devait bien admettre qu'elles avaient raison. Elle n'aimait pas les coins obscurs, ni les films d'épouvante, elle haïssait tout ce qui rampait, ne supportait pas les craquements des vieilles bâtisses, ni le fracas des fenêtres quand elle s'éveillait au milieu de la nuit et que les autres dormaient à poings fermés. Et puis, effectivement, les ombres la terrorisaient, surtout celles qui s'agitaient sous le lit.

Jeanette s'assit, mais ne posa pas immédiatement les pieds sur le sol. Avant, elle s'accroupit et regarda sous son lit.

Soulagée de voir qu'aucune bête ne la guettait pour l'attirer dans sa fourrure noire, Jeanette laissa ses pieds en chaussettes toucher le sol. Pendant un instant, elle resta au bord du lit, à écouter attentivement, bien qu'elle ne sût pas exactement ce qu'elle devait entendre. Un grincement d'une latte de plancher dans la pièce voisine, un grattement mystérieux qui pouvait être ou ne pas être celui d'une minuscule souris, le glissement d'une épouvantable créature gluante qui errait dans les couloirs déserts, ou encore une immense silhouette dans un grand manteau, cachée derrière la porte et qui l'épiait, avec de grosses mains fourchues et pleines de croûtes aux ongles crochus prêtes à...

Ça suffit! Elle se faisait peur à elle-même. Parfois Jeanette se reprochait son imagination débordante qui lui infligeait de telles images. Il faisait grand jour de toute façon, il y avait un monde fou sur la pelouse, et elle se terrorisait délibérément avec ses pensées macabres. Jeanette attrapa ses chaussures, décidant qu'il était grand temps de rejoindre le reste du monde.

Elle avait glissé les doigts de pieds dans un de ses souliers deux doigts passés dans le talon quand elle entendit des pas s'approcher. Elle observa les poils fins du dos de son bras se raidir et se hérisser. Bientôt, la sensation rampante dans sa chair atteignit sa colonne vertébrale.

Jeanette se redressa. Écouta. Regarda la porte ouverte du dortoir.

Des pas lourds, pesants. Ils approchaient. Ce bruit l'hypnotisait.

Son cœur battait beaucoup plus fort que d'habitude.

Les pas s'arrêtèrent, et elle eut l'impression que son cœur faisait de même.

Entendait-elle vraiment une respiration derrière la porte ?

Jeanette se leva lentement, la chaussure glissa de son pied. Incapable de respirer, elle se tenait près du lit. Le Pierrot la regardait de ses yeux vides, pleurant toujours de ses larmes figées.

Elle ne voulait pas aller vers la porte, pourtant, quelque chose — peut-être le besoin de se confronter à ses angoisses stupides — l'y obligeait. En silence, les chaussettes glissèrent sur le parquet ciré ; ses mains n'étaient plus que deux poings crispés.

Elle hésita un instant avant d'atteindre la porte, soudain plus terrifiée qu'elle ne l'avait jamais été dans toute sa vie.

Derrière l'ouverture, quelque chose attendait.

Les danses et la démonstration de gymnastique venaient de se terminer. Mlle Piprelly avait fait son habituel discours concis et incisif avant de présenter le conseiller Victor Platnauer, dont la communication fut plus pondérée et parsemée de quelques pointes d'humour. Cependant, Childes avait du mal à se concentrer sur les discours, car il scrutait sans cesse la foule devant lui, à la recherche d'un signe révélateur, de la moindre indication prouvant qu'un des invités n'était pas exactement celui qu'on croyait.

Non seulement il ne vit rien qui sortait de l'ordinaire, mais il ne ressentait rien qui aurait pu lui fournir une cause d'inquiétude. Tout se déroulait exactement comme il le fallait : des spectateurs attentifs, un temps splendide, bien qu'un rien trop chaud, des spectacles fort honorables, des discours parfaitement adaptés aux circonstances.

La distribution des prix avait à peine commencé quand

un mouvement attira son attention. Il cligna des yeux, se demandant si la lumière ne lui jouait pas un tour, s'il n'avait pas simplement aperçu un reflet dans l'une des fenêtres de l'autre côté de la pelouse. Pourtant, quelque chose dans cette vision était un peu différent, un changement plus ressenti que vu.

Un visage se montrait à une fenêtre des étages.

Flou, trop loin pour être identifié, mais d'instinct, il savait à qui il appartenait.

Tout d'un coup, son sang se figea.

Épouvanté, Childes restait assis, comme si le fardeau de la menace clouait son corps au siège. Il ouvrit la bouche pour parler, pour crier, mais on aurait dit qu'un poing, un poing d'acier, froid et fermé, bloquait le son au fond de sa gorge.

Le visage était immobile, et il lui semblait que les yeux ne fixaient que lui seul.

Le flou lointain avait disparu.

Chancelant, Childes se hissa sur ses pieds, comme si ses membres étaient trop lourds pour bouger. Il réussit malgré tout à enjamber le dossier du banc. A présent que sa demi-paralysie commençait à se dissiper, il chercha Overoy autour de lui mais ne parvint pas à le repérer dans la foule. Cela ne pouvait pas attendre. Il se passait quelque chose à l'intérieur des bâtiments, quelque chose d'horrible qui le terrifiait, plantait une lame de couteau dans son corps.

Il contourna les rangées de sièges et se hâta sur le sentier de gravier qui menait au bâtiment scolaire. Il entendit des applaudissements acclamer une élève qui recevait ses prix. Seules quelques rares personnes remarquèrent la silhouette pressée. Parmi elles, Overoy, qui flânait à l'ombre d'un arbre au bord du jardin, position qui lui assurait une bonne vision d'ensemble des événements. Malheureusement, il se trouvait de l'autre côté de la foule et une certaine distance le séparait du chemin que Childes avait emprunté. Le détective décida qu'il serait plus facile de continuer dans sa propre direction et de rejoindre Childes derrière le bâtiment. Il enfila sa veste et marcha rapidement vers la façade de l'école.

Childes entra par la première porte qu'il trouva, tremblant malgré lui en pénétrant dans l'atmosphère plus fraîche. Il grimpa une petite volée d'escalier et se retrouva dans le corridor central qui courait sur toute la longueur de l'immeuble. Le visage était apparu à une fenêtre du troisième étage, au niveau du dortoir des grandes. Il courut vers l'escalier principal ; l'écho de ses pas résonnait sur les murs à demi lambrissés.

Il passa devant la bibliothèque, la salle des professeurs et la salle d'attente des parents, avant d'atteindre l'escalier où il s'arrêta un instant pour regarder aux étages supérieurs, comme s'il s'attendait à voir un visage l'observer par-dessus la rampe. L'escalier était désert.

Ne cédant pas à sa nervosité, Childes commença à monter.

Overoy se maudissait. Il avait oublié que le plan du collège n'était pas très classique, car au cours des ans, on avait ajouté diverses ailes et annexes. Il était séparé de Childes par la tour blanche, adjointe à angle droit à une section plus ancienne de la construction. Il pouvait essayer de la contourner pour rejoindre Childes, ou au contraire la traverser. Il trouva une porte et s'y engouffra.

Premier étage. Childes scruta le couloir qui se partageait dans deux directions opposées. Vide. Mais il perçut un bruit au-dessus de lui.

— Non ! cria-t-il. Non, pas ça !

Il courut, grimpant les marches trois à trois, s'aidant de la rampe. Néanmoins, ce dur exercice physique n'arrivait pas à atténuer la pâleur de ses traits.

Deuxième étage. Le son avait cessé. Il continua à grimper. Un bruit de coup de pied.

En montant, il entendit un sifflement étranglé.

Presque au troisième étage, il lui sembla qu'une ombre, lourde et maladroite, se dissolvait en haut de l'escalier. Il crut entendre des pas, mais son attention se fixa sur la petite silhouette dérisoire qui se balançait dans le vide de la cage d'escalier.

Tandis qu'il vacillait dans sa direction, il vit que le visage se brouillait déjà de taches bleu violacé. Les yeux exorbités, elle essayait d'arracher le nœud coloré autour de son cou. Ses pieds en chaussettes s'agitaient dans le vide

— Jeanette !

Juste avant d'atteindre la dernière marche, il trébucha, tomba sur le palier et roula sur lui-même, ignorant la douleur de ses genoux qui s'écrasaient contre le bois. Il ne prit pas la peine de se lever, rampa vers la balustrade à quatre pattes, passa les mains à travers le bois et attrapa le corps tourbillonnant, trouva les bras, les saisit fermement pour soutenir le poids.

Il crut sentir un mouvement derrière lui, mais ne s'occupait que de soulever le corps de la fillette pendue. Il tirait de toutes ses forces, malgré sa position très inconfortable. Il ne pouvait que rester allongé ainsi, jambes écartées, à bout de souffle, et lutter pour ne pas lâcher prise.

La fillette commençait à glisser.

— Ne te débats pas, Jeanette. Ne te débats pas. Ne bouge pas... je t'en supplie... Ne lutte pas contre moi.

Mais elle ne pouvait pas s'en empêcher. Sa respiration n'était plus qu'un sifflement éraillé. Elle s'enfonçait les doigts dans le cou, et de petites gouttes de sang perlaient.

Childes la sentit lui échapper des mains.

Des bruits de pas rapides dans l'escalier. Overoy les fixait sans interrompre son escalade, grimpant avec toute la force et toute la rapidité dont il était capable.

Childes s'accrochait à Jeanette, les jambes toujours écartées, le corps rivé au sol, le visage appuyé contre les barres de métal de la balustrade. Tandis qu'il s'efforçait de ne pas laisser échapper son fardeau, la lutte devenant de plus en plus ardue, un objet sur le bord du palier retint son attention.

Une boule, minuscule. Une pierre de lune.

LA CIRCULATION était intense dans la plus grande ville portuaire de l'île et Childes redoublait d'attention au volant, car il avait toujours les nerfs ébranlés et les mains plus que tremblantes. A côté de lui, Amy restait pensive, visiblement troublée par ce qui s'était passé, et pourtant, étrangement réservée.

Il arrêta la Mini à un feu rouge dans un carrefour surplombant le port. Des touristes se promenaient dans la douce chaleur du début de soirée, tandis que les membres d'équipage des yachts se prélassaient sur les ponts, sirotant un verre de vin en se plaignant de l'absence du moindre souffle d'air de toute la journée. Les voyageurs d'un jour de retour d'une île voisine débarquaient de l'hydroglisseur accosté à l'extrémité de la longue jetée incurvée. Des grues vert pâle utilisées pour charger et décharger les bateaux se dressaient le long du quai, près de l'entrée du port, leurs flèches étrangement entremêlées, comme en grande conversation les unes avec les autres.

— Ça va ? demanda-t-il en se tournant vers Amy.

— J'ai peur, Jon.

Elle le regarda brièvement, puis détourna la tête.

— Nous sommes dans le même cas. Au moins, à partir de maintenant, la police resserrera sa surveillance.

— Pauvre Jeanette.

— Elle s'en remettra. Elle a des bleus sur la gorge, le larynx et la trachée ont été sévèrement comprimés par la cravate d'uniforme que ce cinglé lui a passée autour du cou, mais elle guérira.

— Non, je pense aux conséquences psychologiques. Arrivera-t-elle à surmonter une telle épreuve ?

Le feu passa au vert et Childes enleva son pied du frein pour le passer sur l'accélérateur tout en tournant le volant vers la droite afin de longer le front.

— Elle est jeune, Amy, et le temps guérit tout, même de tels traumatismes.

— Je l'espère pour elle.

— Une chance qu'Overoy nous ait trouvés... Je n'aurais pas pu tenir très longtemps.

— Il n'a vu... personne d'autre ?

— Non, mais il fallait qu'il s'occupe de moi et de Jeanette. La police pense que le coupable s'est échappé par l'escalier de secours, et ensuite, c'est assez facile de traverser le terrain du collège et de rejoindre les bois. La Roche n'est pas un domaine très sûr.

Après le port, la route commençait à grimper vers une colline escarpée. Bientôt, ils dépassèrent les limites de la ville.

— J'aurais aimé que ton détective le voie.

Surpris, Childes lui jeta un rapide coup d'œil.

— Tu as remarqué comme certains policiers t'observaient quand ils t'interrogeaient ?

— Oui, d'un air soupçonneux. Il fallait s'y attendre. Personne n'a vu ce cinglé, et Jeanette encore moins que les autres. D'après ce que j'ai cru comprendre — elle est toujours en état de choc, et ses blessures à la gorge l'empêchent de parler —, quand elle est sortie du dortoir, quelqu'un l'a attrapée par-derrière. Elle s'est débattue autant qu'elle a pu, mais on l'a poussée dans le couloir, on l'a jetée par-dessus la rampe et on l'a attachée par sa cravate alors qu'elle était déjà suspendue dans le vide. Tu imagines l'énergie qu'exige un truc pareil ? Je sais que Jeanette est petite pour son âge, mais il faut une force de cheval pour accomplir une telle prouesse. Si un autre qu'Overoy m'avait découvert, on n'aurait guère pu lui reprocher d'avoir cru que c'était moi qui avais essayé de pendre Jeanette. Mais même la police a remarqué que ma constitution ne me permettait guère ce genre d'exploit.

Il tourna vers une route de campagne plus étroite qui conduisait un peu plus loin à son cottage. Tout autour d'eux, de grandes haies et de vieux murs quadrillaient la campagne.

— Pourquoi est-il venu ici? demanda Amy enfoncée dans son siège. Et pourquoi s'en prendre aux élèves?

— Pour me torturer, répondit-il tristement. Il joue un drôle de petit jeu. Il sait qu'il se fera prendre un jour ou l'autre, surtout maintenant qu'il est enfermé dans l'île, et je crois que de toute façon, ça lui est égal. Mais en attendant, il s'amuse à mes frais.

— Mais je ne vois pas le rapport. Pourquoi toi? demanda-t-elle, d'une voix désespérée.

— Mon Dieu, je n'en sais rien, Amy. Nos esprits se sont rencontrés, et apparemment c'est un prétexte suffisant. Peut-être que je représente un défi pour lui, quelqu'un à qui il faut prouver quelque chose, tout en le tournant en dérision.

— Tu dois prendre des précautions. Est-ce que la police va assurer ta protection?

— Overoy arrivera peut-être à les persuader, mais cela m'étonnerait que j'obtienne plus qu'une voiture de patrouille de temps à autre. Je crois que la police concentrera ses forces sur La Roche jusqu'à la fin de l'année.

Le dais de branches au-dessus de la route assombrissait l'intérieur de la voiture. Childes se frotta la tempe du doigt, comme pour soulager un mal de tête.

— L'inspecteur Overoy insistera sûrement pour te faire protéger.

Les taches de lumière mouvantes du soleil couchant diffusé à travers les feuilles marbraient le visage d'Amy.

— Je suis sûr qu'il fera de son mieux, mais Robillard m'a dit que ses forces étaient déjà mobilisées au maximum, car la saison est commencée. Tu sais à quel point la criminalité augmente en été.

Amy se tut de nouveau.

Childes se serra sur le bas-côté de la route tandis qu'une voiture approchait en direction opposée. Le chauffeur leur fit un petit salut en passant. La Mini reprit de la vitesse.

Amy rompit le silence :

— J'ai parlé à Overoy cet après-midi, avant les discours. Il se demandait si Gabby n'était pas douée du même talent que toi, si elle n'était pas télépathe, elle aussi.

— Je me suis également posé la question. Bien sûr, Gabby aurait pu être bouleversée à tel point qu'elle aurait cru voir son amie, mais elle n'en démordait pas quand nous sommes allés dans sa chambre.

— Quand toi et Fran êtes allés dans sa chambre ?

— Oui.

— Où étiez-vous quand vous avez entendu Gabby appeler ?

Les yeux fixés sur la route, elle avait gardé une voix calme, mais Childes comprit les arrière-pensées qui suscitaient cette question.

— Nous n'en n'avions pas encore parlé, mais d'après ce que je comprends, vous êtes arrivés tous les deux ensemble dans la chambre de Gabby ?

— Amy...

— J'ai besoin de savoir.

Il tira sur le volant pour éviter une branche qui pointait dangereusement à l'extérieur d'une haie.

— Je dormais dans la chambre d'invité, cette nuit-là.

Comme cela aurait été facile, mais il ne pouvait pas mentir, pas à Amy.

— Et Fran est venue me rejoindre.

— Et tu as dormi avec elle.

— Ça s'est passé comme ça, c'est tout. Je ne voulais pas. Crois-moi, Amy, ça s'est produit, et voilà.

— Parce qu'elle était bouleversée, elle aussi ?

— Elle avait besoin de réconfort. Elle avait eu beaucoup d'épreuves à supporter en une seule journée.

Il jeta un coup d'œil à la dérobée vers Amy. Elle pleurait. Childes lui prit la main.

— Cela ne voulait rien dire, Amy. C'était une consolation, rien de plus.

— Et tu t'imagines que ça excuse tout ?

— Non, j'ai eu tort, je le regrette. Mais je ne voudrais pas que tu croies que cela a eu une quelconque importance...

— Je ne sais plus quoi penser. D'une certaine manière, je comprends... vous avez été mariés longtemps. Mais ce n'est pas pour cela que cela ne fait pas mal, dit-elle en reprenant sa main. Jon, je croyais que tu m'aimais...

— Tu sais bien que je t'aime.

Il y avait une pression grandissante dans sa tête qui n'avait rien à voir avec la conversation.

— Amy, je ne pouvais pas la rejeter ce soir-là.

— Un service rendu à une vieille amie ?

— Ce n'est pas loin de la vérité.

— J'espère que Fran ne s'en est pas rendu compte.

La route s'enfonçait, devenait lugubre.

— Ne laisse pas cette histoire détruire ce qui se passe entre nous.

— Est-ce que ce sera encore la même chose ?

Une sensation rampante dans la nuque, qui rappelait ce qu'il avait éprouvé ce même après-midi quand il avait vu le visage à la fenêtre.

— Cela n'avait... aucune... imp... importance, bégaya-t-il.

Ses doigts commençaient à fourmiller sur le volant. Il sentait ses omoplates se contracter.

— Je ne sais pas, Jon. Si tu m'en avais parlé avant, peut-être...

— Oui, mais comment ? Comment expliquer une chose pareille ?

Une main lourde glacée, venant de l'obscurité du siège arrière, se posa sur son épaule. Mais quand il se retourna, il n'y avait rien.

— Amy...

Dans le rétroviseur, il voyait une paire d'yeux l'observer. Des yeux malveillants, pervers, d'un noir gluant.

Amy le regarda, consciente de sa nervosité, de l'horreur qui se lisait dans ses yeux.

— Jon, que se passe-t-il... ?

Elle se tourna vers le siège vide.

Dans le miroir, les yeux grandissaient tandis que la chose, la créature grimaçante, se penchait en avant, se penchait vers lui ; des doigts forts, paralysants, enserraient sa nuque, les ongles enfoncés dans la peau.

La voiture fit un écart sur le côté, frôlant la haie.

— *Jon !* cria Amy.

Des yeux gluants. Des doigts d'acier accrochés autour de sa gorge. Un souffle fétide sur sa joue. Il voulut retirer la main, mais ne trouva que son propre cou.

La voiture dévia sur la droite, heurtant une pierre au passage. Des étincelles s'échappèrent de la carrosserie quand la Mini frotta la surface rugueuse du mur. Des buissons et des branches frappaient contre les vitres.

Amy attrapa le volant, tenta de le redresser vers la gauche, mais la poigne de Childes était solide, figée. Le déchirement du métal crissait aux oreilles d'Amy.

Il était pratiquement incapable de respirer, tant sa gorge le serrait. Comme pour fuir la créature hennissante, il pressait de toutes ses forces sur l'accélérateur. Mais comment échapper à quelque chose qui était avec lui, dans la voiture ?

La route marquait une courbe. Il tira sur le volant, le tourna légèrement, assez pour que la voiture modifie sa direction, mais pas assez pour passer le virage. D'un geste désordonné, il appuya sur la pédale de frein, mais trop tard. Le véhicule dérapa, le mur semblait se dresser en face d'eux.

Ils le heurtèrent de biais et la Mini s'arrêta dans un fracas de tôle froissée. Childes fut projeté contre le volant, ses bras se plièrent instinctivement, amortissant le choc.

Mais Amy n'avait rien pour se retenir.

Elle fut éjectée à travers le pare-brise, qui explosa tout autour d'elle, et hurla en basculant par-dessus le court capot, pour atterrir, blessée, ensanglantée, de l'autre côté du mur.

PENCHÉ EN avant, la tête prise de lancements sourds dans les mains, Childes avait la nausée. Sa poitrine le faisait souffrir aussi, il s'était blessé avec le volant. Pourtant, il avait eu de la chance. Pas Amy.

Une double porte s'ouvrit à l'extrémité du long corridor et une silhouette en blouse blanche apparut. Le médecin vit Childes attendre sur le banc capitonné et avança rapidement vers lui, s'arrêtant en chemin pour échanger quelques mots avec une infirmière. L'infirmière disparut en hâte à travers les portes d'où le médecin avait émergé. Childes se leva.

— Ne bougez pas, monsieur Childes, dit le Dr Poulain en arrivant près de lui. J'ai bien envie de m'asseoir, moi aussi, la journée a été dure. (Il s'installa, avec un soupir de soulagement.) Je crois qu'on ferait bien de vous examiner vous aussi, ajouta-t-il en observant Childes d'un œil professionnel.

— Comment va-t-elle, docteur ?

Poulain passa les doigts dans la broussaille de sa chevelure prématurément blanchie et cligna des yeux derrière ses lunettes à monture dorée.

— Mlle Sebire souffre de sévères déchirures au visage, dans le cou et sur les bras, et je crains que certaines ne laissent des cicatrices, légères, mais définitives. J'ai dû retirer des éclats de verre d'un œil. Rassurez-vous, ils ont à peine pénétré la sclérotique et il n'y en avait pas près de la pupille ni de l'iris si bien que la vision ne devrait pas être affectée. Les dommages sont très superficiels.

— Ouf!

— C'est le cas de le dire. J'aimerais que les autorités de l'île suivent l'exemple de l'Angleterre et imposent le port de la ceinture de sécurité, mais je suis sûr que cela va encore traîner pendant des années. Mlle Sebire a également un poignet cassé, ainsi que de graves contusions dans les côtes et les jambes. Pourtant, on peut dire qu'elle a eu de la chance.

Childes relâcha une respiration retenue longtemps et une fois encore reposa la tête dans ses mains.

— Est-ce que je peux la voir? demanda-t-il en se retournant vers le médecin.

— Je crains que non. Je voulais qu'elle se repose, je lui ai donné un calmant. Elle doit dormir maintenant. Ah, elle vous a demandé, je lui ai dit que tout allait bien pour vous. Ça a eu l'air de lui faire plaisir.

Tout d'un coup, Childes se sentait totalement exténué. Il observait ses mains trembler de manière incontrôlée devant lui.

— J'aimerais bien vous faire passer une radio, vous êtes peut-être touché plus gravement que vous ne le pensez. Il y a un vilain bleu qui apparaît sur la mâchoire et la lèvre inférieure est très enflée d'un côté.

Childes se toucha le visage et s'inquiéta lorsque ses doigts trouvèrent la blessure.

— J'ai dû tourner la tête en heurtant le volant, dit-il, appuyant énergiquement sur la lèvre gonflée.

— Respirez profondément, et dites-moi si ça vous fait mal.

Childes obéit.

— Non, je me sens un peu raide, c'est tout.

— Pas de douleur aiguë?

— Non.

— Il faut vérifier quand même.

— Je vais bien. Un peu tremblant, peut-être...

Le médecin eut un rire bref.

— Un peu seulement, vous croyez? Vous êtes à bout de

nerfs. Cet après-midi quand vous êtes venu avec la fillette — comment s'appelait-elle ? Ah oui, Jeanette — je vous avais déjà conseillé de prendre un léger calmant, mais vous avez refusé. Maintenant, je recommanderais un remède plus puissant que vous pourriez prendre en rentrant chez vous. Cela vous ferait dormir.

— Je crois que je dormirai sans rien.

— Ce n'est pas si sûr.

— Combien de temps Amy devra-t-elle rester ici ?

— Cela dépend beaucoup de l'état dans lequel sera son œil demain matin. D'ailleurs, même si tout va bien de ce côté-là, il faudra la garder quelques jours en observation.

— Mais vous aviez dit...

— Oui, et je le pensais. Je suis pratiquement sûr que l'œil n'est pas sérieusement endommagé, mais il faut prendre des précautions. Au fait, vous ne m'avez pas expliqué comment cet accident s'était produit ?

Le médecin fronça les sourcils en voyant la peur qui altérait soudain l'attitude de son interlocuteur.

— Je ne sais que vous dire, répondit Childes en évitant le regard du médecin. J'ai dû être distrait par quelque chose quand nous avons entamé le virage.

Que pouvait-il dire qui paraisse crédible à Poulain ? Qu'il avait vu des yeux se refléter dans le rétroviseur, des yeux qui l'observaient d'une manière obscène et diabolique ? Qu'il avait vu quelqu'un à l'arrière de la voiture mais qu'il n'y avait personne ?

— Par quoi ?

Childes le regarda d'un air interrogateur.

— Par quoi avez-vous été distrait ? insista le Dr Poulain.

— Je... je ne m'en souviens pas. Vous aviez peut-être raison, j'avais les nerfs à plat.

— Non, maintenant oui. Au début de l'après-midi, vous étiez visiblement perturbé, mais pas à ce point. Excusez ma curiosité, monsieur Childes, mais je connais la famille Sebire depuis des années, et Amy depuis qu'elle est enfant, si bien que cela dépasse largement un intérêt purement professionnel. Vous vous étiez disputés ?

Childes ne put répondre à brûle-pourpoint.

— Voyez-vous, poursuivit le Dr Poulain, vous serez peut-être amené à parler à la police des marques qui commencent à apparaître tout autour de votre gorge. Une décoloration qui semble avoir été provoquée par une main. Les points de pression sont relativement visibles.

Un instant, Childes fut saisi d'une violente panique. Un tel pouvoir pouvait-il exister ? Était-ce possible ? Il avait *senti* la main, les doigts serrés, pourtant il n'y avait qu'Amy avec lui dans la voiture. Il s'efforça de balayer son affolement. Personne, *rien* ne pouvait faire des marques sur un corps par la seule pensée. A moins que la victime ne fût qu'un complice sans défense et la blessure une auto-mutilation.

Il n'y avait guère de temps pour une investigation plus poussée sur ce sujet, ni pour d'autres questions du médecin, car les portes de l'ascenseur s'ouvraient. Paul Sebire et sa femme en sortirent. Childes avait téléphoné chez eux peu après son arrivée à l'hôpital et avait parlé de l'accident à Vivienne. L'inquiétude de Paul Sebire se transforma immédiatement en fureur lorsqu'il vit Childes, qui, comme le médecin, s'était levé.

— Où est ma fille ? demanda le financier à Poulain, ignorant Childes.

— Elle se repose, répondit le médecin, avant de les informer rapidement de l'état de santé de leur fille.

Sebire eut l'air abattu par les paroles du médecin.

— Nous voulons la voir.

— Je ne crois pas que cela serait raisonnable pour le moment, Paul. Elle dort, et tu risquerais de t'inquiéter outre mesure. Dans ce genre d'accident, les blessures apparaissent souvent plus graves qu'elles ne le sont en réalité. J'ai également conseillé à M. Childes de ne pas la déranger.

Une haine farouche se lisait dans les yeux de Paul Sebire tandis qu'il regardait Childes. Vivienne prit vite le bras du jeune homme.

— Jonathan, comment allez-vous ? Vous ne m'avez pas dit grand-chose au téléphone.

— Ça va. C'est Amy qui m'inquiète.

— Cela ne serait jamais arrivé, si elle n'avait pas été aussi idiote avec vous, aboya Sebire. Je l'avais prévenue que vous ne lui attireriez que des ennuis.

Une fois de plus, son épouse s'interposa.

— Voyons, Paul, je crois que Jonathan a eu assez de problèmes pour aujourd'hui. Et le Dr Poulain nous assure qu'Amy ne gardera pas de séquelles...

— Elle risque d'avoir des cicatrices à vie, Vivienne, ce ne sont pas des séquelles, ça ?

Poulain prit la parole.

— Les cicatrices seront minimes, rien qui ne cède rapidement à la chirurgie esthétique.

Childes se frotta la nuque d'un geste rendu maladroit par la douloureuse raideur de sa poitrine.

— Monsieur Sebire, je voudrais vous dire à quel point je suis désolé...

— Désolé ? Vous croyez vous en tirer comme ça ?

— C'est un accident qui aurait pu arriver...

A tout le monde ? Childes était incapable de compléter sa phrase.

— Vous, n'approchez plus de ma fille. Laissez-la tranquille avant de lui faire plus de mal.

— Paul ! s'écria Vivienne en attrapant par la manche son mari qui s'approchait de Childes.

— Paul, je t'en prie, dit le Dr Poulain, il y a des malades à l'étage...

— Cet homme n'est pas du tout ce qu'on croit, dit-il en montrant Childes du doigt. Je l'ai senti depuis le début. Il n'y a qu'à regarder ce qui s'est passé cet après-midi au collège pour le savoir.

— Comment peux-tu dire une chose pareille ? protesta sa femme. Il a sauvé la vie d'une fillette.

— Ah oui ? Est-ce que quelqu'un a vu exactement ce qui s'était passé ? C'est peut-être le contraire, c'était *lui* qui essayait de la pendre !

Cette dernière phrase était plus que Childes n'en pouvait supporter.

— Sebire, vous êtes grotesque, comme d'habitude, dit-il à voix basse.

— Ah, vous croyez ? Vous êtes le suspect numéro un, Childes, et pas seulement pour moi, pour la police aussi. Je ne pense pas qu'on vous laissera retourner à La Roche ni dans un autre collège de l'île où vous pouvez vous en prendre à des enfants sans défense.

Childes avait envie de se ruer sur le financier, de laisser libre cours à sa frustration et de se venger sur quelqu'un, n'importe qui — Sebire serait la cible idéale —, de rendre coup pour coup, mais il n'en avait pas la force, si bien qu'il se détourna pour partir.

Sebire l'attrapa par le bras et le força à se retourner.

— Vous m'entendez, Childes ? Vous êtes fini, ici, et je vous conseille de déguerpir pendant qu'il en est encore temps.

Las, Childes retira son bras.

— Allez au diable.

Le poing de Sebire frappa la joue déjà blessée, Childes chancela, surpris par le choc, et tomba sur un genou. Il entendit une confusion de bruits avant de reprendre ses esprits — des pas, des éclats de voix. Se remettre sur ses pieds lui parut un exercice éprouvant et particulièrement lent. Une main passée sous son épaule l'aida. Une fois debout, il ne retrouva pas immédiatement son équilibre, mais la personne qui était à côté de lui le soutint. Il se rendit compte qu'il était à demi porté par l'inspecteur Overoy tandis que Robillard empêchait Sebire de poursuivre ses assauts.

— Je n'aurais pas aimé lire votre horoscope ce matin, lui chuchota Overoy à l'oreille.

Childes réussit à se tenir debout, pourtant il devait résister au désir de s'écrouler sur le banc tout proche. Il avait les membres engourdis comme si son sang s'était coagulé en un liquide visqueux. A côté de son mari, Vivienne Sebire le regardait, les yeux pleins d'excuse. Sebire essayait toujours de se libérer de l'emprise de Robillard, mais ses efforts manquaient de vigueur, toute sa colère s'était dissipée avec cet unique coup. On percevait même peut-être une lueur de honte derrière la rage.

— Venez, Jon, dit Overoy, employant pour la première fois son prénom. Allons-nous-en d'ici. Je crois qu'un petit remontant vous ferait du bien, c'est ma tournée.

— Je n'ai pas eu le temps d'examiner M. Childes, dit le médecin rapidement.

— Il m'a l'air de se porter à merveille, répondit Overoy, en passant doucement son bras sous le coude de Childes. Quelque peu contusionné peut-être, mais il survivra. De toute façon, je pourrais toujours vous le ramener plus tard si nécessaire.

— Comme vous voulez.

Ensuite, Poulain s'adressa à Sebire pour tempérer les choses.

— Tu peux aller voir Amy, si tu y tiens, mais surtout ne dites rien ni l'un ni l'autre et ne la dérangez pas.

Le financier cligna des yeux, une première fois, puis une deuxième fois, le visage toujours congestionné par la colère qui s'apaisait, et finit par détourner son regard de Childes. Il acquiesça d'un signe de tête et Robillard le relâcha.

— Allons-y, dit Overoy à Childes, qui, hésitant, ouvrit la bouche pour dire quelque chose à la mère d'Amy mais resta sans voix.

Il s'éloigna, le détective à ses côtés.

Dans l'ascenseur, Overoy appuya sur le bouton rez-de-chaussée en disant :

— L'officier de service qui surveille le collège nous a dit que vous étiez de nouveau à l'hôpital. Vous y prenez pension ?

Les yeux fermés, Childes s'appuya contre la paroi.

— J'ai entendu dire que vous aviez eu un accident.

— Oui, fut tout ce que Childes put répondre.

L'ascenseur s'arrêta, les portes coulissèrent pour laisser le passage à un brancardier poussant un malade dans une chaise roulante, une femme aux cheveux blancs qui contemplait tristement les articulations de ses mains déformées par l'arthrite, et qui les remarqua à peine, tant elle était absorbée par sa propre infirmité. Personne ne dit mot jusqu'à ce que l'ascenseur arrivât au rez-de-chaussée. Le brancardier poussa la chaise et éloigna sa sombre patiente, sifflotant joyeusement en chemin.

— J'ai loué une voiture pour le week-end, nous pourrons aller dans un coin tranquille pour bavarder, dit Overoy en retenant les portes avant qu'elles ne se ferment sur eux. Et même si votre voiture était en état de marche, je ne crois pas que vous seriez en état de conduire. Nous y sommes, terminus.

— Quoi ? dit Childes, surpris.

— Nous descendons.

— Excusez-moi.

— Vous êtes sûr que tout va bien ?

— Je suis fatigué, c'est tout.

— Et votre voiture, il y a des dégâts ?

— Mal en point.

— Morte ?

— Non, réparable.

— Alors, comme je disais, nous prendrons la mienne.

— Vous pouvez me conduire chez moi ?

— Bien sûr. Mais n'oubliez pas que nous devons parler.

— On parlera.

Ils quittèrent l'hôpital et allèrent jusqu'à la voiture d'Overoy stationnée dans une zone réservée aux médecins. Ils montèrent et Childes fut soulagé de s'enfoncer dans les coussins du siège du passager. Avant de mettre le contact, l'inspecteur annonça :

— Vous savez que je pars demain soir ?

Les yeux fermés une fois de plus, Childes fit un signe de tête.

— Alors, si vous avez quelque chose à me dire...

— Elle a provoqué l'accident...

— Que voulez-vous dire ?

— J'ai vu la créature me regarder, Overoy. Je l'ai vue sur le siège arrière. Mais en fait, elle n'était pas vraiment là.

— Calmez-vous. Vous avez cru voir quelqu'un à l'arrière de votre voiture, et c'est ce qui a causé votre accident ?

— Elle était là ! Elle a essayé de m'étrangler.

— Et Mlle Sebire peut confirmer cette version ? Elle a vu la personne ?

— Je ne sais pas. Non, c'est impossible, c'était dans mon esprit, *mais j'ai senti les mains m'étrangler !*

— C'est impossible.

— Je peux vous montrer les marques. Le Dr Poulain les a vues.

Il baissa son col de chemise et Overoy alluma la lumière de la cabine.

— Vous les voyez ? demanda Childes, presque avec impatience.

— Non, Jon. Pas d'égratignures, pas de bleus.

Childes bascula le rétroviseur dans sa direction, étendant le cou vers le miroir. Le détective avait raison, la peau était intacte.

— Ramenez-moi, dit-il, très las, je crois qu'il est grand temps d'avoir cette conversation.

Elle se tenait dans l'obscurité de l'ancienne tour solitaire, parfaitement immobile, parfaitement silencieuse, se délectant de ce vide. L'oubli, le noir, le néant.

Le bruit des vagues s'écrasant au bas des falaises s'engouffrait par les ouvertures, résonnant dans la tour circulaire comme autant de chuchotements. Réfugiée dans l'obscurité, la chose imaginait que c'étaient les voix étouffées de ceux qui avaient péri en mer, plongés pour l'éternité dans leurs limbes sans étoiles. Cette pensée l'amusait.

Des odeurs fortes empoisonnaient l'air de la tour en ruine — urine, excréments, pourriture —, profanations de ceux qui n'avaient cure des monuments et encore moins de leur histoire ; mais ces odeurs ne gênaient pas la silhouette tapie dans la réconfortante obscurité. Elle s'enivrait de cette corruption.

Quelque part, une minuscule bestiole cria, proie d'un autre animal, plus rapide, plus mortel.

La créature sourit.

Les forces se construisaient. L'homme faisait partie de cette construction. Pourtant, il ne le savait pas.

Il le saurait. Bientôt...

Et pour lui, il serait trop tard.

ESTELLE PIPRELLY scrutait l'obscurité, mais d'épais nuages dévoraient le croissant de lune, si bien qu'on ne voyait pas grand-chose en bas. Les pelouses étaient toujours là, les arbres aussi, et la mer, inlassablement, battait la falaise, mais d'après ce qu'elle savait, il n'y avait peut-être pas d'autre existence au-delà des limites de sa chambre. Sa solitude était si exacerbée que la vie elle-même n'était peut-être qu'une illusion, qu'un pur fruit de son imagination.

Pourtant, elle supportait facilement cet état, car pour elle la solitude n'était pas une nouveauté, malgré les journées pleines de monde, les heures bien remplies ; c'était cette nouvelle impression de vide menaçant qui éveillait des appréhensions jusqu'au tréfonds de son âme et qui l'inquiétait. Cette nuit semblait porteuse de mauvais présages.

Elle se tourna, quittant le fantôme de son propre reflet ; une légère courbe de sa colonne vertébrale d'une rigidité célèbre altérait son allure, la rendait plus fragile. Il y avait quelque chose de désœuvré dans sa démarche, une certaine apathie dans ses mouvements, tandis qu'elle faisait les cent pas dans la pièce, une partie de ses quartiers d'habitation du collège. Ses lèvres étaient moins fermes, moins sévères qu'à l'accoutumée.

Ce n'était pas seulement le vide de la nuit qui hantait la

directrice de La Roche, ni le calme troublant de ces heures tardives : la Mort l'avait accueillie d'un salut railleur ce jour-là. Comme déjà, tant d'années auparavant, l'enfant qui ne pouvait pas comprendre avait consciemment lu l'imminence de la mort marquée sur certains visages des forces d'occupation, elle avait discerné le masque funèbre sur ses propres élèves.

Son trouble l'affaiblissait, la forçait à s'asseoir. Sur le manteau de la cheminée où aucun feu ne brûlait, une horloge en forme de dôme, à la façade de bois laqué, marquait le compte à rebours, comme si elle enregistrait les derniers battements d'un cœur proche de l'expiration. Estelle Piprelly resserra son cardigan autour d'elle, s'emmitouflant le cou dans la laine, mais ses frissons venaient de l'intérieur plus que de la fraîcheur de l'air.

Miss Piprelly, soudain vieillie et presque timorée, dirigea ses pensées vers l'extérieur, désirant, désespérément, percer... mais sachant qu'en fin de compte elle n'en avait pas la force, que son pouvoir n'allait pas jusque-là. Rien de comparable à celui de Jonathan Childes. Et pourtant, étrangement, lui n'était pas conscient de ces immenses potentialités.

L'énigme de cet homme l'effrayait.

Une brise qui s'engouffra par la fenêtre la fit se retourner. S'attendait-elle à voir la Mort elle-même venir la guetter ?

Miss Piprelly s'interrogea sur les mesures de sécurité de l'établissement. Effectivement, un policier surveillait l'entrée principale, quittant souvent son véhicule pour faire un tour de ronde sur les terrains, vérifier portes et fenêtres, balayer de sa torche bosquets et buissons. Mais un seul homme suffisait-il à empêcher un inconnu de s'introduire dans les bâtiments, avec leurs nombreux points d'accès ? Le plan chaotique des bâtiments lui-même rendait toute surveillance difficile et fournissait des cachettes faciles pour les silhouettes furtives. Cet après-midi, elle avait exprimé ses craintes à l'inspecteur Robillard, sans pouvoir toutefois lui en expliquer la raison, et il lui avait assuré qu'une patrouille effectuait des rondes régulières depuis qu'on s'était attaqué à Jeanette.

Il comprenait parfaitement son inquiétude mais la trouvait pourtant déplacée : il était peu probable que l'agresseur s'en prenne à nouveau à La Roche, à présent qu'il savait la police sur les lieux. De tout son cœur, la directrice espérait pouvoir faire confiance aux calmes affirmations du policier.

Une fois de plus, ses pensées dérivèrent sur Jonathan Childes, comme souvent depuis ces derniers jours. A regret, elle lui avait demandé de ne plus se présenter au collège — non, avait-elle insisté, il n'était pas suspendu, ni même soupçonné, mais sa présence à La Roche semblait mettre les filles en danger et leur sécurité devait être sa préoccupation primordiale. Elle, Victor Platnauer et plusieurs membres du conseil d'administration en avaient parlé avec l'inspecteur Robillard, et il était plus sage, pour le moment, de s'en tenir à cette décision. (Elle n'avait pas précisé que Victor Platnauer était en faveur du renvoi immédiat de Childes.) Comme il n'y avait plus que quinze jours avant la fin du trimestre, cette requête ne leur paraissait pas inacceptable. Il y avait d'ailleurs accédé sans la moindre hésitation.

Quand elle l'avait appelé dans son bureau, ce lundi matin, il y avait trois jours, désormais, elle s'était sentie déconcertée par la force qui lui faisait face. Il semblait à peine entendre ses mots, pourtant, il n'était pas inattentif. Son esprit se débattait dans une confusion intérieure, néanmoins, il restait conscient de tout ce qui se passait autour de lui. Bien sûr, il était fort perturbé, non seulement par l'horrible épreuve infligée à Jeanette, mais aussi par l'accident de voiture qui avait blessé Mlle Sebire ce même jour. Cependant, elle pressentait que sa préoccupation n'avait que peu de rapports avec ces événements troublants. Cet homme cherchait — elle l'avait senti fouiller son propre esprit —, mais sa recherche se faisait au hasard, empiriquement. Il avait reconnu le don chez elle, bien qu'il n'en ait pas parlé. Parfois, elle percevait comme une vibration tout autour de lui, un champ psychique qui ne cessait de se dilater et de se contracter. Ces fluctuations de niveau la déroutaient, et pourtant, Childes, lui, semblait ne pas se rendre compte de ces émanations invisibles.

Son corps trembla violemment, annonçant la fureur des terribles événements à venir ; une pensée tranchante lui perça l'esprit, telle une lame de couteau chauffée à blanc. Son esprit ne s'attardait plus sur les jours passés. A présent, le véritable cauchemar commençait.

Une présence étrangère s'était glissée dans l'enceinte du collège.

Confirmant cette certitude, les ombres de la pièce se resserraient, le tic-tac de l'horloge retentissait plus fort, cherchant à intimider, à influencer la raison.

La première réaction de Mlle Piprelly fut d'appeler la police et elle se repoussa de son siège — *repoussa car la pression des ombres et le martèlement de l'horloge l'obligeaient à ralentir tout mouvement* — et marcha — *chancela ?* — vers le téléphone. Mais sa main resta sur le récepteur, sans le soulever.

Qu'allait-elle leur dire ? *Vite, venez, je suis seule et j'ai peur. Il y a quelqu'un ici, quelqu'un qui nous veut du mal, alors que mes filles sont endormies. J'ai vu le masque de la mort sur leur visage, et elles sont si jeunes, si innocentes, elles n'ont encore rien vécu et n'ont aucune idée du danger...* Est-ce que la police la croirait ?

Avait-elle entendu du bruit ? lui demanderaient-ils. Leur homme ne leur avait rien signalé d'inquiétant, mais ils allaient le contacter par radio, lui demander de resserrer sa surveillance sur le terrain et de leur faire son rapport. Aucune raison de s'alarmer, mademoiselle Piprelly (les vieilles filles auraient peur de leur ombre !), tout allait bien, le policier de service était à son poste, rappelez-nous plus tard si vous êtes toujours inquiète...

Elle pouvait mentir, prétendre avoir entendu des bruits. Mais s'ils arrivaient en force pour ne trouver aucun signe d'un intrus, que se passerait-il ? Des sourcils levés, des sourires condescendants et des ricanements sur le chemin du retour ?

Elle raidit le dos devant cette considération, son visage reprit des lignes plus fermes, une fois de plus. Non, elle ne se laisserait pas humilier par les appréhensions d'une nuit.

Mlle Piprelly se dirigea vers la porte. Elle irait regarder elle-même et si elle trouvait le *moindre* indice d'une présence, elle appellerait la police. La plus faible indication...

Pourtant, sa belle résolution flancha un instant quand elle ouvrit la porte et que la terreur vint la toucher, telle une main de squelette surgissant de l'obscurité.

CHILDES se réveilla.

Pas de cauchemars, pas de démons aux aguets, pas de visions d'horreur l'arrachant au sommeil.

Étendu dans l'obscurité, il écoutait la nuit. Il n'y avait rien pour le troubler. Simplement le vent, une brise, murmure innocent de l'air.

Pourtant, il jaillit du lit, nu, bientôt frileux, et s'assit sur le bord, se demandant ce que signifiait le picotement impatient qui le rongeait. La fenêtre la plus proche dessinait une tache grise dans le noir. Un décor moelleux de nuages moutonneux traversait le cadre.

Childes chercha ses lunettes à tâtons, les chaussa et s'approcha de la fenêtre.

Il s'accrocha au rebord lorsque quelque chose de froid, de diabolique lui enserra la poitrine.

Dans le lointain, au sommet de la falaise, La Roche étincelait de rouge.

Mais il n'y avait plus de coucher du soleil pour illuminer les bâtiments. Cette fois, des flammes coloraient les murs en s'échappant des fenêtres pour aller lécher le ciel nuageux.

ESTELLE PIPRELLY descendait, ses pas résonnant de manière inhabituelle dans les corridors et l'escalier; une odeur inattendue venait à sa rencontre. Une odeur peu familière qui n'allait pas dans le contexte des odeurs normales de l'école, de bois moelleux et d'encaustique, mêlés à une touche subtile mais permanente des corps humains qui passaient. L'odeur de la vie.

Celle-ci ne faisait pas partie de la texture normale.

Elle s'arrêta, une main sur l'épaisse rampe. Écouta le silence plus sinistre que paisible. La senteur étrange, toujours faible — car sa source était lointaine, légèrement écœurante —, lui rappelait une remise où l'on engrangeait le matériel de jardinage. Un petit bâtiment de brique délabré, où s'entassaient outils, cisailles, tondeuses, etc, avec toujours des relents de terre, d'huile et de... d'essence.

A présent qu'elle avait compris, son inquiétude décupla, cette odeur nauséabonde donnait un indice, une indication prouvant que sa crainte intuitive était peut-être justifiée. La première urgence, c'était de rebrousser chemin, de grimper l'escalier jusqu'au dernier étage où dormaient celles dont elle avait la charge, de les réveiller et de les conduire hors de danger. Mais une autre impulsion disputait le terrain à la première. Une force irrésistible l'entraînait vers le bas.

La curiosité, se dit-elle, rationalisant ses pensées. Le besoin de confirmer ses soupçons pour ne pas être accusée de crier « Au loup ! » à tort et à travers. Pourtant, une voix chétive, un murmure presque, profondément enterrée dans sa conscience, suggérait une autre version et faisait allusion au désir morbide d'affronter le fantôme qui l'avait hantée à travers les visages innocents de celles qui allaient bientôt mourir.

Elle poursuivit sa descente.

Sur la dernière marche, devant le hall qui s'élargissait et les couloirs qui s'étendaient de droite à gauche, Mlle Piprelly s'attarda de nouveau, pour humer l'air en fronçant le nez sous les remugles puissants à présent. Le liquide luisait sur les lattes de plancher. Comme la lumière provenait de l'escalier derrière elle, les extrémités des couloirs n'étaient plus que de sinistres tunnels. Elle se trouvait face à la double porte d'entrée, à moins d'une dizaine de mètres. Près de la porte, un tableau d'interrupteurs.

Dix mètres, ce n'était rien. Pourquoi cette distance lui paraissait-elle si formidable ? Pourquoi l'obscurité graduelle était-elle si menaçante ?

Parce qu'elle n'était qu'une vieille fille qui ne tarderait pas à regarder sous son lit tous les soirs, se reprocha-t-elle. Pourtant, elle était persuadée que ses craintes avaient une autre source. L'obscurité *était menaçante,* la distance qui la séparait de la porte, *immense.*

Mais que faire sinon traverser ? Si elle remontait, l'essence renversée serait immédiatement enflammée. Si elle allumait, elle éclairerait peut-être l'intrus, et, avec un peu de chance, cela lui ferait peur. Et au moins, les lumières attireraient l'attention du policier de garde.

Une chaussure brune à talon carré se posa sur le sol. L'autre suivit. Miss Piprelly entreprenait la longue expédition à travers le hall.

De nouveau, à mi-chemin, elle s'arrêta. Avait-elle entendu ou *senti* quelque chose ? Y avait-il quelqu'un dans le couloir sur sa gauche ? Une ombre se mouvait-elle parmi les ombres ? Miss Piprelly continua d'avancer ; la fine couche de liquide inflammable collait à ses semelles. Elle pressa le pas en s'approchant des portes.

Tapi à l'abri des ténèbres, quelqu'un lui voulait du mal, à elle et à son école. La sensation était si envahissante qu'elle lui écrasait la poitrine, si bien que sa respiration ne sortait plus que par halètements brefs. Son cœur se hâtait autant que ses jambes, elle marchait le bras tendu bien avant que les boutons ne soient à sa portée. La présence était plus près, s'approchait encore, toujours invisible, mais sans aucun doute cherchant à l'atteindre ; bientôt, elle pourrait la toucher, la sentir.

Il fallait qu'elle sorte !

Elle trouverait le policier, l'appellerait, l'informerait de cette présence. Il saurait quoi faire, il ne laisserait pas allumer l'essence. Il la sauverait !

Elle était près des portes, allait presque s'y écraser, cherchait frénétiquement la serrure, la poignée, sanglotant de soulagement à présent qu'elle allait bientôt être à l'abri de la menace imminente.

Elle la savait proche, mais ne se retournait pas, sûre que le picotement de sa nuque était dû au souffle froid de l'intrus.

Elle s'étonna vaguement de voir les portes déjà déverrouillées, et tourna la poignée. Un léger cri de triomphe mêlé d'angoisse lui échappa. Elle tira la porte vers elle. Une bouffée d'air frais s'engouffra à l'intérieur.

La forme, une masse sombre se détachant sur la nuit, l'attendait sur le porche, *à l'extérieur,* immobile, impassible.

Les jambes de Mlle Piprelly flageolèrent, et sa voix ne fut plus qu'un gémissement, un soupir quand la forme se rua sur elle.

CHILDES ARRÊTA brusquement sa voiture de location devant les portes grandes ouvertes, de La Roche, les mains fermement accrochées au volant, le pied enfoncé sur la pédale de frein. Pourtant, son corps fut projeté en avant dans une secousse, puis basculé en arrière avec le mouvement du véhicule.

Ses yeux s'écarquillèrent alors qu'il regardait les murs du collège éclairés par les phares au bout de l'allée.

Ils étaient sombres, impavides, la blancheur du bâtiment principal réduite à un gris sourd par les épais nuages. Aucune flamme ne jaillissait des fenêtres, aucune rougeur n'embrasait l'intérieur. Il n'y avait pas d'incendie.

Il n'avait pas entendu de sirènes durant sa brève et trépidante expédition de chez lui à l'école, n'avait pas rencontré de véhicules se précipitant à La Roche. Les rues étaient désertes. Pourquoi en aurait-il été autrement à cette heure tardive puisqu'il n'y avait pas de feu ?

Abasourdi, il secoua la tête. Il aperçut la voiture de patrouille stationnée de l'autre côté de la porte, tous phares et moteur éteints. Childes passa la première et glissa la Renault à travers les portes, comme si la voiture de police était un animal assoupi qu'il n'avait pas la moindre envie de réveiller. Il la longea. Il n'y avait personne à l'intérieur.

Vraiment personne ?

Alors, pourquoi ressentait-il le besoin de quitter son propre véhicule pour aller voir de plus près ? Et pourquoi cette envie de répondre à une impulsion contraire et de fuir ces lieux menaçants et troubles dans le clair de lune masqué par des nuages volumineux, presque immobiles ?

Oui, pourquoi ? dit une voix basse et railleuse, quelque part, à l'extérieur de lui-même.

Les contours argentés des nuages formaient un réseau d'éclairs figés ; une légère brise de mer vibrait dans les feuilles et les branches ; les phares perçaient un tunnel lumineux vers les bâtiments hauts et massifs. Sans aucun doute, Childes regarderait à l'intérieur du véhicule de patrouille, puis reprendrait sa voiture jusqu'au collège lui-même, comme si les règles avaient déjà été fixées pour lui, le scénario écrit. Sa volonté était toujours sienne, et il pourrait dévier de ce cours quand il le voudrait, mais un certain destin avait été prédéterminé. Il le suivrait, mais n'y succomberait pas. Il priait pour ne pas y succomber.

Childes quitta la Renault et contourna le capot pour aller vers l'autre voiture. Il regarda par la fenêtre ouverte.

Le policier avait glissé sur son siège, les genoux coincés haut derrière le volant. Pendant un moment, pris d'une étrange frénésie, Childes crut qu'il s'était endormi, mais la tache noire qui s'écoulait de la gorge, tel un bavoir de bébé, sur sa chemise claire, apportait un démenti formel. Pourtant, il tendit la main et secoua le policier, attentif à ne pas toucher le liquide visqueux qui s'écoulait à l'extérieur. Comme il s'y attendait, il n'y eut pas de réponse. Il posa la main sur la poignée et ouvrit la porte une fraction de seconde, juste assez pour que la lumière intérieure s'allume.

L'homme en uniforme avait le menton collé contre la poitrine, si bien qu'on ne voyait pas la blessure. Il était plutôt rond pour un policier et la lumière du plafonnier luisait sur son crâne chauve. Il avait les yeux mi-clos, comme s'il regardait vers le bas et contemplait l'encre écarlate qui tachait sa chemise. Les mains sagement reposées sur le côté, doigts étendus, décontractés... on aurait dit que la mort était arrivée trop vite pour permettre le combat. Il reposait, indifférent à son sort.

Childes referma la porte, avec un petit claquement qui rappelait le bruit d'un couvercle de cercueil qu'on mettait en place. Il s'appuya contre le toit de la voiture, la tête posée sur les avant-bras. Le policier, candide, car il avait rarement connu la violence au cours de sa carrière dans l'île, avait observé le collège, la fenêtre ouverte pour entendre les sons les plus imperceptibles, son attention concentrée sur les bâtiments devant lui et sur les buissons alentour, et non — du moins pendant quelques instants — sur la route derrière lui. Un couteau, un rasoir, une lame d'acier pointue avait silencieusement franchi l'ouverture pour lui trancher la gorge, d'une coupure nette et profonde, mouvement qui n'avait pas pris plus de deux trois secondes. Même si la victime avait poussé un cri, ce n'aurait guère pu être plus qu'un gargouillement étranglé, c'est tout ce que la blessure permettait.

Elle était là, au collège, la chose qu'il connaissait seulement sous le nom de Lune.

Cette idée se figea à l'intérieur de son estomac, et les parois de ses poumons se durcirent, se raidirent, le rendant presque incapable d'inspirer. Il releva le front de ses bras et regarda la longue allée, avec sa surface de gravier dessinée par les rayons de lumière, qui conduisait aux bâtiments, mornes et décharnés à présent, engloutis dans l'ombre.

Il entendait un gémissement d'agonie à l'intérieur de sa tête, mais ce bruit ne venait pas de lui. Il appartenait à quelqu'un qui se trouvait derrière les portes du grand bâtiment gris. Derrière les parois épaisses quelqu'un souffrait d'une terreur mortelle.

Et quelque chose *jubilait de voir cette terreur.*

A présent, dans les fenêtres du rez-de-chaussée du bâtiment principal, une clarté orangée s'étendait rapidement. Le feu n'était plus une simple vision prémonitoire, il était là, devant lui, dans toute sa réalité.

MLLE PIPRELLY gisait sur le sol, incapable de se mouvoir, la tête grotesquement tournée de façon peu naturelle.

Elle était consciente et terrifiée, et savait d'une manière curieusement détachée — elle ne ressentait aucune douleur, simplement une totale paralysie — qu'elle avait le cou brisé ; les os avaient facilement éclaté sous le coup de cette main puissante et rude qui l'avait assaillie dans l'obscurité, tandis que les jambes cédaient sous elle. C'est au moment de cette terrible confrontation que la directrice avait compris que l'individu s'était réfugié à l'extérieur en l'entendant descendre.

Mlle Piprelly n'avait pas vu son agresseur, elle avait simplement perçu une masse, une masse noire gigantesque, qui s'était approchée. Un souffle fétide, nauséabond. Une satisfaction grommelante, grimaçante. La torsion, l'arrachement de son propre cou, au moment où les paumes rugueuses et dures comme le roc lui avaient pris la tête en étau et l'avaient tournée... La disparition de la maladroite silhouette de corbeau... blang, blang, sur les lames de parquet nues. Son retour. Du liquide renversé sur ses vêtements, son corps, une douce fraîcheur qui parcourait l'air. Les yeux fermés pour se protéger du liquide.

Étendue par terre, avec ses muscles désormais inutiles, sa

voix n'était plus qu'un faible gargouillis. Ses yeux étaient brûlés par l'essence qui lui coulait du front. Cligner des yeux — au moins, ça, elle pouvait encore le faire —, cligner des yeux pour dégager la vue mais toujours avec cette sensation de brûlure qui l'aveuglait. Tout juste capable d'apercevoir la forme tapie au bout du couloir, criant de terreur, le son prisonnier à l'intérieur de sa tête.

Une lueur lointaine et soudaine, une allumette frottée. Sa chute lente vers le sol, puis le rayonnement intense de l'essence explosant en un bouquet de flammes.

La créature illuminée par le feu, grimaçante, souriante... lui souriant !

Les flammes se propageant... vite, si vite, trop vite, le long du couloir, vers son propre corps, trempé, immobile...

L'INCENDIE ravageait presque entièrement le rez-de-chaussée, la conflagration prenait de l'ampleur sous les yeux de Childes qui se ruait vers les bâtiments, les flammes avides de se repaître du vieux bois sec. Les fenêtres les unes après les autres se coloraient d'un farouche rouge orangé. Au centre du foyer, le verre avait déjà explosé sous la chaleur. En s'approchant, Childes vit la lueur vacillante avancer rapidement vers le premier étage. La sonnerie des sirènes d'alarme déclenchées par la fumée lui parvenait faiblement.

Il glissa presque sur le sol recouvert d'herbe humide ; il se rééquilibra sans même briser sa démarche et traversa la pelouse circulaire centrale. Impassible, illuminée d'une clarté rougeâtre, la statue du fondateur observait.

Childes grimpa les quelques marches qui menaient à l'entrée principale, s'attendant à trouver la double porte verrouillée, mais comme c'était l'accès le plus direct aux étages, il devait essayer cette possibilité en premier. Il poussa la poignée de métal, et à sa grande surprise l'un des panneaux s'ouvrit. Une furieuse bouffée de chaleur le força à se retourner et à s'appuyer sur le panneau encore fermé.

Il posa ses mains en bouclier devant ses yeux ; les lunettes à monture d'écaille agissaient également comme un mince écran devant la lumière cuisante. Childes regarda à nouveau à l'intérieur, la peau de ses mains et de son visage immédiatement attaquée, le souffle, arraché de sa gorge, lui semblait-il, par des doigts embrasés. Une fois encore, il recula, chancelant. Le vernis du bois contre lequel il s'était reposé commençait à cloquer et à craquer, la porte allait bientôt s'embraser.

L'escalier était en flammes. Plus près, à côté de l'entrée, au cœur de la fournaise, quelque chose de noir se calcinait. Pendant une brève fraction de seconde, il se demanda à qui ce corps appartenait.

Childes voulait s'enfuir, quitter ces lieux, sortir, craignant pour sa propre vie, conscient pourtant du danger que couraient ceux du dernier étage, les pensionnaires et les quelques membres du personnel qui logeaient à La Roche. Les sirènes devaient toutes hurler à présent, et, dans leur panique, malgré les exercices si souvent répétés, les élèves tenteraient peut-être de s'échapper par l'escalier principal, sans se douter qu'en bas, il était déjà détruit.

Avant de se précipiter vers l'escalier de secours, à l'arrière du bâtiment, Childes tendit une main vers le brasier et attrapa la poignée de la porte, hurlant de douleur sous la brûlure du métal, et claqua la porte, tentative dérisoire pour empêcher un courant d'air de prêter main-forte aux flammes. Le battant rebondit contre l'autre panneau ; le bois était déjà trop déformé. Childes sauta les marches, courut le long du collège, baissant la tête en passant devant les fenêtres écarlates qui volaient en éclats.

Lorsqu'il dépassa l'angle du bâtiment, le froid le saisit, comme une bouffée d'air sortant d'un congélateur, et transforma la sueur de son visage en perles glacées. Il était plongé dans le noir, pas de lueur incendiaire de ce côté... pas encore. Des taches de lumière se réfléchissaient sur la pelouse au fur et à mesure que les lampes des dortoirs et des corridors s'allumaient. Effleurant le mur pour repérer son chemin, Childes se hâta, passa un autre angle et atteignit bientôt la porte pare-feu. Il la trouva déjà ouverte, grâce sans doute à un panneau de verre brisé à hauteur de taille qui permettait de passer la main à l'intérieur et de pousser le verrou.

Childes ne perdit pas de temps à se poser des questions ; il se précipita à l'intérieur et tendit le bras vers l'interrupteur qu'il savait tout proche.

Une fumée âcre avait déjà envahi cette partie du bâtiment, bien que, pour le moment, les nuages tourbillonnants fussent encore assez légers. Les sirènes, hurlantes, beaucoup plus puissantes à l'intérieur, renforçaient son angoisse. Il se força cependant à grimper l'escalier de pierre, sautant les marches trois à trois ; cette escalade frénétique lui rappelait un incident similaire, remontant à quelques jours à peine. Cette fois, plus d'une vie était en danger...

Plus il montait, plus la fumée se faisait dense. Il perçut les craquements et les grondements du feu. Puis, des voix, des bruits de pas qui s'approchaient. De la lumière à l'étage supérieur, des mouvements dans l'escalier. Grâce à Dieu, elles étaient en chemin !

Il marqua une pause au premier étage, les mains appuyées sur la rampe métallique, et jeta un coup d'œil dans le long couloir. A l'autre extrémité, un enfer de flammes embrasait l'espace, du plancher au plafond. Une chaleur torride déferlait sur lui.

Allez ! Il serait idiot de s'arrêter, ne serait-ce qu'une seconde. Pas le temps d'analyser le danger.

Les voix étaient proches à présent, à une volée d'escalier sans doute. Childes continua de monter ; la fumée lui piquait les yeux, l'air se desséchait, comme brûlé, lui aussi, bien que le foyer de l'incendie fût encore loin. Soudain il se demanda si le feu avait gagné beaucoup de terrain au rez-de-chaussée. Les premières silhouettes chancelantes apparurent au-dessus de lui et il vola à leur rencontre.

Une fillette, à peine âgée de dix ou onze ans lui tomba dans les bras, le visage couvert de larmes, les pans de sa chemise de nuit flottant autour de ses chevilles et de ses pieds nus.

— Tu es sauvée, tu seras bientôt dehors, lui dit-il en regardant les autres qui se pressaient derrière elle.

— Monsieur Childes, monsieur Childes, c'est vous ? demanda une voix essoufflée au milieu du groupe.

Une silhouette, plus grande que la plupart des autres, se fraya un chemin à travers le groupe. Comme les élèves, elle était en chemise de nuit et la serrait autour d'elle pour se protéger contre la chaleur croissante. De manière incongrue, elle portait des chaussures de marche à talons plats. Pendant un instant, Childes crut avoir affaire à la directrice de La Roche, mais il reconnut bientôt Harriet Vallois, professeur d'histoire, l'une des responsables de l'internat.

— Toutes les élèves sont sorties du dortoir ? cria-t-il, pour couvrir le bruit des sirènes et des fillettes affolées.

Sous l'effet de l'atmosphère enfumée, certaines toussaient entre leurs mains.

— La surveillante générale et Mlle Todd vérifient, répondit-elle, les lèvres tremblantes — elle aussi était au bord des larmes. On m'a envoyée ici avec ce groupe.

Il lui mit la main sur l'épaule, plus pour l'aider à trouver son équilibre que pour la réconforter.

— Mlle Piprelly est avec elle ?

— Non... non. Je suis passée devant sa chambre et j'ai frappé à la porte, mais ça n'a pas répondu. Je croyais qu'elle était allée directement au dortoir, mais... personne ne l'a vue...

Le corps calciné dans le hall !

Childes frissonna. Le corps aurait pu être celui du pyromane, pris à son propre piège, victime de ses intentions criminelles. Il n'était pas vraiment sûr d'avoir vu Estelle Piprelly étendue sur le sol, amas grillé de chair calcinée, il ne pouvait en être sûr, et pourtant, pour lui, cela ne faisait aucun doute.

Harriet Vallois regardait derrière elle dans l'escalier, les yeux écarquillés, l'air désespéré.

— Faites sortir les gosses, cria Childes, resserrant son étreinte sur l'épaule du professeur.

La douleur soudaine la fit se retourner.

— Faites-les sortir ! répéta-t-il, la poussant en avant et montrant le chemin aux élèves, toujours accrochées à lui.

— Qu'elles restent groupees, et ne vous arrêtez sous aucun prétexte. Le temps presse, ajouta-t-il en chuchotant.

— Vous ne venez pas nous aider? dit-elle, de plus en plus inquiète.

Oh si, comme il aurait aimé les sauver toutes de cette menace de mort imminente, de ce lieu où un corps cramoisi, inhumain, grillait dans le hall, où Dieu seul savait ce qui pouvait bien gronder dans les couloirs, et où des flammes ravageuses dévoraient le cœur du bâtiment.

— Tout ira bien, vous n'êtes plus très loin de la sortie. Il faut que j'aille au secours de celles qui sont encore en haut.

Gentiment, mais fermement, il la poussa vers le bas et fit de même avec les plus proches élèves pour les encourager. Les autres ne tardèrent pas à suivre le mouvement; il leur conseilla de faire attention à ne pas trébucher et les rassura. Une trentaine d'élèves au moins étaient déjà descendues et d'autres arrivaient encore. Il ne savait pas combien il y avait de pensionnaires parmi les trois cents inscrites de La Roche, mais après un rapide calcul, il estima leur nombre à une soixantaine. A part Estelle Piprelly, seuls deux membres du personnel et l'infirmière avaient la responsabilité des élèves la nuit. Il accéléra le pas, bien que l'effort de la grimpée se fît de plus en plus difficile et l'air de plus en plus irrespirable. Plus il montait, plus la fumée devenait dense. Tel un éclaireur maléfique, l'air chargé de suie annonçait plein d'allégresse l'arrivée de ses maîtres en courroux. Dans le grondement du feu, plus intense à présent, les poutres de bois craquaient au cœur de la fournaise, d'un éclat sec comme un coup de trique. Et par-dessus tout cela, les hurlements stridents des sirènes incitaient elles aussi à la panique.

Childes, qui commençait à étouffer, sortit un mouchoir et le porta devant sa bouche. Précédées de leurs cris affolés, d'autres élèves apparurent.

— Avancez, avancez, leur cria-t-il, bien qu'elles n'aient que faire de cet ordre.

Les deux plus âgées soutenaient leur camarade plus jeune, paralysée de terreur. Un instant, Childes fut tenté de porter lui-même la fillette qui hurlait mais il vit que, malgré ses difficultés, le trio parviendrait à atteindre la sortie.

Quelqu'un trébucha devant lui, et il tendit le bras pour empêcher la silhouette de tomber.

— Éloïse ! s'exclama-t-il en reconnaissant le professeur qui logeait au collège.

Mlle Todd, ahurie, le regarda bouche bée, hésitante ; un râle sortait de sa poitrine qui absorbait l'air vicié.

— Combien en reste-t-il en haut ? lui cria-t-il, tout près de son visage.

Elle secoua la tête, impatiente de s'enfuir.

— Pour l'amour de Dieu, essayez de réfléchir.

— Laissez-moi partir, le supplia-t-elle. Il n'y a plus rien à faire.

— Combien ? insista-t-il, serrant fermement le frêle poignet.

— Nous avons cherché partout ! Certaines étaient si terrifiées qu'elles s'étaient réfugiées dans la salle de bains ou qu'elles criaient par les fenêtres.

— Elles sont toutes sorties ?

— Lâchez-moi ! lâchez-moi !

— Vous les avez toutes fait sortir ?

Des fillettes passaient, en s'accrochant fermement à la rampe, les épaules secouées de tremblements, les yeux ruisselants de larmes. Les cris s'étaient transformés en une sorte de plainte. Le professeur se libéra de l'étreinte de Childes et les rejoignit dans leur course, prenant une de ses ouailles par l'épaule pour la consoler, en dépit de son propre désespoir.

Elle se retourna pour appeler Childes.

— Il y a des élèves qui sont parties de l'autre côté, vers l'escalier principal. L'infirmière est allée les chercher.

Puis elle se hâta, poussée par celles qui la suivaient.

Childes ne perdit pas un instant de plus. Le mouchoir toujours devant la bouche, il monta les dernières marches, mais ne croisa plus personne en chemin. Il s'était perdu dans ses comptes mais supposait que la plupart des élèves étaient descendues.

Au dernier étage, la fumée le submergea. Il voyait à peine et sa gorge desséchée le faisait terriblement souffrir. Terrifié, il vit que l'incendie avait déjà atteint ce niveau, car une lueur surgissait à l'autre extrémité du couloir auquel il faisait face, et, bien qu'elle fût fort atténuée par le brouillard ambiant, il était sûr qu'elle provenait de l'escalier principal.

Plié en deux, pour éviter le plus gros de la fumée, il courut le long du corridor, vérifiant au passage qu'il n'y avait plus personne dans les dortoirs.

Une quinte de toux le fit tomber à genoux en se tenant la poitrine. Voyant qu'il était proche des lavabos, il se précipita à l'intérieur et y trouva un air plus pur. Il chancela vers l'une des vasques, ouvrit le robinet, ôta ses lunettes et s'aspergea le visage. Il attrapa une serviette, la plongea dans l'eau et l'entoura en écharpe autour de son cou, en faisant passer le tissu-éponge devant son nez.

Il vérifia les toilettes et les douches, retourna dans le couloir, la serviette lui servant toujours de masque. Le feu grondait, pareil à un sourd rugissement, tandis qu'il se dirigeait vers l'escalier ; la chaleur l'oppressait de plus en plus. Il allait entrer dans un autre dortoir lorsqu'un bruit différent attira son attention, presque imperceptible au milieu des sirènes, du feu et du bois qui explosait, mais néanmoins distinct. Le cri semblait provenir du cœur de l'incendie.

Il passa la serviette par-dessus sa tête, se couvrant presque entièrement le visage, et avança, s'appuyant contre le mur, autant pour se soutenir que pour se guider.

Des étincelles jaillissaient de la cage d'escalier, tels des débris volcaniques, tandis que les langues de flammes léchaient murs et poutres, roulant comme des boules de feu blanches vers le plafond. Le palier ne flambait pas encore, mais déjà, le plancher se consumait dans une vapeur noirâtre.

Childes s'approcha de la rampe et dut vite retirer sa main du bois brûlant.

Les jeunes filles étaient entassées dans un coin, juste en dessous de lui du côté opposé, face à un escalier en flammes. Tout comme celui qui se trouvait derrière elles. Elles avaient tenté de s'enfuir par ce chemin et s'étaient trouvées bloquées par un mur de flammes qui avançait rapidement. Comme elles rebroussaient chemin, un rideau de feu leur avait coupé la retraite en sautant par-dessus leurs têtes, aspiré par des tourbillons d'air.

Plusieurs d'entre elles paraissaient déjà inconscientes, tandis que les autres, blotties ou poussées les unes contre les autres, mains et bras devant le visage, essayaient de se protéger de la chaleur. Elles étaient six ou sept — en fait, elles étaient si collées les unes aux autres qu'il était pratiquement impossible de les compter. Dos au feu, les bras écartés comme pour protéger sa nichée, l'infirmière se tenait devant elles.

Childes avança vers l'angle de l'escalier, descendit quelques marches, mais la chaleur infernale le força à reculer. Un mur flamboyant bloquait l'accès du grand escalier. Peut-être parviendrait-il à sauter à travers les flammes jusqu'au palier où se trouvaient les élèves, mais à quoi cela l'avancerait-il ? *En quoi serait-ce d'un quelconque secours* pour les filles ? En hâte, il retourna sur le palier.

— Madame Bates, madame Bates, par ici !

L'infirmière leva la tête et Childes cria de nouveau.

Le nez en l'air, le visage tourné vers lui, elle le vit enfin. Childes crut discerner une certaine lueur d'espoir dans son regard, mais la chaleur vacillante déformait tout.

L'infirmière quitta les élèves, avançant de quelques pas vers le bord du palier.

— C'est vous, monsieur Childes ? Oh, aidez-nous, aidez-nous, faites-nous sortir de là.

A présent, bien que toujours tapies dans le coin, certaines élèves le regardaient

Les aider, oui, *mais comment ?* Il ne pouvait pas descendre, elles ne pouvaient pas monter.

Dans l'air bouillonnant, l'infirmière, toujours penchée, étouffait et toussait. Elle recula pour s'éloigner de la fournaise. Un éclair soudain de lumière jaune fit reculer Childes lui aussi. Des rafales de flammes se projetèrent au plafond et mordirent les poutres. Elles disparurent presque aussi vite qu'elles étaient venues pour rejoindre la masse embrasée. Toutefois, les poutres ne s'en étaient pas sorties indemnes ; elles s'étaient mises à brûler farouchement. Le temps pressait.

Une échelle, une échelle entre les deux paliers. Mais plus question de descendre en chercher une, il était trop tard. Une corde alors. Elles pourraient se l'enrouler sous les bras et il les hisserait, les unes après les autres. Combien pourrait-il en sauver avant que ses forces l'abandonnent ? Et où trouver une corde ?

— Au secours !

Les fillettes l'appelaient elles aussi à présent.

— Éloignez-vous de l'escalier ! cria-t-il en voyant que certaines d'entre elles s'étaient approchées de l'infirmière.

Childes reconnut Kelly dans le groupe, le visage maculé de suie, les larmes formant des traînées sur ses joues. Elle tendit une main suppliante vers lui, et l'enfant vulnérable lui rappela un souvenir de bras noir et calciné, qui le raidit et l'immobilisa.

Il gémit et vacilla, sous sa serviette qui lui retombait mollement sur les épaules, pratiquement sèche, car la chaleur avait absorbé toute l'humidité. Une fumée épaisse, étouffante tournoyait autour de lui, des langues de flammes jaillissaient entre les lattes du plancher. Des cris pointus le rappelèrent à la conscience et il se pencha pour voir d'où venait le monstrueux craquement de bois.

Une partie de l'escalier s'était effondrée, laissant un gouffre béant devant le palier où le petit groupe s'abritait. Élèves et infirmières s'étaient de nouveau réfugiées dans l'angle, où elles se blottissaient les unes contre les autres. Celles qui étaient à l'extérieur battaient l'air avec leurs mains crochues, comme si elles pouvaient repousser la chaleur torride qui les engloutissait. Quelques-unes s'étaient écroulées sur leurs compagnes.

— Je vais chercher quelque chose pour vous faire monter, je reviens tout de suite.

Il ne savait même pas si elles avaient entendu. Et puis, serait-ce vraiment utile ? Parviendrait-il à les hisser toutes hors de cet enfer ? Childes repoussa toutes ces questions.

Il sentait la chaleur brûlante du plancher à travers les

semelles de ses chaussures en s'éloignant. Un épais brouillard tourbillonnant se déversait dans le couloir. Le bâtiment avait l'air sous pression, comme si de la vapeur avait été emprisonnée dans une bouilloire par une valve défectueuse. L'atmosphère elle-même semblait devenir combustible, prête à exploser en une gigantesque boule de feu incandescente. Il inspira une bouffée d'air privé de son oxygène et fut immédiatement saisi d'une effroyable quinte de toux. La sécheresse lui arrachait les poumons.

Childes ne s'arrêta pas. A quatre pattes, pris de haut-le-cœur, il rampa, ses paumes frottant contre le bois chaud, jusqu'à ce qu'il trouve une porte ouverte. Chancelant, il pénétra dans la pièce, referma la porte derrière lui, roula sur le dos, ne s'autorisant qu'un très bref répit respiratoire. La fumée n'était pas si épaisse dans le dortoir, bien qu'il perçût les rangées de lits à travers des nuages de brume flottants. Se redressant sur les genoux, il s'approcha du premier lit et enleva les draps.

Toujours accroupi, il les noua ensemble, rampa vers un deuxième lit et recommença, refusant de reconnaître la futilité de son geste.

C'est en attachant un troisième drap aux deux premiers, les yeux brouillés, une douleur dans la poitrine qui le transperçait comme un couteau, qu'il entendit les sanglots étouffés.

Il regarda autour de lui, ne sachant trop d'où ils venaient. Il n'entendait plus que le grognement du feu. Penché vers le sol, il regarda sous les lits mais ne vit aucune silhouette accroupie. Il termina son nœud puis avança d'un pas incertain vers la porte fermée.

De nouveau, les sanglots.

Il se retourna, le dos contre la porte, et scruta la pièce, son regard parcourant les lits défaits, les poupées abandonnées, les mobiles qui s'agitaient frénétiquement, les affiches qui gondolaient déjà sur les murs. Ses lunettes étaient noires de suie et de sueur. Il les essuya avec un morceau de drap, tout en écoutant attentivement. C'était un son doux, mélodique, mais qui à présent se distinguait mieux des autres. Il porta les yeux sur un placard, à l'autre extrémité de la pièce.

Pas le temps. Pas le temps de regarder. Il devait retourner sur le palier.

Pourtant, il laissa ses draps et se précipita de l'autre côté du dortoir.

Il ouvrit la porte, et les deux fillettes sanglotantes et gémissantes, tapies dans le noir parmi les cannes de hockey, les raquettes de tennis, les imperméables suspendus qui leur retombaient sur la tête et les épaules, hurlèrent et tentèrent de se protéger.

Childes tendit la main, mais la fillette hurla de plus belle, s'enfonça plus loin dans sa cachette. D'une main, il la prit par le bras et la sépara de sa camarade, la forçant à tourner la tête. Il eut tout juste le temps de voir qu'il s'agissait de l'une des plus jeunes élèves et les lumières s'éteignirent.

Il la perdit dans l'obscurité. Les cris perçants couvraient tout le reste. Childes s'agenouilla, rampa vers les corps tremblants et les entoura de ses bras.

— N'ayez pas peur, dit-il d'une voix aussi rassurante que possible, mais conscient de la tension de celle-ci. Le feu a brûlé les fils, c'est pour ça qu'il fait noir, poursuivit-il. (Elles essayaient toujours de lui échapper.) Voyons, c'est moi, monsieur Childes. Je vais vous faire sortir de là, d'accord ? Vous me connaissez ? Toutes vos camarades vous attendent dehors. Elles vont s'inquiéter.

Les autres sur le palier ! Oh mon Dieu, il fallait qu'il y retourne avant qu'il soit trop tard.

— Allez, on va descendre et vous raconterez à vos amies comme c'était amusant. On descend l'escalier et c'est fini.

La petite voix terrifiée eut du mal à vaincre ses sanglots.

— Il y a... le feu dans... l'escalier...

Childes lui caressa les cheveux, l'attira contre lui.

— Nous passerons par l'autre. Tu sais, celui qu'on prend pour les exercices anti-incendie, les marches de pierre qui conduisent à l'extérieur du bâtiment ? Et puis, tu te souviens de moi, monsieur Childes ? Tu es déjà venue dans ma salle d'ordinateurs pour jeter un coup d'œil ? Pas vrai ?

Comme si elles s'étaient concertées, elles se jetèrent

ensemble dans ses bras et il souleva les deux corps frissonnants, sentant l'humidité des larmes contre ses joues. Sans dire un mot, il porta les deux fillettes entre les rangées de lits, une sous chaque bras. Il trébucha une ou deux fois, n'ayant pour repère qu'un rai de lumière rouge qui filtrait sous la porte.

A présent, un autre son se mêlait au rugissement assourdi, un bruit lointain, qui provenait d'au-delà de l'école et qui augmentait de seconde en seconde. Des sirènes qui approchaient.

Les deux élèves, l'une en pyjama, l'autre en chemise de nuit, secouées de quintes de toux, enfouissaient leur visage dans sa poitrine.

— Essayez de ne pas respirer trop fort, leur dit-il, déglutissant difficilement pour soulager sa gorge.

La serviette, tombée de ses épaules, était perdue.

Arrivé à la porte, Childes les reposa et fouilla par terre pour retrouver les draps abandonnés. Il referma les doigts sur le tissu, le souleva, un genou à terre, les deux fillettes toujours près de lui.

Il s'efforçait de parler d'un ton léger, sans le moindre signe de panique.

— Je vous connais toutes les deux, mais je n'arrive pas à me souvenir de vos prénoms. Vous voulez être assez gentilles pour me les rappeler ?

— Sandy, murmura une voix tremblante, tout près de son oreille.

— C'est joli. Et toi ? demanda-t-il, attirant l'autre près de lui. Tu me dis le tien ?

— Ra... Rachel.

— Bien. Alors, écoutez-moi, Sandy et Rachel. Je vais ouvrir la porte et sortir, mais je veux que vous m'attendiez ici un instant.

Des doigts s'enfoncèrent dans son bras.

— Je vous promets que tout ira bien. Je ne serai absent qu'un instant.

— *Non, non, ne nous laissez pas toutes seules !*

Il ne savait pas laquelle avait crié.

— Il faut que j'aille au secours d'autres élèves. Elles ne sont pas loin, mais elles ont des ennuis. Je dois aller les chercher.

Il se libéra de leur étreinte, maudissant sa propre conduite, mais il n'avait pas d'autre solution. Elles se débattirent pour le retenir, mais il se leva, les draps passés sur l'épaule et, à tâtons, chercha la poignée de la porte. La chaleur venait-elle de ses propres mains ou le métal était-il brûlant ? Il ouvrit brusquement la porte. Il loucha devant la violence de la lumière, sa peau se contracta sous la bouffée de chaleur qui s'engouffrait dans la pièce.

Protégeant ses yeux, il fut saisi de terreur en voyant que le feu avait pris une telle ampleur.

L'horrible vacarme de bois écrasé retentit au moment précis où il sortait du dortoir. Aucun cri, aucun appel ne l'accompagnait — du moins n'avait-il rien entendu — mais il en connaissait pourtant l'origine. Il savait exactement ce qui s'était passé.

Pourtant, il devait s'en assurer. Il fallait qu'il en soit certain. S'il y avait encore la moindre chance...

— Restez ici ! cria-t-il aux deux fillettes apeurées qui s'accrochaient à lui.

Accroupi, ignorant l'horrible sensation qui semblait lui décoller la peau, sachant que ce n'était qu'une impression, qu'elle se resserrait simplement autour de ses os, sans s'arracher, il se mit à courir. Les draps noués traînant derrière lui, il rebondit contre le mur.

Childes atteignit le vaste palier qui dominait l'escalier, formé à présent de rares zones de plancher encore valide. Au-dessus de lui, d'étranges vagues de flammes roulaient au plafond.

Il ne pouvait plus toucher la balustrade de l'escalier car le bois n'était plus qu'une bûche qui se consumait dans le brasier géant. Pourtant, à travers les intervalles entre les flammes, il apercevait certaines sections de la cage d'escalier.

Il n'y avait plus d'escalier, mais simplement quelques poutres incandescentes qui sortaient du mur. Et, au-dessous de lui, il n'y avait plus de palier. Tout s'était effondré dans un vrombissement de volcan.

Trop bouleversé pour les larmes, Childes retourna au dortoir à l'aveuglette, dans les tourbillons de fumée. Les trois draps noués qui gisaient dans le couloir commençaient à brûler. Le bras appuyé contre le mur, Childes chancela, mais continua pourtant à avancer, conscient que tout arrêt serait fatal. Il accéléra le pas en voyant que les deux fillettes ne l'attendaient plus devant la porte. Il priait pour qu'elles lui aient obéi et ne soient pas enfuies dans l'autre direction en voulant échapper au feu qui approchait. Si jamais elles se perdaient dans le brouillard...

Il repoussa brusquement la porte encore entrouverte qui alla frapper contre une table de nuit. Son ombre se détachait en noir sur une tache orangée mouvante aux contours flous. Sandy et Rachel, blotties l'une contre l'autre sur un lit, l'observaient, les yeux écarquillés de terreur.

— Venez, je vais vous faire sortir.

Toutes deux sentirent les résonances de mort dans sa voix. Elles coururent cependant vers lui, et il les souleva de terre, une sous chaque bras. Quoi qu'il lui en coûte, il sauverait au moins ces deux-là. Childes avança le long du corridor, s'éloignant du cœur des flammes. Tout autour d'eux, murs, plafonds, planchers frémissaient déjà, prêts à flamber. Il ne voyait pratiquement plus rien, sa tête se vidait, sa gorge se serrait. Près d'un mur, des flammes jaillirent du sol, l'obligeant à tourner le dos pour les éviter. Les bras passés autour de son cou, parfaitement immobiles, les fillettes ne prononçaient pas le moindre mot, terrifiées mais pourtant confiantes. Peut-être avaient-elles versé toutes leurs larmes dans le placard.

Pendant un instant, ils avancèrent dans la pénombre, car la fumée obstruait totalement la clarté de l'incendie derrière eux, mais bientôt, devant, une nouvelle lueur colorée fut visible. Bien que ce scintillement leur serve de phare, il était de mauvais présage. Childes avait espéré que l'escalier de secours serait trop loin pour être déjà touché par l'incendie qui ravageait les étages.

A tâtons, presque totalement aveuglé, le dos contre le mur, il finit par atteindre le palier bétonné. Childes faillit s'écrouler à genoux. Accroupies à côté de lui, toussant entre leurs mains elles aussi, Sandy et Rachel attendirent que sa quinte se passe.

Se reprenant suffisamment pour se redresser, Childes regarda par-dessus la rampe de métal. L'escalier faisait cheminée et aspirait la fumée pour la déverser dans le couloir qu'ils venaient de quitter. A travers le nuage oppressant, Childes apercevait plusieurs foyers dans les couloirs du bas.

Il y avait encore une chance de s'échapper, s'ils n'étaient pas asphyxiés en chemin.

Il se rapprocha des deux fillettes, s'agenouillant pour que son visage soit au niveau du leur.

— Tout ira bien, dit-il d'une voix sèche et fatiguée. Nous allons descendre l'escalier et nous serons dehors dans moins d'une minute. Les marches sont en béton, alors, elles ne peuvent pas prendre feu, mais il faudra rester à l'écart des couloirs. Rachel, tiens, prends ce mouchoir et mets-le devant ton nez.

Obéissante, elle fit ce qu'on lui disait.

— Sandy, j'ai bien peur d'être obligé d'abîmer ta chemise de nuit.

Il attrapa un pan de tissu et déchira une longue bande qu'il attacha autour du cou de la fillette, lui masquant tout le bas du visage.

— Bon, allons-y, dit-il en se relevant légèrement.

Childes leur prit la main et les conduisit en bas de la première volée d'escalier, prenant soin de rester collé au mur, à l'abri des fumées.

Plus ils descendaient, plus la fournaise s'épaississait.

Sandy et Rachel traînaient en arrière, et il dut les tirer pour qu'elles continuent d'avancer. Dans le tournant, entre le premier et le deuxième étage, il les serra contre lui pour les protéger de son corps. Rachel chancelait sur ses jambes tremblantes, et, dans l'éclair de lueur rouge, Childes vit qu'elle ne parviendrait jamais à tenir jusqu'au bout. Il se débarrassa de sa veste et la lui mit sur la tête, puis il souleva la fillette. A demi consciente, elle s'écroula contre lui. C'était aussi bien comme ça, il aurait moins de mal à la porter. Il reprit la main de Sandy et poursuivit la descente, la protégeant du mieux qu'il pouvait.

— Nous y sommes presque..., dit-il pour l'encourager.

Pour toute réponse, de sa main libre elle lui prit le bras et le serra très fort. Pendant un instant, l'image de sa fille, avec ses éternelles lunettes, passa devant lui et il faillit crier son nom. C'était lui qui flanchait à présent, et il glissa pour s'asseoir sur les marches, Rachel toujours blottie contre ses genoux, inconsciente de ce qui se passait. Et ce fut Rachel qui le secoua par l'épaule, qui le força à se lever et à ne pas prendre de repos, ne serait-ce qu'un instant.

Il regarda le petit visage maculé, où se dessinaient des ombres vacillantes.

— Nous y sommes presque..., répéta-t-elle.

« Plus très loin, plus très loin », se disait-il intérieurement, « bientôt, les dernières marches... ». Mais ses forces l'abandonnaient, le quittaient pour de bon, épuisées par sa toux incessante, par les gaz asphyxiants qui envahissaient ses poumons à chaque inspiration. Il savait à peine où poser le pied tant ses yeux s'emplissaient de larmes brûlantes qui lui déchiraient les paupières à tel point qu'il ne pouvait même plus cligner des yeux sans souffrir horriblement...

... Et Sandy le tirait, mais sous le petit corps exténué incapable d'assumer cet effort, les jambes nues flageolèrent bientôt. Elle commençait à plonger vers le bas, si bien que Childes finit par la traîner par le bras, marche par marche...

... Et ses sens vacillaient, s'emplissaient d'images : les pierres de lune, le visage de Gabby, les corps mutilés, les yeux perçants et maléfiques qui le regardaient d'un air railleur à travers les flammes, Amy, coupée, ensanglantée, tordue de douleur, la lune, douce blancheur étincelant derrière les tourbillons de fumée, pleurant des larmes de sang...

... et lentement, il s'évanouissait, s'affaissant un peu plus à chaque marche. Lâchant prise, la main qui tenait Sandy heurta le béton, soutint le corps qui s'affaissa lentement, replié sur lui-même, succombant à la chaleur intolérable, bien qu'il n'y eût plus que quelques marches, quelques marches...

Faiblement, une partie de ses sens engourdis revinrent à la vie. Il se passait quelque chose. Étendu de toute sa longueur sur l'escalier, il se souleva sur un coude.

Des voix. Il entendait des voix. Des cris. De sombres silhouettes qui surgissaient du couloir se détachaient sur les flammes. Des silhouettes dans l'escalier. Elles approchaient

PIERRE DE LUNE
(potassium, aluminium, silicate KA $1Si_30_8$)
Densité : 2,57
Résistance : 6
Indice de réfraction : 1,519-1,526
Variété d'orthoclase et de feldspath, la pierre de lune émet une fluorescence faible mais caractéristique sous exposition aux rayons X.
Ainsi nommée, car lorsqu'on la tient à la lumière, elle présente un jeu de nuances argentées, qui rappellent celles de la lune. Généralement de couleur blanche, elle est connue des minéralogistes sous le nom de « schillerisation » de l'allemand *Schiller* signifiant iridescence. Origine : Sri Lanka, Madagascar et Birmanie.

OVEROY ÉCRASA son mégot de cigarette tout en frottant ses yeux fatigués de l'autre main. Il se tenait à la table du dîner, la lumière si proche de la surface de verre fumé que toute la pièce était plongée dans l'ombre. L'ensemble salle à manger-salon était constitué de deux petites pièces converties en une, travaux qu'il avait entrepris neuf ans auparavant quand lui et Josie avaient emménagé, époque lointaine où il disposait encore d'assez d'énergie pour entreprendre une carrière et se consacrer aux travaux domestiques. Une seule lampe était allumée dans la pièce où la télévision offrait son gris morne, on avait fermé les rideaux devant la nuit d'été.

Rien. Il regarda ses notes et prononça à voix haute. « Rien. » La pierre minuscule n'était qu'une étrange carte de visite. Mais les cartes de visite donnent des références.

Alors, pourquoi une pierre de lune ?

Une référence à la lune ?

D'une main, il étala ses notes devant lui, les disposant en arc de cercle, comme un jeu de cartes.

Amy Sebire avait suggéré que Lune pouvait être un nom. Et Childes, lui, avait vu la lune elle-même.

Un symbole à la place d'un nom ?

Overoy tendit la main vers son paquet de cigarettes, s'aperçut qu'il était vide et le rejeta à l'autre bout de la table. Il se leva, étendit les bras derrière le dos, fit quelques pas avant de se rasseoir, se passa les mains sur le visage et la nuque, et resta dans cette dernière position, les doigts croisés.

Comment se débrouillait Childes ? se demanda-t-il. Contre toutes les règles, il lui avait laissé une pièce à conviction. Une minuscule pièce à conviction, une pierre de lune. Childes avait voulu la garder. Pourquoi pas ? Elle ne servait à rien pour la police. Pourtant, elle avait une signification pour le meurtrier. Le tour des bijoutiers à Londres et dans les environs n'avait rien donné jusque-là, bien que la pierre ne fût pas un article courant. De toute évidence, la personne qu'il cherchait savait mener sa barque et ne retournait jamais deux fois au même endroit.

Ses yeux las se posèrent sur la pile de livres, inutiles pour la plupart, entassés sur le verre sombre. Seuls quelques-uns lui avaient fourni des renseignements sur le sujet qui le concernait, la lune. Ou plutôt sur l'aspect mythique de la lune.

Fou de lune, lui avait reproché Josie avant d'aller se coucher en le laissant dans le noir.

— Non, pas moi, Josie, quelqu'un d'autre.

Demandez à n'importe quel policier, il vous le dira : la criminalité et la violence augmentent terriblement les jours de pleine lune. Même les psychiatres croient qu'elle sert de catalyseur à la folie. Overoy avait souligné un passage de ses notes : « *Si la lune a un effet sur les masses aquatiques, alors pourquoi pas sur le cerveau qui n'est qu'une pulpe semi-liquide ?* » Une idée comme une autre.

Et ceux qui croyaient à de tels pouvoirs prétendaient que deux pleines lunes dans un même mois étaient une véritable calamité. Il y en avait eu deux en mai, lorsque les atrocités avaient commencé. Ce point aussi, il l'avait souligné.

Autre croyance répandue, la lune a un caractère maléfique (malgré sa fatigue, il sourit en repensant au Vieil Homme sur la lune* et à sa conduite loufoque) qui se manifeste sur terre à travers les émanations malfaisantes de ceux qui possèdent des pouvoirs occultes. Intéressant, mais drôle d'argument devant un juge d'instruction !

Il prit un feutre rouge et entoura le mot MUTILATIONS, écrit en lettres capitales, puis le relia à un autre : RITUEL. Entre les deux, il ajouta : SACRIFICE ??? Peut-être qu'OFFRANDE était plus juste.

Offrande à quoi ? A la lune ? Non, il fallait trouver un fil conducteur quelconque, même si c'était celui d'un fou. Au dieu de la lune, alors ? Les déesses semblaient dominer ce lieu de culte, alors disons : une déesse de la lune. Oh ! là, là, si des policiers en uniforme le voyaient !

Très bien, il y avait quelques déesses de la Lune qui lui donneraient matière à réflexion. Voyons la liste :

DIANE
ARTÉMIS
SÉLÈNÉ

Plus trois autres qui n'en faisaient qu'une .

AGRIOPE — Grecque
SHÉOL — Hébraïque HÉCATE
NÉPHYS — Égyptienne

Hécate. Pourquoi ce nom lui rappelait-il quelque chose,

* En anglais, The Man in the Moon est un personnage de plusieurs comptines pour enfants. (*N.d.T.*)

bien que son souvenir fût des plus lointains ? La rencontre de ce nom l'avait poussé à de plus profondes investigations sur les dieux et les déesses de la lune qui pourraient l'intéresser. (Celle-là semblait la plus connue, alors pourquoi ne pas se pencher sur son cas ?)

Hécate. Déesse des morts. Célébrée par des rituels nécromanciens. Fille du titan Persès et d'Astéria. Maîtresse et protectrice des sorcières. (Prenait-il vraiment tout cela au sérieux ?)

Hécate. Détentrice de la clé des Enfers, règne sur les fantômes dans l'au-delà. La nuit, elle quitte les Enfers et erre sur la terre, accompagnée d'une meute de chiens et de l'âme des morts, la chevelure hérissée de serpents, hurlant comme un loup. Sa retraite nocturne favorite se trouve près d'un lac baptisé Armanrantiam Phasis, le « lac des Morts ». (Charmante jeune femme !)

Hécate. Détentrice de tous les grands pouvoirs occultes et mère des sorcières. Comme la lune, elle est volage et d'un caractère fantasque. A une époque, bienveillante et maternelle, elle jouait les sages-femmes, infirmières ou mères adoptrices, et veillait sur les troupeaux et les récoltes. Mais l'autre aspect de son personnage a graduellement effacé sa générosité. Elle est devenue une déesse infernale, une déesse-serpent à trois têtes, de chien, de cheval et de lion. (Mon Dieu, on croirait du pur Edgar Allan Poe ! Il parvenait à peine à croire qu'il avait écrit tout cela lui-même. Au moins, avait-il eu la sagesse de conduire ces recherches à la maison.)

Overoy chercha sa tasse de thé à moitié bue derrière la pile de livres et fit une moue dégoûtée en plongeant ses lèvres dans le liquide tiède. Il la reposa et appuya le dos sur sa chaise. Où voulait-il en venir avec tout ça ? N'était-ce que perte de temps ? Avait-ce une réelle importance ? Ils avaient affaire à un malade, à un fou, qui profanait les morts, mutilait ses victimes. Quelqu'un qui laissait une pierre de lune comme carte de visite et qui se réjouissait de la souffrance des autres. Pas très sympathique comme personnage. Un adorateur de la lune ? Ou plus précisément, un adorateur de la déesse de la lune ?

Non, ça n'avait pas de sens.

De toute façon, c'était un fou.

Pourquoi Hécate l'intéressait-elle tant ? Qu'est-ce qu'il y avait de familier dans ce nom ? Quelque chose qu'il avait vu quelque part.

Il grommela. Plus la peine, il était trop fatigué pour réfléchir. Tout fourmillait dans sa cervelle, mais rien ne se dessinait. Au lit. Dormir. Échanger quelques mots avec Josie. Au fait, quelle heure était-il ? Non, il lui parlerait demain matin, elle l'aidait toujours à remettre ses idées en place. Il s'était peut-être fourvoyé. Déesse de la lune, adorateurs de la lune, pierres de lune. Des médiums. La vie était franchement plus simple en patrouille !

Overoy se leva, et, les mains dans ses poches de pantalon, jeta un dernier coup d'œil à ses notes éparses.

Finalement, il haussa les épaules, éteignit la lumière et alla se coucher...

... et se réveilla à l'aube, la réponse devant lui, pâle enseigne de néon scintillant dans le brouillard. Pas grand-chose évidemment, mais une lueur d'espoir...

Toute torpeur matinale immédiatement dissipée, il sauta hors de son lit.

La pleine lune...

— A QUI AI-JE l'honneur... ?

— Bonjour, papa !

— Bonjour, mon chou.

— Papa, je vais dans une nouvelle école.

— Oui, je sais, ta maman vient de me le dire. Tu as déjà des amies ?

— Euh, oui, une. En fait, deux. Mais, pour Lucy, je ne suis pas encore sûre. Il faudra que j'y reste longtemps, papa ? J'aimais mieux l'autre.

— Non, pas très longtemps, Gabby. Jusqu'aux vacances, c'est tout.

— Et on retournera à la maison ?

— Tu ne te plais pas chez ta mamie ?

— Oh, si, mais je préfère quand même la maison. Mamie me gâte trop. Elle me prend encore pour un bébé.

— Elle ne s'est pas rendu compte que tu étais une grande fille maintenant ?

— Non, mais ce n'est pas vraiment sa faute, elle a de bonnes intentions.

— Eh bien, profites-en, dit-il en riant. Il coulera de l'eau sous les ponts avant que tu sois vraiment adulte.

— Oh, c'est ce que disent tous les vieux. (C'est comme ça qu'ils parlaient des adultes à présent !) Tu viendras me voir bientôt, papa ? Je t'ai fait des dessins, en peignant avec les doigts. Mamie est un peu fâchée parce que j'en ai mis sur les murs, mais elle ne m'a pas giflée. D'ailleurs, elle ne me bat jamais. Alors, tu viens quand ?

— Je ne sais pas, répondit Childes après une hésitation. Mais j'ai très envie de te voir, Gabby, tu le sais bien.

— Tu as trop de travail à l'école ? J'ai dit à mes copines que tu étais professeur, mais Lucy ne veut pas me croire. Elle dit que les professeurs ne jouent pas à des jeux vidéo avec les élèves. Mais tu sais comment sont les gosses. Papa, pendant les vacances, je pourrai aller avec toi ?

Malgré toutes les incertitudes qui le hantaient, il répondit : « Oui. »

— Mais je ne veux plus prendre le bateau, dit-elle d'une voix plus grave, après avoir exprimé sa joie.

— Bien, tu prendras l'avion.

— Non, je voulais dire là-bas, avec toi, comme la dernière fois.

— La croisade autour de l'île en bateau à moteur, quand nous avons vu toutes ces plages de sable magnifiques ? Je croyais que cela t'avait plu.

— Oui, mais je n'aime plus l'eau.

— Pourquoi, Gabby ? Tu adorais ça avant...

Un silence.

— Est-ce que maman pourra venir avec moi ?

— Bien sûr, si elle en a envie. Elle te laissera peut-être rester avec moi pendant un mois entier.

« Oublie donc tes angoisses, se dit-il, que ces promesses te fassent passer de l'autre côté de la barrière. Utilise-les comme des armes contre... tout ce qui pourrait se passer. »

— Oh ? Pour de vrai ? Je pourrai rester plus de quinze jours ?

— Si ta maman veut bien.

— Tu veux bien lui demander tout de suite ? Oh, s'il te plaît...

— Euh, non, Gabby, pas encore. Je dois encore... euh, mettre certaines choses au point. Et quand je serai certain que ce sera possible...

— Mais tu n'oublieras pas ?

— Non, je te le promets.

— Alors, d'accord. Miss Puddle est à côté de moi, elle veut te dire bonjour.

— Eh bien, donne-lui des miaous de ma part.

— Elle te dit miaou aussi. Enfin, pas vraiment, mais je suis sûre que le cœur y est. Mamie lui a acheté un panier, mais elle préfère dormir sur le frigo.

— Qui ? Mamie ?

— Mais non, idiot ! Tu veux parler à maman ? Elle va me lire une histoire quand je serai couchée.

Non. Il avait envie de l'interroger sur sa crainte de l'eau. Les enfants développaient souvent des phobies irrationnelles qui disparaissaient aussi vite qu'elles étaient venues, mais les propos de Gabby l'avaient déconcerté. Peut-être avait-elle tout simplement vu un film à la télévision, ou alors une de ses amies lui avait raconté une histoire de noyade... Peu importait, après tout, lui aussi avait redouté la mer pendant un moment.

— Oui, va chercher ta maman. Bon, je te rappelle bientôt, d'accord ?

— Oui, d'accord, mon papa chéri.

Pendant un instant, fugitif mais terrifiant, il craignit de ne jamais plus entendre sa fille prononcer ces mots. Son impression disparut ; une brise légère bruissait dans les arbres.

— Je t'aime aussi, Gabby.

Gabby lui envoya six petits baisers dans le récepteur, et il lui en rendit un gros en échange.

— Oh, papa, tu diras à Annabel qu'elle me manque beaucoup et tu lui parleras de ma nouvelle école, ajouta Gabby avant de reposer le récepteur.

Il entendit le déclic de l'appareil reposé sur la table et la voix de Gabby qui appelait sa mère dans le lointain.

— Gabby...

Elle était partie.

Avait-il mal entendu ? Gabby avait sans doute voulu dire : Amy. Tu diras à Amy... Annabel était morte, Gabby le savait à présent. Fran lui avait expliqué qu'Annabel ne reviendrait jamais.

— C'est moi, Jon, dit Fran, d'une voix pressée, comme d'habitude.

Pour s'éclaircir les idées, Childes hocha la tête — à moins qu'il ne s'agisse d'une secousse ?

— Fran ? Est-ce que Gabby se comporte normalement en ce moment ?

— Pas vraiment. Le déménagement l'a perturbée plus qu'elle ne veut bien le montrer, et puis, changer d'école, c'est toujours un gros bouleversement... Cela m'inquiète de t'entendre parler de Gabby ces derniers temps.

— Non, pas de prémonitions cette fois, je te le jure. T'a-t-elle parlé d'Annabel ?

— Oui, plusieurs fois, mais elle n'est pas aussi chagrinée qu'on aurait pu le penser. Pourquoi cette question ?

— J'ai comme l'impression qu'elle croit toujours son amie vivante.

Fran ne répondit pas immédiatement. Un peu plus tard, elle ajouta :

— Gabby rêve beaucoup en ce moment. Pas forcément des mauvais rêves ou des cauchemars, mais elle parle souvent dans son sommeil.

— Elle a mentionné le nom d'Annabel ?

— Une fois ou deux au début, mais plus maintenant. Je crois qu'elle a fini par accepter de ne jamais plus la revoir.

— Pourquoi a-t-elle peur de l'eau ?

— Quoi ?

— On dirait qu'elle a peur de l'eau et des bateaux.

— Je n'ai jamais entendu parler de ça. Le feu, je comprendrais après ce qui s'est passé, mais l'eau ? Je ne vois pas.

— Tu lui as parlé de La Roche ?

— Bien sûr, son papa est un héros, elle a le droit de savoir.

— Drôle de héros.

— Modeste en plus.

— Il y en a quelques-uns ici qui aimeraient savoir

comment j'ai fait pour arriver si vite au collège, avant même que les pompiers aient été prévenus.

— Ils ne te soupçonnent quand même pas ?

— Je n'irai pas jusque-là, mais disons que depuis, on ne me donne plus de tapes sur l'épaule.

— Je n'arrive pas à y croire. Comment peuvent-ils être aussi stupides. Tu t'en es à peine sorti vivant et tu as sauvé ces deux gosses...

— J'en ai laissé sept autres mourir.

— Tu as essayé de les sauver, tu as fait de ton mieux, je le sais, tu m'as tout raconté.

— Tout ça est arrivé à cause de moi.

— Cesse de jouer les martyrs et sois un peu raisonnable. Ce n'est pas parce qu'un psychopathe t'a choisi pour cible que tu as quelque chose à te reprocher. Ce qui est arrivé ne dépendait pas de toi. Mais dis-moi, où ces crétins de policiers veulent-ils en venir ?

— Il faut voir les choses de leur point de vue.

— Oh, je comprends parfaitement !

— Ils aimeraient savoir ce qui m'a poussé à venir au collège avant que l'incendie se déclare.

— Ça a sûrement été difficile à expliquer. Tu pourrais me répéter pourquoi, au fait ?

— Je te l'ai déjà dit, Fran. Nous n'allons pas revenir là-dessus. De toute façon, ils m'ont harassé de questions, même lorsque j'étais encore sous la tente à oxygène...

— Eh bien, bravo...

— Une école a brûlé, il y a plusieurs victimes, un policier assassiné, qu'est-ce que tu crois ? Et deux fois, j'étais sur les lieux du crime avant tout le monde.

— Alors, ils te soupçonnent d'être un incendiaire et un assassin. C'est fantastique. Pourquoi ne reviens-tu pas ici tout de suite ? Prends le dernier avion ce soir, ou le premier demain matin. Pourquoi supporter tout cela à nouveau ?

— Je ne crois pas que cela leur plairait.

— Ils ne peuvent pas t'empêcher de partir.

— Je n'en suis pas si sûr. Je ne m'en irai pas, Fran, *pas encore*.

L'exaspération de Fran confinait à la rage.

— Pourquoi ?

— Parce que *la créature* est ici. Et tant qu'elle est là, toi et Gabby, vous ne risquez rien. Tu comprends ?

— Oui, dit-elle calmement.

Childes retourna au salon et se dirigea vers les quelques bouteilles rangées sur l'étagère en face de la porte. Il prit le whisky, dévissa le bouchon et s'arrêta. Non, cela n'arrangerait rien. Pas ce soir.

Il reposa la bouteille.

Éclairée par une seule lampe à abat-jour, la pièce était plongée dans la pénombre. Les deux fenêtres laissaient voir le ciel d'un bleu métallique féerique. Childes tira les doubles rideaux les plus proches de lui, côté façade, puis traversa la pièce pour fermer les autres. Dehors, la lune, blanche, à peine tachetée, pas encore au sommet de son domaine sans nuage, rappelait une hostie, mince, fine et délicate. Il tira les rideaux sur la nuit.

Les mains plongées dans les poches de son jean de toile, il s'approcha de la table, au centre de la pièce, d'une démarche lente, presque nonchalante (pourtant, il n'y avait aucune décontraction dans ses mouvements). Une barbe de deux jours assombrissait son visage ; son regard intense fixé sur la table basse exprimait étrangement à la fois la fatigue et la vivacité. On y lisait aussi une ferme résolution.

Il s'installa sur le divan, face à la table, penché en avant, les coudes sur les genoux, et observa la petite perle ronde sur le bois lisse.

La réflexion de l'ampoule instillait un peu de chaleur dans la froideur translucide de la pierre de lune, liquide bleuté qui se teintait d'indigo, irisé d'une diaprure hivernale.

Il scrutait les profondeurs de la pierre, telle une voyante sa boule de cristal, comme fasciné par les nuances subtiles. En fait, au-delà de cette profondeur, il partait à la recherche de son moi caché. Mais il cherchait aussi autre chose : un lien, une connection, un mot de passe.

Il ne trouvait que des noms. Des visages d'un autre monde. Kelly, Patricia, Adèle, Caroline, Isabelle, Sarah-Jane. Et Kathryn Bates, l'infirmière. Des morts. Estelle Piprelly. Des cendres.

Annabel. Des cendres.

Jeanette, vivante. Amy, la douce Amy, vivante. Et Gabby, vivante.

Étrangement, ces trois dernières images n'étaient pas aussi puissantes que les autres. Elles restaient floues, inutiles. Elles ne faisaient pas partie de ce nouveau domaine.

Ses pensées s'attardaient sur les morts.

Même sur ceux qu'il n'avait pas connus.

La prostituée. L'enfant, profané dans sa tombe. Le vieillard au crâne tranché. Tous ceux de l'hôpital. Il ne voulait pas imaginer leur visage, ni entendre leur voix. Il cherchait quelque chose, quelqu'un d'autre... Pourtant, les images et les sons vibraient devant lui... plongeaient dans son esprit... palpitaient... gonflaient... s'évaporaient... gonflaient... s'évaporaient... un flux et un reflux... un ballon de baudruche... une boule blanche, brumeuse... la lune... Il suffoqua, jeta les mains à sa tête sous le violent coup de poignard qui transperçait la douleur sourde dont il avait souffert toute la journée. Il s'enfonça dans le divan.

Il avait presque touché l'esprit...

— Vivienne ?

— Oui ?

— C'est Jonathan Childes. Excusez-moi de vous déranger si tard.

Il y eut un long silence à l'autre bout du fil.

— J'ai été fermer la porte, dit Vivienne.

Childes imagina que Sebire se trouvait dans la pièce adjacente.

— Comment allez-vous, Jonathan ? Vous êtes remis de vos émotions ?

— Oui (physiquement au moins, pensa-t-il en lui-même).

— Amy est très fière de ce que vous avez fait. Moi aussi...

— J'aurais aimé...

— Je sais, vous auriez aimé sauver ces pauvres petites. Mais vous avez fait tout votre possible, vous devez le savoir. Bon, je pense que vous n'avez pas envie de perdre votre temps à bavarder avec moi. Amy se repose dans sa chambre, mais je sais qu'elle ne dort pas, je viens juste de la quitter. En fait nous parlions de vous. Elle sera contente de vous entendre.

— Vous êtes sûre que je ne la dérange pas ?

— Absolument, dit Vivienne en riant. Bon, je vais monter la prévenir, cela vaudra mieux que d'appeler.

— Son père ?

— Oui, son père. Oh, il n'est pas aussi méchant qu'il le fait croire, Jonathan. Cela s'arrangera un de ces jours. Bon, je monte la prévenir...

Il attendit. Il avait toujours mal à la tête, la douleur sourde était revenue. Un déclic, et Amy était au bout du fil.

— Jon ? Que se passe-t-il ?

— Rien, Amy. J'avais simplement envie d'entendre ta voix.

— Je suis contente que tu m'aies appelée.

— Comment vas-tu ?

— La même chose que cet après-midi. J'ai sommeil, mais c'est à cause de tous ces médicaments. Pas de problème. Le médecin est venu aujourd'hui et il m'a dit que les coupures étaient moins profondes qu'on ne le croyait au début. « Bonne cicatrisation », ce sont ses propres mots. Je pourrai me lever et sortir demain. Devine où je vais aller...

— Non, Amy. Pas ici. Pas encore.

— Jon, je sais où j'ai envie d'aller et avec qui je veux être. Inutile de discuter. J'ai eu beaucoup de temps pour réfléchir ces derniers jours et je crois que je pourrai laisser ma jalousie de côté. Ce ne sera pas facile, mais j'y arriverai.

— Amy, il faut que tu restes à l'écart.

— Et pourquoi ?
— Tu le sais très bien.
— Tu représentes un danger pour moi ?
— Pour le moment, je suis dangereux pour tout le monde. J'ai même hésité à téléphoner à Gabby ce soir. J'ai peur de *penser* au cas où cette créature de mort découvrirait où elle est par mon intermédiaire.
— La police le retrouvera bientôt. Il n'a aucun moyen de s'échapper de l'île.
— Je ne crois pas qu'elle y attache la moindre importance.
De nouveau, une douleur aiguë le transperça. Childes inspira rapidement.
— Jon ?
— Amy, je vais te laisser te reposer maintenant.
— J'ai eu tout le temps pour ça, je préfère bavarder.
— Demain.
Il y avait une imprécision troublante dans ce mot.
— Est-ce qu'il se passe quelque chose dont tu n'oses pas me parler ? demanda-t-elle, le plus prudemment possible.
— Non, répondit-il en mentant. Je crois que je suis fatigué de rester sur la touche pendant que ce tortionnaire est en liberté.
— On ne peut rien y faire. C'est à la police de s'en charger.
— Peut-être.
De nouveau, Amy n'aima pas le ton de sa voix qui malgré toute sa solennité laissait percer une nuance de colère, une rage contenue mais menaçante. Amy avait senti tout son pouvoir quand elle avait pris le récepteur, avant même qu'il eût parlé, comme si des rayons de cette furieuse énergie avaient traversé la ligne. Elle croyait à quelque chose d'impossible, et elle le savait, mais pourquoi se sentait-elle si mal à l'aise, si faible devant cette force... imaginée ?
— Dors, maintenant, repose-toi.
Soudain, elle se sentit exténuée, comme s'il avait donné à son corps un ordre qu'elle n'osait pas enfreindre. Elle était *incroyablement* fatiguée.

— Jon...
— Demain, Amy.

Sa voix résonnait, comme un écho qui s'éteint. Le récepteur pesait horriblement lourd dans la main d'Amy.

— Bon, demain, alors, dit-elle lentement, les paupières inexplicablement lourdes.

Qu'est-ce que cela signifiait? De l'hypnose par téléphone?

— Jon..., tenta-t-elle de protester, mais elle ne se sentit pas la force d'achever sa phrase.

— Amy, je t'aime plus que tu ne le crois.

— Je sais.

Il y eut un déclic. La communication était coupée. La conscience brutale de son absence la fit presque réagir. Mais il lui avait dit de se reposer, de dormir...

Le récepteur lui glissa des doigts.

Childes reposa l'appareil et se demanda si c'étaient bien les médicaments qui fatiguaient tant Amy. Sans doute y avait-il des tranquillisants dans les analgésiques. Il alla à la salle de bains pour se rafraîchir, épuisé, lui aussi, mais pourtant excessivement conscient. Il remplit le lavabo d'eau froide, se pencha et s'aspergea le visage à plusieurs reprises, pressant ses doigts mouillés sur ses paupières. Il se redressa et rencontra son image dans le miroir. Il remarqua les vaisseaux éclatés, sanguinolents, autour de ses verres de contact.

Et si les miroirs avaient aussi réfléchi les auras, il aurait vu vibrer les rayons blanc-violet d'énergie éthérée qui émanaient de son propre corps.

Childes se sécha le visage et les mains, et retourna au salon.

Une fois de plus, il sombra dans le divan près de la table basse et une fois de plus, il résista à l'envie de se servir une bonne rasade de whisky. Il voulait garder les idées claires, ne pas prendre le risque de les troubler. La pierre de lune brillait plus intensément et avait perdu ses lueurs bleutées.

De nouveau des douleurs dans la tête. De petits coups de

couteau répétés. Pourtant, il ne voulait pas renoncer. Seul le besoin de parler à Amy, et, un peu plus tôt, celui d'entendre la voix de Gabby, avaient interrompu le long, très long processus. A présent, plus rien ne l'arrêterait, car Amy et Gabby étaient en sécurité. Il pouvait se concentrer. Cela faisait mal pourtant, oh mon Dieu, comme cela faisait mal. Il ferma les yeux. Il voyait toujours la pierre.

Il les ouvrit soudain en percevant des murmures.

Childes regarda autour de lui. Les chuchotements disparurent. Il était seul dans la pièce. Il referma les paupières.

De nouveau, les murmures...

Il laissa son esprit vagabonder sur les bruits, les absorber, se laisser absorber par eux. Puis tout se passa très vite (très vite après des heures de tentatives, des heures pendant lesquelles il avait forcé son esprit à se propulser à l'extérieur, à chercher...), comme s'il était tombé dans une crevasse enneigée, lente glissade sur la paroi douce et plumeuse, atterrissage sans une secousse, plongeon dans la terre capitonnée.

Murmures.

Voix.

Certaines qu'il reconnaissait..., qui appartenaient aux fillettes du collège de La Roche, fusionnant en une même masse de chair fondue lorsqu'elles avaient sombré ensemble dans le farouche maelström, réduites en cendres, petit tas de poudre.

Autres voix.

Une petite voix pointue, un peu comme celle de Gabby, mais pas la sienne.

D'autres encore.

Démentes, au-delà de la mort.

Il sentait presque leur présence.

Des voix d'avertissement.

Des voix de bienvenue.

Il chancelait avec elles. Et la pierre de lune, devenue la lune désormais, vibrait par pulsations, gonflait... engloutissante... menaçante...

... Et cette fois, il toucha l'esprit malsain et malveillant...

SI L'OFFICIER de police Donelly n'avait pas considéré toute vie comme sacrée, y compris celle des lapins qui s'immobilisaient la nuit au milieu de la route, paralysés par les phares, il n'aurait sans doute pas perdu la voiture qu'il était supposé suivre.

En fait, de l'obscurité de sa voiture de patrouille, il avait vu Childes sortir de son cottage, parfaitement reconnaissable dans le clair de lune, l'avait regardé monter dans la Renault de location et s'enfoncer dans des petites routes obscures. Après avoir contacté le QG par radio, pour les prévenir que leur cible était en vadrouille, il avait suivi sa proie à une distance raisonnable.

Le lapin (à moins que ce ne fût un lièvre ? On disait qu'ils devenaient fous à la pleine lune et couraient en tous sens) avait surgi dans un virage, et Donelly avait freiné juste à temps et dévié sur la gauche pour éviter le stupide animal, jusqu'à en érafler sa voiture contre les haies.

Le lapin (ou lièvre, il ne voyait pas très bien la différence) était resté tapi sur la route, lui bloquant le passage, abasourdi et tremblant, observant la voiture d'un œil noir et vide. Nerveux, le policier avait dû quitter son véhicule et effrayer cet idiot pour qu'il veuille bien libérer le chemin.

Quand finalement Donelly reprit la route et passa le

virage, les lumières rouges des feux arrière n'étaient plus en vue.

C'était comme si voiture et chauffeur avaient été engloutis dans le paysage délavé par la lune.

TOUT D'ABORD, le bruit de la sonnette troubla le sommeil d'Amy, puis, des éclats de voix l'éveillèrent. L'une était sans le moindre doute celle de son père, visiblement fort en colère. Elle repoussa les couvertures, un peu chancelante sous l'effort, s'approcha de la porte, boitant à peine, et l'entrouvrit pour mieux écouter.

Les voix étaient étouffées, mais son père se plaignait d'être dérangé à une heure aussi tardive. Elle crut également reconnaître les deux autres interlocuteurs. Amy alla rejoindre sa mère, penchée sur la balustrade du palier en chemise de nuit, en train d'observer le groupe d'hommes. Paul Sebire, qui avait dû travailler très tard, était encore habillé. Les deux intrus n'étaient autres que l'inspecteur Robillard et Overoy. Amy se demanda pourquoi Overoy était de retour sur l'île. Debout près de sa mère, elle écouta plus attentivement.

— C'est ridicule ! Comment saurais-je où est passé cet animal ? Et franchement, j'aimerais autant ne plus jamais le trouver sur mon chemin.

— Nous avons besoin de savoir si Mlle Sebire a eu de ses nouvelles, répondit Overoy.

— Il a pu téléphoner à ma fille à l'occasion ces derniers jours, mais je suis sûre qu'Aimée n'a aucune idée de l'endroit où il se trouve actuellement.

Amy et sa mère échangèrent des regards.

— Va chercher ta robe de chambre et descends, dit calmement Vivienne à sa fille en se retournant.

— Inspecteur, dit-elle en allant rejoindre les hommes, Amy a reçu un coup de téléphone de Jonathan un peu plus tôt dans la soirée.

Paul Sebire regarda sa femme, surpris, puis très vite contrarié.

— Ah, répondit Overoy en allant à sa rencontre dans le vestibule. Serait-il possible d'échanger quelques mots avec Mlle Sebire ? C'est très urgent.

— Hé, vous, intervint Paul Sebire, ma fille dort et vous n'avez pas le droit de la déranger. Elle n'est pas encore remise de son accident.

— Ce n'est rien, dit la voix d'Amy.

Sebire se retourna et vit sa fille descendre l'escalier, sans prendre la peine de lui accorder un regard. En fait, elle ne lui avait pratiquement pas adressé la parole depuis qu'elle avait appris qu'il avait frappé Childes à l'hôpital.

Overoy fronça les sourcils en voyant le pansement sur l'œil et le bras plâtré d'Amy. Elle avançait avec une raideur maladroite et boitait légèrement. Les coupures, en voie de cicatrisation, marbraient le teint hâlé dont Overoy se souvenait si bien. Il espérait vraiment qu'elle n'aurait pas de marques.

— Excusez-moi de vous déranger à pareille heure, mademoiselle Sebire, dit Robillard visiblement embarrassé devant la porte d'entrée encore ouverte, mais comme nous l'avons déjà expliqué à M. Sebire, l'affaire est d'importance.

— Ne vous inquiétez pas, inspecteur, si Jon est concerné, je suis toute prête à vous aider. Que se passe-t-il ?

— Tu devrais te reposer, Amy, dit Paul Sebire, plus sur le ton de la remarque que sur celui du reproche.

— Mais voyons, le médecin a dit que je pourrais me lever et sortir demain.

— J'ai été très peiné d'apprendre que vous aviez eu un accident. Jon m'a dit que vous aviez été blessée. Et votre œil... ?

Bien que brûlant d'impatience de connaître la raison de leur visite, Amy esquissa un sourire.

— Apparemment, il n'y a rien de grave, ma vue ne sera pas endommagée. Le pansement ne sert qu'à empêcher l'infection et à obliger mon œil à se reposer. Bon, mais maintenant, dites-moi la raison de votre visite, je vous en supplie.

Vivienne fit un pas vers sa fille, lui passa un bras autour de la taille.

— M. Childes a disparu un peu plus tôt dans la soirée, dit l'inspecteur Robillard.

A travers la porte entrebâillée, Amy vit qu'il y avait bien plus d'une simple voiture de patrouille dans l'allée. Soudain, elle sentit sa gorge se serrer.

— Le policier... de garde, poursuivit l'inspecteur, euh... a perdu la voiture de Childes dans les petites routes.

Amy, qui ne comprenait pas, eut un petit hochement de tête.

— Nous nous demandions si Jonathan ne vous aurait pas téléphoné pour vous dire où il allait, ajouta Overoy, se grattant la tempe d'un doigt maculé de nicotine.

Le regard d'Amy passait d'un policier à l'autre.

— Si, il m'a appelée, mais il ne m'a pas dit qu'il allait sortir. Il paraissait fatigué, c'est le moins qu'on puisse dire. Mais pourquoi avez-vous besoin de le savoir ? Il n'est pas soupçonné tout de même ?

— En ce qui me concerne, il ne l'a jamais été, mademoiselle Sebire, dit Overoy, observant son collègue avec un certain dédain. J'ai simplement pris l'avion ce soir car j'avais quelques questions à lui poser. Je voudrais également aider la police locale à procéder à une arrestation.

Il marqua une pause pour reprendre sa respiration.

— Voyez-vous, nous avons découvert l'identité du responsable de toutes ces brutalités. Et nous savons qu'il est toujours sur l'île, nous n'aimerions pas qu'il tombe sur Jonathan avant nous.

TERRIFIÉ, Childes resta un instant dans sa voiture.

La créature l'avait attiré ici, lui avait imposé l'image d'un lac immense et lisse, baigné de clair de lune. Il n'y avait pas de paysage aussi grandiose sur l'île, pourtant, on y trouvait une vaste étendue d'eau. Des années auparavant, on avait inondé une vallée, submergeant arbres et maisons désertées pour former un immense réservoir, retenu par un barrage de béton qui empêchait le flot des rivières de se jeter dans la mer.

Une voix... non, moins que cela, une simple pensée, l'avait entraîné... l'avait appâté avec une promesse.

La pensée n'avait ni forme ni substance. Quand Childes se concentrait, sa propre conscience resserrait ses limites vers l'intérieur, se réduisant presque à une simple ligne ; seule une radiance diffuse en forme de lune se formait derrière ses yeux et scintillait intensément sur la paroi de son esprit, effaçant toute autre image, anéantissant toute rationalité.

Elle le voulait en ce lieu, et Childes n'avait pas résisté.

La promesse ? L'appât ?

La fin des meurtres. La fin des tourments. Une réponse au propre mystère de Childes, peut-être.

Cette notion lui fit ouvrir la porte, comme elle l'avait poussé à conduire dans les rues désertes pour arriver jusqu'ici. Il était sûr d'avoir été suivi en quittant le cottage — sans doute une voiture de police, car il devait être surveillé jour et nuit, à présent — mais les phares de l'autre véhicule avaient bientôt disparu, le chauffeur avait sans doute bifurqué quelque part en chemin. Ou peut-être qu'il devenait tout simplement paranoïaque — c'était bien compréhensible dans son cas.

Malgré la saison, la nuit était fraîche ; une froide brise marine apaisait la terre de la chaleur de la journée. Son sweater et son jean de toile ne suffisaient pas à l'empêcher de trembler violemment ; il remonta le col de sa veste. La pleine lune, qu'aucun nuage n'obstruait, inondait le paysage d'une luminescence crue, estompant tous les reliefs, découpant des ombres profondes d'un noir d'ébène. Dans le ciel si clair sous la lumière de l'énorme boule suspendue, les étoiles, les millions d'étoiles anonymes n'étaient visibles que bien au-delà de cette blancheur éblouissante. Le paysage semblait figé sous une lumière sinistre. Childes s'approchait du barrage.

Tous les sens en alerte, d'une incroyable lucidité, il scrutait infatigablement les alentours, conscient que toute créature immobile se serait aisément confondue dans le décor, si sombre par endroits, si étrangement découpé à d'autres. Ici, un simple buisson aurait pu être un animal tapi ; là, une souche d'arbre avec ses longues et épaisses racines, un homme assis ; le bosquet sur sa gauche aurait bien pu dissimuler une silhouette aux aguets tandis que la végétation rampante devant lui fournissait une cachette confortable pour un prédateur à l'affût.

Il se demandait à présent s'il n'aurait pas préféré être suivi par la police. Peut-être aurait-il dû appeler Robillard avant de partir. Mais comment expliquer à l'inspecteur sceptique — pour user d'un euphémisme — que plus tôt dans la soirée son esprit avait finalement fusionné avec celui d'un autre ? La différence, cette fois, c'était que la fusion avait été totale, Childes cherchait, fouillait, surprenait même l'adversaire par sa force, puis se laissait absorber par l'autre.

Par la créature.

Comment expliquer la bataille acharnée et silencieuse qui suivit ? Le monstre l'avait tourmenté avec les horreurs passées, lui dévoilant à nouveau mort après mort, tels les rushes d'un film sur la table de montage. Toutes les images étaient empreintes des sentiments, des odeurs, des douleurs et des angoisses de l'événement réel — une nouvelle conception du cinéma. La quatrième dimension. Dans un ordre anarchique :

Le vieillard protestant devant la lame de scie qui lui coupait le front.

La terreur de Jeanette qui se balançait au-dessus de la cage d'escalier, étouffée par sa cravate. Même sauvée, elle n'avait pas échappé à l'angoisse d'une mort si proche.

La prostituée dont Childes avait vu les entrailles lacérées, sans savoir que c'était le début d'une longue série de visions macabres, le retour d'un vieux cauchemar.

La main décharnée et calcinée de Kelly.

Le collège rougeoyant avant que l'incendie ne se déclare.

Le cadavre du petit garçon, éventré et profané, les organes putrescents dispersés sur le gazon tout autour de la tombe.

Annabel. Pauvre petite Annabel, prise par erreur pour Gabby, avec ses petits doigts emballés dans un paquet sordide.

Et pour la première fois, il avait été témoin du supplice d'Estelle Piprelly, allongée sur le sol, paralysée, la nuque brisée, tandis qu'une traînée de feu s'approchait inexorablement.

Comment expliquer ce défilé macabre à un représentant de la loi pragmatique, pour ne pas dire dogmatique ? Comment expliquer qu'il savait que la créature était là, à l'attendre, qu'une vision d'un grand lac argenté au clair de lune, telle une marée montante, avait submergé son esprit et que c'était là que le mystère serait résolu ? Non, on ne pouvait pas expliquer ce genre de choses, ni les rationaliser ; on ne pouvait que les ressentir, y croire, avoir la foi. Et cette foi n'était guère partagée. Childes lui-même, pendant la plus grande partie de sa vie, n'y avait pas cru.

Il avait traversé le parking sommairement défriché, puis une zone de buissons et d'arbres, dégagés de la route étroite qui bordait le lac de retenue et descendait vers la vallée en contrebas du barrage. Il grimpa les larges marches qui conduisaient sur la digue, s'arrêta un instant pour étudier la longue promenade de béton exiguë, avec ses parapets à hauteur de taille de chaque côté. Elle était surélevée en son centre au-dessus d'arches basses, invisibles d'ici, qui permettaient au trop-plein de s'écouler lorsque les eaux de pluie faisaient déborder le réservoir. A intervalles réguliers, des poteaux renforçaient le parapet, couverts de graffitis laissés par les touristes. Des touffes d'herbes jaillissaient entre les joints des dalles de la promenade. Derrière la section surélevée, se dressait une tour octogonale, partie intégrante de la structure. C'est de là que l'eau était dirigée vers la station de pompage à la base de la barrière géante.

La brise soufflait dans ses cheveux. Childes reprit sa marche. A découvert, sur le barrage, il scrutait constamment le chemin qui s'étirait devant lui ; la lune déversait une lumière irréelle sur un paysage surréaliste en noir et blanc. Le lac aurait pu être une feuille d'aluminium à peine ridée, tant il présentait une apparence douce et solide ; pourtant, la puissance du gigantesque volume d'eau sous la surface qui réfléchissait la lumière restait omniprésente, cachée mais non moins menaçante pour autant. Toute chute signifierait être aspiré dans un noir puits infernal, où la mort écraserait plutôt qu'elle ne noierait.

Il compta les marches étroites, sept en tout, en montant sur le petit pont au-dessus du dégorgeoir des arches. Parvenu au centre, il attendit, seul et terrifié, mais pourtant déterminé.

De là, Childes entendait la mer, et, tant la nuit était claire, devinait même les moutons blancs des vagues qui se brisaient dans le lointain, sur la côte. Des bouffées d'air vif lui mordirent le visage quand il se pencha de l'autre côté du lac. Le mur au-dessous de lui descendait en pente douce jusqu'au bassin d'évacuation ; de là, une conduite entraînait le surplus d'eau jusqu'à la mer. Un peu plus loin, on voyait la grande station de pompage, puis, derrière, une autre surface plate et brillante, le plan d'épuration. De temps à autre, des lumières des fenêtres des couche-tard scintillaient dans la vallée; Childes enviait leur confort innocent.

Une créature vola rapidement devant ses yeux, trop fugitive pour être un oiseau dérangé... une chauve-souris alors, à l'unisson avec la nuit, plongeant brusquement dans l'ombre. Le doux battement d'ailes rappelait les pulsations d'un cœur affolé.

Tandis que Childes attendait, le visage blafard, parfaitement lisse sous la lumière de la lune, les visions assaillirent son esprit, mais avec une nouvelle intensité; une fois encore il s'étonna de la malignité de leur géniteur. Ces derniers jours, Childes n'avait cessé de fouiller mentalement; seule l'acceptation de ses pouvoirs exceptionnels lui donnait la force de s'imposer cette épreuve. Il ne résistait plus à ce qu'il avait toujours su inconsciemment, tout en le rejetant pendant tant et tant d'années; et cette reconnaissance personnelle avait inondé ses sens, avait donné de la vigueur à ses mystérieuses facultés.

Il s'était rappelé d'autres époques; des prémonitions qu'il avait prises pour de simples hasards, des coïncidences, refoulant leur origine psychique; aujourd'hui encore, le seul souvenir de ces incidents l'ébranlait.

Il s'était souvenu de son ami d'enfance; celui qu'il avait imaginé mort sous les roues d'un fuyard, des semaines avant l'accident. Il avait su qu'un oncle qu'il voyait rarement serait terrassé par une maladie de cœur, après leur dernière rencontre; et ce même oncle avait été paralysé par une sclérose coronaire quelques mois plus tard. *La mort de sa propre mère envisagée bien avant que le cancer n'ait rongé son corps.*

Son père l'avait cruellement battu après cette révélation macabre, tout comme il s'était sauvagement jeté sur lui, lorsque l'esprit de sa mère était venu rendre visite à son fils, lui, petit garçon. Battu aussi, Childes s'en souvenait, car son père l'avait accusé d'avoir *provoqué* cette terrible fin avec ses prémonitions. Battu, au point qu'il avait eu le nez et trois côtes brisés. Sous la menace, et sous le coup d'un appel à sa loyauté filiale, il avait laissé dire aux ambulanciers puis aux médecins qu'éprouvé par la mort de sa mère il était tombé dans l'escalier.

Pis encore, dans les fiévreuses journées qui avaient suivi, le garçon avait fini par *croire* que son père avait de bonnes raisons de le battre impitoyablement, par croire que ses prémonitions avaient vraiment causé la mort de sa mère, comme un sort jeté par une sorcière. Et puis, il en avait conclu qu'il était également responsable de l'accident de son ami, qu'il avait lui-même insufflé la maladie dans le cœur de son oncle.

La culpabilité avait largement dominé la souffrance des os brisés et de la chair meurtrie, et lorsque la fièvre, conséquence d'un remords insurmontable plus que des blessures, s'était déclarée, il avait élevé un mur protecteur autour de lui et chassé de son esprit cette faculté extraordinaire en même temps que son sentiment de culpabilité, car les deux choses allaient de pair.

Trois ans plus tôt, l'agresseur d'enfants avait d'une certaine manière ébranlé la maîtrise de Childes sur son propre esprit, avait une fois de plus déclenché le processus de prémonition.

Aujourd'hui, l'assassin avait fracassé la barrière mentale, transformé une simple fuite en un torrent furieux.

Dans son subconscient, Childes avait même revécu son angoisse d'enfant, avait réveillé sa soif de réponses si longtemps étouffée. Et le pouvoir de cet enfant était tel qu'il avait même vu son propre retour, adulte. L'homme mûr présent dans le coin de la chambre...

Bien sûr, les réponses ouvraient la porte à de nouvelles interrogations, mais c'étaient les mystères de la psyché humaine, des secrets qui ne seraient jamais percés, car ils faisaient partie du mystère de la vie et de l'âme.

Toutes ces pensées lui traversaient l'esprit tandis qu'il attendait au sommet du barrage, éveillant chez lui une allégresse frustrante, comme s'il se trouvait sur un seuil sensoriel. Pourtant, il restait sur ses gardes. En levant les yeux, il vit que la glaciale radiance de la lune dominait le ciel nocturne avec une puissance exceptionnelle, une vitalité envahissante. La nervosité secoua le corps de Childes.

Il n'était plus seul.

Il regarda derrière lui, dans la direction d'où il était venu.

Rien ne bougeait.

Il se retourna vers l'autre extrémité du barrage, d'autres arbres sombres, d'autres buissons épais, un autre chemin tortueux.

Là, quelque chose se mouvait.

Dans l'obscurité ténébreuse, elle l'avait observé et avait grimacé d'un sourire impie.

Voilà. Enfin, il était là.

Parfait. Leur heure était venue. Là, sous la pleine lune. Comme il se doit.

Elle quitta son repaire sous les arbres et avança vers le barrage.

SI LA PEUR A des limites, Childes les avait largement dépassées. Il dut s'appuyer sur le parapet tant ses jambes s'affaiblissaient soudain. Son corps n'était plus qu'un amas de plumes virevoltantes, tout juste retenues par la raideur de sa poitrine ; même ses bras devenaient inutiles, comme si les muscles ne fonctionnaient plus.

La créature était sur le barrage, silhouette noire, gauche sous le clair de lune, elle avançait, corps large et lourd, oscillant légèrement d'un côté et de l'autre dans un mouvement poussif et maladroit dépourvu de toute fluidité.

Au fur et à mesure que la silhouette approchait, Childes *entendait* le rire sarcastique intérieur, un rire railleur qui le glaçait, l'emprisonnait.

Childes se pencha plus lourdement sur le parapet. *Oh, mon Dieu, son esprit est dans le mien, plus fort que jamais !*

Bientôt, il aperçut ses traits, au-dessus d'immenses épaules tombantes, mêlés dans la texture des cheveux frisés en broussaille. Un nez. Un menton. La surface du front et des joues. La sombre balafre de la bouche torse.

Elle s'approcha, dépassa la tourelle ; une grande partie du corps malhabile disparaissait derrière l'escalier de la section surélevée sur laquelle se tenait Childes. Pendant un instant, seules la tête et les épaules restèrent visibles.

Les yeux étaient toujours dans l'ombre, puits noirs et profonds aussi lourds de mauvais présages que les eaux du lac.

La créature grimpa les marches. Le corps s'élevait comme s'il sortait d'une tombe, énorme tête écervelée aux yeux invisibles, rictus aux lèvres, qui s'approchait... s'approchait, les tentacules de ses pensées tous dehors, tendus vers lui. Quelque chose d'autre le troublait dans cette masse informe qui semblait se traîner plutôt que marcher, quelque chose qui lentement, très lentement, se transformait en évidence, au fur et à mesure qu'elle avançait, avançait, pour s'arrêter à moins de trois mètres de lui.

Ce ne fut qu'à ce moment, quand il put regarder le large visage éclairé par la lune et voir les petits yeux perçants et noirs qu'il comprit véritablement ce qu'était cette créature, car lorsque la silhouette parla, la voix, si grave, si rauque, n'avait livré aucun indice sur son genre.

— J'ai... beaucoup... aimé... ce... petit... jeu, dit-elle, détachant chaque mot.

Elle avait eu un petit rire, aussi désagréable que la voix, qui l'avait frappé, tel un véritable coup. Childes s'accrocha plus fermement au parapet.

La femme avança encore d'un mètre. Sous sa longue jupe volumineuse, les chevilles gonflées se boursouflaient au-dessus des chaussures à lacets, comme si la chair allait fondre. Un anorak trop grand retombait en plis désordonnés de ses épaules.

Childes s'efforça de se redresser. La tête lui tournait dans une confusion de pensées, la nausée lui serrait la gorge. *Il sentait l'odeur de cette femme. Il respirait sa folie.* Il déglutit, tentant désespérément de rassembler des forces qui l'abandonnaient.

La seule chose qui lui vint à l'esprit fut :

— Pourquoi ?

Ce n'était guère plus qu'un coassement, mais elle comprit. Il percevait le changement des émotions dans la silhouette. L'amusement s'était enfui.

— Pour elle, dit-elle dans son grognement asexué, en levant la tête vers la lune. Ma maîtresse.

Elle ouvrit la bouche, dévoilant des dents crochues, rongées. Elle inspira profondément d'une respiration rugueuse, comme si elle inhalait la clarté de la lune elle-même, puis elle baissa la tête, et, pendant un instant fugitif, troublant, la lune se réfléchit dans les pupilles cruelles, comme si elle brillait de l'intérieur, à travers les fenêtres des yeux. Illusion éphémère mais qui laissa une impression durable.

— Qui... qui êtes-vous ? murmura Childes, peu certain d'avoir conservé tous ses esprits.

La forme grossière l'observa un instant avant de répondre. La lueur avait disparu de ses yeux, laissant place à une autre.

— Comment ? Tu ne sais pas ? dit-elle lentement. Tu ne sais rien de moi ? Moi, j'ai tant appris sur toi, mon lapin.

Il ressentait moins le besoin de s'appuyer à la balustrade.

— Je ne comprends pas, parvint-il à dire, luttant pour garder une voix calme, souhaitant que ses jambes cessent enfin de trembler.

Une femme, une simple femme, se dit-il, pas une « créature ». Une femme. Oui, mais une femme courroucée, murmura une voix ricanante dans son esprit. Et incroyablement puissante, poursuivit son bourreau. Et elle sait que tu es terrifié, mon lapin.

— Je t'ai volé la petite fille, dit-elle, sarcastique.

Son humeur s'était de nouveau modifiée, et le changement balayait l'esprit de Childes, comme si ses sens faisaient partie d'elle.

— Pas ta fille, hélas. L'autre petite fille. Oh, comme elle se débattait, comme elle se tortillait...

Un début de colère envahit Childes, minuscule flamme dans la noirceur de sa peur. La flamme prit de l'ampleur, repoussant partiellement les ténèbres.

La brise, plus forte, plus froide, chargée de senteurs marines, faisait voler les revers de son veston.

— Vous avez... tué Annabel, dit-il d'un ton neutre.

— Oui, et tous les aûtres, s'exclama-t-elle dans un

grognement sourd, un grognement d'allégresse. N'oublie pas les autres. Ils étaient pour ma maîtresse, aussi.

— Vous les avez tués ! murmura-t-il.

— Non, le feu les a tués, mon lapin. Et la femme qui a essayé de m'arrêter. C'est le feu qui a tué les malades à l'hôpital aussi. Oh, comme cet endroit me plaisait !

Sa grosse masse s'approcha et elle pencha la tête en avant, à la manière d'un conspirateur. La lumière argentée dessinait un halo autour de ses boucles emmêlées. Une fois de plus, ses yeux s'étaient transformés en profonds puits noirs.

— Oh, comme cet endroit me plaisait, répéta-t-elle dans un chuchotement. Ah, mon asile. Personne ne les croyait, ces pauvres hères, avec leurs méchants ragots. Quelle personne sensée aurait pu croire ce que je leur faisais quand j'étais seule avec eux ? Qui ferait confiance à un fou ? C'était drôle, vraiment drôle. Quel dommage qu'il ait fallu que cela se termine. Mais tu approchais, n'est-ce pas, mon lapin ? Et tu m'aurais dénoncée. Ma maîtresse était furieuse.

A présent, Childes ne s'appuyait plus à la rambarde de béton que d'une seule main.

— Je ne comprends toujours pas. Quelle maîtresse ?

Elle lui lança un regard plein d'une concupiscence grotesque — du moins, l'imaginait-il.

— Tu ne la connais pas ? Tu n'as pas senti son pouvoir divin en toi ? Le pouvoir de la déesse de la lune qui croît et décroît au rythme du cycle lunaire ? Tu ne sentais pas sa force dans ton esprit ? Tu possèdes le don, toi aussi, et tu n'aurais pas compris ? Oh, mon lapin...

— Les visions ?

Elle s'impatientait, et son irritation contaminait toutes les sensations de Childes.

— Peu importe le nom que tu lui donnes, cela n'a pas d'importance. Quand nous partageons ce même don, quand nos esprits se rencontrent — *comme maintenant !* — son pouvoir est immense... magnifique... immense...

Cette pensée lui coupait le souffle. Le corps oscillait de droite à gauche, et une fois encore elle leva le visage.

Sa folie avait une odeur putride.

Elle se tint immobile et baissa la tête.

— Tu te souviens de ce que nous avons fait avec tes machines. Notre petit jeu ?

— Les ordinateurs ? dit-il en secouant la tête, suffoqué. C'est vous qui avez fait apparaître le mot LÙNE sur les écrans ?

Elle rit d'une voix menaçante.

— Non, c'est *toi* qui l'as fait apparaître dans leur esprit. Pas sur les écrans, cher idiot. Nous l'avons fait ensemble, toi et moi, nous avons fait croire à tes chères petites élèves qu'elles voyaient ce que nous voulions qu'elles voient. Et toi, tu as vu ce que je voulais que tu voies.

Une illusion. Tout n'était qu'illusion. Peut-être était-ce plus clair ainsi, puisque rien n'était réel.

— Mais pour l'amour de Dieu, pourquoi devaient-elles mourir ?

— Pas pour l'amour de Dieu. Pour notre déesse. Les agneaux du sacrifice, mon lapin. Et puis, pour leur énergie spirituelle, si faible soit-elle pour la plupart. Sauf pour la femme dont j'ai brisé le cou, intéressante, elle...

— Mlle Piprelly ?

Les gigantesques épaules tombantes se soulevèrent.

— Si c'est comme ça qu'on l'appelait. Tu sais de quelle énergie je parle, n'est-ce pas. Je crois que tu appelles ça de la télépathie, ou de je ne sais quel nom idiot. L'énergie qui se cache là...

Un doigt boudiné tapota sa tempe et Childes frémit intérieurement en voyant les mains larges. Des mains puissantes, enflées comme le reste du corps.

— Mais la femme ne t'arrivait pas à la cheville, mon lapin. Oh, non, ton pouvoir à toi est exceptionnel. J'ai fouillé, j'ai touché ton esprit. Quelle force ! Et étouffée pendant si longtemps ! Elle m'appartient maintenant...

Elle grimaça et s'approcha encore de sa démarche traînante.

— Et les autres ? dit hâtivement Childes qui avait besoin de laisser à sa fureur le temps de monter en lui, de lui prêter sa force. Pourquoi les avoir mutilés ?

— J'ai goûté leur âme à travers leur chair. C'est le seul moyen, tu comprends, mon lapin ? Je les ai vidés, et je les ai remplis, oh, mais pas avec leurs propres organes. Non, je ne pouvais pas les leur rendre, sinon, ils auraient essayé de revendiquer leur âme. Et leur âme appartient à notre déesse. Mais je leur ai laissé la pierre. La présence physique de notre Maîtresse sur terre. Toi aussi, tu as été témoin de son pouvoir spirituel sur terre dans la pierre de lune, cette petite étincelle bleutée, son essence même. C'était mon offrande aux malheureux qui sont morts pour elle.

Folle. Elle était complètement folle. Et elle était tout près maintenant.

Une terreur, glacée, paralysante, immobilisa Childes tandis qu'elle avançait son énorme main vers lui. Lentement, les doigts se déplièrent, paume levée, présentant la chair à la clarté lunaire.

— J'en ai apporté une pour toi, murmura-t-elle en souriant devant les conséquences implicites de ce présent.

Il y avait une minuscule pierre ronde dans la paume ouverte, mais cela aurait pu être un simple effet de l'esprit troublé et troublant de la femme qui s'imposait à lui, lui implantait une illusion, car effectivement elle possédait cet incroyable pouvoir psychique. Pourtant la gemme rayonnait d'une phosphorescence bleutée, accentuée par la lumière de la lune. Il revit tous les morts dans cette lueur.

Avec un cri étranglé de peur et de rage, Childes frappa la main. La pierre de lune vola dans les airs, étoile filante qui s'éteignit presque immédiatement sur sa trajectoire dans le noir néant de la vallée.

La femme démente à la force mystérieuse se tenait devant lui, silencieuse, les mains tendues, le visage et le regard obscurs, impénétrables. Childes lui aussi était cloué sur place ; l'air qui les séparait, chargé de particules dangereuses, comme si un courant insidieux rampait autour de son corps, raidissait chaque poil sur son petit îlot de chair.

Une pensée lui traversa l'esprit et le fit chanceler.

Amy, étendue de tout son long de l'autre côté du petit mur, le visage transformé en coussinet à épingles par les éclats de verre, le cou tordu, appuyée contre un tronc d'arbre, la bouche ouverte, sanguinolente.

— Non ! cria-t-il.

L'image s'évanouit.

La sombre balafre sur le visage de la femme dessinait un rictus.

Il plongea la tête dans les mains, tandis qu'une autre image le frappait.

Jeanette, suspendue au-dessus de la cage d'escalier, le cou étranglé par sa cravate, la chair boursouflée et gonflée. La langue bouffie glissait doucement entre les lèvres, s'allongeait, tel un ver de terre pourpre, rampait vers le menton, frémissait le long de la gorge étranglée. Les yeux exorbités, l'un après l'autre, sautèrent pour aller danser contre les joues. Un ruisselet de clair liquide jaunâtre coulait le long de la jambe, mouillait la chaussette et tombait en un flot irrégulier dans la cage d'escalier.

— Ça n'existe pas, cria-t-il.

Gabby dans son repos, le corps blanc dénudé, immobile et silencieux, comme dans la mort. Les entrailles ouvertes, les organes gluants, inondés de sueur, à l'air libre, palpitaient tout en se tortillant, comme de minces parasites. La bouche s'entrouvrait tandis que la masse glissante de ce qui avait été son existence s'échappait. Des doigts en moins. Les pieds mutilés, sans aucun doigt. Elle l'appelait, elle appelait : *Papa... Papaaa... Papaaaaaaa !*

— Illusion ! hurla-t-il.

Mais la chose qui lui faisait face sur le barrage se contenta de rire, d'un rire profond et guttural, aussi diabolique que son esprit pervers.

Il rejeta la tête sur le côté comme si une force invisible l'avait frappé. Il toucha la joue cuisante et sentit la chaleur. Pourtant, elle n'avait pas bougé. Son ricanement le torturait tandis que des doigts d'acier s'enfonçaient en lui, lui tordaient les testicules, le forçant à se plier en deux sous l'atrocité de la douleur.

— Illusion, mon lapin ?

La main invisible, boule de feu brûlante à présent,

plongeait dans son intimité, transperçant, enflammant tout au passage, allait chercher ses entrailles pour les palper et les fondre dans son étreinte embrasée. Childes hurla et tomba à genoux.

— ILLUSION toujours, mon lapin ?

Malgré le supplice de ce fer rouge qui le déchirait, la blessure qui lui faisait crisper les poings et appuyer la tête sur le béton, Childes comprit que rien n'était réel, que la douleur terrifiante se nourrissait de la peur, qui permettait à la créature de lui imposer ses pensées.

La souffrance cessa immédiatement. Affaibli, il trébucha contre le mur du parapet. Il fixait la haute forme noire qui n'avait toujours pas bougé.

— Illusion, affirma-t-il à bout de souffle.

La fureur de la femme s'abattit sur lui telle une bourrasque, le plaqua au mur. Une violente démangeaison de la pupille lui troublait la vue et il porta les doigts sur les lentilles fripées, les arrachant littéralement de ses yeux. Il laissa tomber le plastique racorni sur le sol et lutta pour se remettre sur pied, tout en chassant ses larmes d'un clignement des paupières.

Une force inconnue tenta de le repousser à terre, mais Childes résista et leva les bras pour s'aider de la rambarde. *Cela n'existe pas,* ne cessait-il de se répéter, *n'existe pas, n'existe pas !* Il tenta de frapper le monstre qui lui faisait face. Pas avec ses poings. Avec son esprit. Mentalement, il lui décocha un coup.

A sa grande surprise, elle eut un mouvement de recul.

Elle revint vers lui et Childes chancela. Le bas de sa colonne vertébrale heurta le parapet. Mais cette fois, le coup mental était plus doux, avait perdu de son impact.

Il entendait des voix, lointaines, sourdes, inexistantes. Elles ne résonnaient que dans sa tête, aussi irréelles que les horribles pensées qu'elle lui avait envoyées. Childes repoussa l'esprit de la femme et la sentit flancher. C'était impossible, *il savait* que c'était impossible, pourtant, il lui faisait mal.

Les voix, plus fortes à présent, provenaient toujours de l'intérieur et n'appartenaient pas à la nuit.

Il lui semblait qu'elle écoutait, elle aussi, mais de nouveau, elle tenta de le blesser par ses supplices secrets. De cruels doigts crochus, qui n'étaient pas vraiment là, lui griffaient le visage, des ongles déchiquetés lacéraient la peau de bas en haut. Il sentait leur pression, mais pas la douleur. Une curieuse vibration lui parcourait le corps, comme si elle s'écoulait le long de ses veines et de ses nerfs. Les voix s'enfonçaient et plongeaient plus profond dans son esprit.

— Non, ça suffit, dit un rauque grognement. Le jeu est terminé pour toi, mon lapin.

Les doigts en avant, pareils à des serres déployées, elle s'approcha de lui.

La rage vint à son secours. Le poing serré, telle une arme, il visa l'énorme masse de chair. Il toucha le nez, mais elle détourna la tête. Du sang tachait sa lèvre supérieure.

Une grosse main chassa la sienne, et soudain, elle se trouva sur lui, lui écrasa le corps contre le petit mur, de tout son poids. Une respiration sifflante et rocailleuse sortait de la gorge de la femme. Une main rugueuse se plaça sous son menton, lui repoussa la mâchoire, si bien qu'il crut que ses os du cou allaient se rompre. Des doigts, il encercla l'épais poignet — elle était trop forte pour lui, incroyablement forte. Il lui frappa le visage, mais elle se contenta d'esquiver les coups. Le dos appuyé contre la rambarde, Childes était conscient du vide derrière lui.

Ses pieds quittèrent le béton et s'agitèrent vainement sur le corps obèse qui le retenait.

Son esprit se glaça.

Il allait mourir.

Étrangement, il sentait toujours la brise lui balayer les joues. Il sentait la présence de l'abysse. Ses yeux brouillés s'emplissaient de la rondeur de la pleine lune, aux contours imprécis pour lui à présent, qui illuminait son visage d'une radiance immaculée. Il respirait le souffle immonde et fétide, chauffé par l'effort, ainsi que l'odeur corporelle, putride de sueur et de crasse. Childes avait les sens si aiguisés que ses pensées se mêlaient aux siennes, leurs deux esprits fusionnant en un seul, si bien qu'il la connaissait parfaitement, touchait sa folie et se rétracta quand l'esprit malsain voulut le saisir. En retirant son esprit du sien, Childes savait qu'elle aussi entendait les cris stridents, car ils se trouvaient en eux deux.

Il perdait son équilibre, son poids basculait par-dessus la rambarde. Elle le retint, comme pour prolonger cet instant.

Pourtant, elle regarda tout autour d'elle, cherchant les voix. Elle s'immobilisa. Elle fixait l'autre extrémité du barrage, à la structure de granit adoucie par le clair de lune.

Childes profita de cette diversion pour se redresser un peu. Il pivota la tête et suivit le regard de la femme.

Il aperçut des formes floues qui s'approchaient d'eux.

ELLES SORTAIENT de la nuit, telles des bouffées de vapeur ondulantes, vagues et nébuleuses, silhouettes gazeuses éthérées, sans substance ni contours.

Pourtant, c'étaient leurs voix qui gémissaient dans la conscience de Childes.

Au début, il les avait perçues comme une seule entité, délicat nuage qui avançait sur le barrage, mais bientôt, elles commencèrent à se séparer, à se détacher en formes translucides, en entités différentes. Aux contours précis.

La femme desserra son étreinte et se redressa, une expression de surprise sur son visage bouffi. Il y avait beaucoup plus qu'un étonnement embarrassé dans sa réaction, mais cela, Childes le savait grâce à la communication entre leurs esprits ; c'était un frisson intérieur, un tremblement de peur. Il se libéra et glissa sur la promenade, les poignets tremblants sous l'effort tandis qu'il soulevait son corps. Il retomba sur le sol de béton, les épaules appuyées contre le parapet.

Elle l'avait à peine remarqué, tant les yeux sombres étaient absorbés par les spectres mouvants. Ses sourcils se fronçaient en deux profondes et noires ornières, et elle tenait toujours ses grosses mains crochues d'assassin devant elle, comme si elle agrippait toujours Childes. Elle fit un pas en arrière, plaça son corps obèse en biais par rapport à la nuée qui s'approchait, la tête toujours tournée vers les ombres.

Toutes proches désormais.

Childes s'affaiblissait, comme si ces corps immatériels aspiraient sa force, consumaient son énergie ; la femme démente vacillait également, car ils se nourrissaient de son esprit aussi bien que du sien.

Childes commençait à comprendre ce qu'elle voulait dire quand elle avait parlé du don qu'ils partageaient, de leur pouvoir *magnifique*... immense... Mais en connaissait-elle vraiment toute la puissance ? Car peu à peu, ces lentes apparitions tournoyantes dévoilaient leur identité. Transpercé de frissons électriques, Childes se réfugia contre le mur.

La femme — la créature — la meurtrière — se tenait à présent au centre de la promenade, tel un massif monolithe. Une lumière plate, macabre, révélait les formes, de plus en plus nettes, de plus en plus tangibles, qui ne laissaient plus qu'entr'apercevoir de temps à autre le paysage derrière leurs corps désincarnés.

Le premier, minuscule, n'était qu'un enfant, un très jeune garçon, très pâle. Un garçon à la chair dépourvue de sang, aux yeux sans vie, qui tremblait dans sa nudité. Un jeune garçon dont on avait arraché les entrailles ; des lambeaux de peau flottaient au-dessus du vide. Il avait ouvert une bouche grouillant de vers de terre, petites larves rampantes qui infestaient les tombes. Les lèvres décomposées frémirent, et bien qu'il n'émît aucun son, on pouvait entendre ses paroles.

— Oone-eu-moi.

Dans l'esprit de Childes comme dans celui de la femme, les mots n'étaient qu'un amas inarticulé, comme si les voraces parasites qui se repaissaient de sa langue avaient également dévoré ses pensées fantomatiques.

— Oone-eu-moi.

(Donne-le-moi.)

— Eu-eu-veu...

(Je le veux.)

La main de squelette étendue réclamait le cœur qu'on lui avait volé.

La femme tituba, et cette fois, ce fut elle qui dut s'accrocher au parapet.

Une autre silhouette immatérielle approchait derrière lui, féminine celle-là ; le rouge à lèvres lui barbouillait le visage comme si une main furieuse, ou peut-être d'autres lèvres, tout aussi furieuses, avaient étalé la rougeur. Du mascara coulait des cils en grosses rivières charbonneuses, formant un masque de clown fou, un maquillage à terroriser les enfants. Comme le garçon, elle était nue, le corps ouvert de la poitrine (où les seins n'étaient plus que deux blessures circulaires) à l'aine. Les coutures grossières avaient éclaté et laissaient voir des objets protubérants qui sortaient de la plaie en forme de croix, des objets grotesques et comiques, bien que personne ne songeât à rire : une brosse à cheveux, un réveil, un miroir à main et même un petit transistor. Elle tirait sur les bords de la blessure, comme une femme resserrant un cardigan, de crainte de perdre les objets, comme si ces intrus constituaient sa force de vie, ses véritables organes. Il y avait dans les yeux maculés une haine farouche pour la femme qui avait ainsi ravagé son corps sans même payer le prix de ce privilège.

L'autre femme, avec son anorak trop grand, étendit une vilaine main grasse pour repousser les ombres.

Un vieillard s'était glissé entre la prostituée grotesquement peinturlurée et le garçon tremblant ; une grimace obscène, ridicule, ornait le visage ratatiné. Un pyjama pendait mollement sur la silhouette émaciée, et la lune qui lui tombait sur les yeux leur donnait un éclat, une vitalité pleins de folie. Du sang séché, coagulé, assombrissait les traits ; dans la tête tranchée net à quelques centimètres des sourcils, des tortillons de vers aspiraient la pulpe moelleuse qui sortait du crâne. Le vieillard baragouinait de manière incontrôlable, comme si l'air froid et les parasites gloutons lui chatouillaient la cervelle mise à nu. De nouveau, le son n'existait que dans les esprits des deux spectateurs.

La femme hurla d'un cri aussi dément que le charabia du vieillard ; Childes eut un mouvement de recul, il refusait de croire ce qu'il voyait, mais savait pertinemment que c'était vrai.

C'était autour de la femme de protester :

— *Vous n'existez pas !*

Les silhouettes mouvantes se regroupèrent autour d'elle, tirant et déchirant ses vêtements, lui lacérant le visage de leurs mains. Dressé sur la pointe des pieds, le garçonnet tendait le bras vers le puits noir, dans l'espoir d'en arracher l'œil.

Elle le repoussa, mais il revint à la charge ; ce jeu le faisait rire. Les fantômes l'acculèrent à se mettre à genoux, à moins qu'elle ne tombât seule, terrorisée. Agitant désespérément les bras, elle criait toujours :

— *Vous n'existez pas, vous n'existez pas !*

Soudain, ils s'immobilisèrent et observèrent la masse grossière recroquevillée : le vieillard ricanait, la prostituée se tenait l'estomac des deux mains, le garçon mendiait son cœur perdu.

— Illusion, murmura Childes.

La femme — la chose femelle —, la créature lui cria :

— Faites-les partir, faites-les partir !

Et pendant un instant, alors que son esprit oscillait entre le rêve et la réalité, il lui sembla que les formes s'estompaient partiellement, se fondaient à nouveau dans une brume inconsistante, ne devenaient plus que des projections de la pensée.

Jusqu'à ce qu'une silhouette ténue se fraie un chemin à travers les images fluctuantes et vienne confronter la masse obèse clouée à quatre pattes.

La fillette portait une robe légère de coton vert, elle n'avait ni chaussures ni chaussettes ni gilet pour la protéger contre la fraîcheur de la nuit. D'un côté, un ruban retenait sa chevelure tressée, de l'autre les cheveux emmêlés retombaient. Le visage de marbre luisait, et d'une main, elle essayait d'essuyer les larmes. Mais il n'y avait plus de doigts, simplement cinq moignons sanguinolents.

— Annabel ! dit Childes, le souffle coupé de terreur.

· Je veux rentrer à la maison, dit-elle à la femme

tremblante, d'une petite voix pointue qui rappelait celle de Gabby.

La femme leva la tête et poussa un cri, long hululement de supplication, trahissant son angoisse qui s'amplifiait sur la surface de l'eau, gonflait en une plainte lointaine.

Le garçon plongea la main dans l'orbite de l'œil, l'enfonçant presque jusqu'au poignet — du moins c'est ce qu'il sembla à Childes. *Impossible,* se disait-il, *ce n'est qu'un cauchemar.* Mais lorsque les doigts de squelette se retirèrent, laissant un fluide sombre dans leur sillon, ils tenaient quelque chose, quelque chose de rond et de gluant, quelque chose qui était encore retenu par un mince tendon qui finit par se briser, le fil se balançant encore dans le liquide suintant.

La femme se leva, la main devant le trou béant de son visage pour endiguer le flot de sang. Elle hurlait, criait, gémissait, suppliait qu'on la laisse tranquille.

Mais ils ne voulaient pas la laisser tranquille ; bien au contraire, ils s'approchèrent encore, se resserrèrent autour d'elle.

Elle se libéra brusquement, sortit du cercle, déséquilibrant le vieillard au passage, si bien que la substance pulpeuse de son crâne ouvert infestée de vers se renversa, tel le contenu d'un étrange chapeau de magicien. Toujours grimaçant, il se pencha, avec son ricanement dément, et ramassa sa cervelle liquéfiée pour la replacer dans son crâne, d'un geste aussi naturel que s'il avait remis un chapeau. En fait son attitude avait tout le ridicule d'un vieillard replaçant à la hâte une perruque soufflée par le vent.

Childes se demandait si ce n'était pas lui qui devenait fou.

La femme recula, accrochée au parapet pour conserver son équilibre, enjamba dans sa fuite les jambes allongées de Childes et se dirigea vers l'autre extrémité du barrage près de la tour, à la recherche d'une échappatoire dans les arbres et les buissons qui l'avaient abritée plus tôt. Les bras toujours étendus, les silhouettes dérivèrent à sa poursuite, les yeux morts, intensément fixés sur elle. Elles la suivirent, passant devant Childes, comme si c'était lui le fantôme, sans le remarquer, sans le voir.

Seule la petite image de ce qui avait été Annabel s'attarda auprès de lui.

Childes regardait la femme trébuchante reculer, horrifié par les atrocités que son esprit retors mais néanmoins exceptionnel avait accomplies, mais sans prendre aucun plaisir à cette vengeance macabre. Une main toujours appuyée sur l'œil, les doigts dégoulinants de sang, elle poursuivait sa retraite d'un pas traînant pour fuir loin de ces austères fantômes itinérants. Finalement, elle leur tourna le dos, accéléra sa marche incertaine ; une terreur cauchemardesque forçait ses grosses jambes et ses chevilles d'éléphant à une sorte de sautillement branlant.

Elle s'arrêta bientôt. Elle commença à s'éloigner de l'escalier d'où elle avait émergé plus tôt, tel un vampire se levant d'un froid cercueil.

Elle se retourna vers les bras impatients de ceux qui l'avaient suivie.

Childes comprit bientôt ce qui l'avait arrêtée. Derrière elle, de nouvelles silhouettes éthérées grimpaient les marches, montrant d'abord leur visage, puis leurs épaules, leur poitrine, leur taille. Elles ne portaient pas les vêtements de nuit dans lesquels elles avaient trouvé la mort, mais leurs uniformes, les couleurs de La Roche, monochromes dans le clair de lune, immaculés, épargnés par les flammes bien que les corps fussent noircis et carbonisés ; des sourires hideux sans lèvres découvraient les dents, la chair pendait en lambeaux putrides, Kelly pointait un bras calciné et décharné vers la masse maladroite, tandis que ses compagnes gloussaient, comme si Kelly leur avait lancé une plaisanterie osée...

...Et Mlle Piprelly ouvrait la marche, la tête charbonneuse reposée sur une épaule, étrangement perchée, comme si elle allait basculer d'un instant à l'autre ; les yeux révulsés étincelaient de blanc sur la peau et les os noircis, pleins d'une infinie tristesse, de larmes...

... L'infirmière suivait, regroupant ses ouailles, vérifiant que pas une ne manquait, que tout allait bien, que les cicatrices et la chair roussie ne les blessaient pas, qu'il n'y avait plus de douleur, ni pour les fillettes ni pour elle...

Childes voyait flou depuis qu'il n'avait plus ses verres de contact, et pourtant, d'une certaine façon, la scène avait une limpidité de cristal. Tout restait parfaitement clair. Même lorsque ses yeux s'emplirent de larmes tandis que la file indienne, conduite par la directrice et fermée par une infirmière toujours sur ses gardes, reprit forme un instant, la chair intacte, rayonnante de vie — Mlle Piprelly, tête haute, corps droit et fier, comme d'habitude, Kelly aussi pétillante et insolente que jamais, la main tendue, lisse et mince. Seuls les yeux restaient morts. Le changement fut éphémère. Quand elles eurent toutes monté les marches et se furent retrouvées au même niveau que la femme paralysée, les corps reprirent leur apparence défigurée et calcinée.

Les cris de la femme se faisaient plus stridents au fur et à mesure que les silhouettes convergeaient vers elle, l'encerclaient ; les corps désincarnés frappaient, déchiraient, décochaient une pluie de coups qui auraient dû rester sans effet, mais qui pourtant faisaient couler le sang, clouaient la femme, la bête, à terre. Elle leva son gros bras pour se protéger tandis que son autre main couvrait toujours l'œil crevé. Childes prit conscience d'une figure plus vague à l'arrière-plan, un homme en uniforme qui observait, de loin, la balafre sanguinolente du cou répondant au sourire pincé de son visage blafard. Childes repensa au policier qu'il avait trouvé égorgé dans sa voiture devant le collège de La Roche. D'autres formes se mouvaient plus loin, mais elles n'avaient aucun contour défini, c'aurait pu n'être qu'une légère brume émanant du lac. Pourtant, rires, plaintes et gémissements émergeaient de ces vapeurs.

Toujours étendu contre le mur, pétrifié, incapable de réagir, incapable d'appeler à l'aide, Childes observait, la silhouette silencieuse d'Annabel auprès de lui.

Appuyée contre le parapet, ses larges épaules tombant dans le vide, comme pour échapper aux mains spectrales menaçantes, la femme tourna la tête pour se protéger le visage ; un flot de sang s'écoula à travers les doigts et alla éclabousser le mur du barrage, où il continua à s'égoutter, sombre ruisselet sur la vaste étendue de béton.

Ensuite, tout arriva si vite que Childes ne fut pas sûr de ce qu'il avait vu, ou perçu, car son esprit se refusait toujours à croire que cette scène se produisait vraiment, avait une existence réelle.

Peut-être avait-elle essayé de grimper sur le parapet pour leur échapper.

Dans sa douleur et sa folie, elle aurait même pu tenter de sauter.

Ou alors, les silhouettes qui l'encerclaient avaient réussi à soulever ses jambes de plomb et l'avaient poussée par-dessus bord.

Quoi qu'il en fût, Childes vit l'énorme masse disparaître et entendit un cri déchirer la nuit.

Il ferma les yeux pour ne rien voir de cette folle démence, se réfugia dans un noir qui malheureusement ne cachait rien. Tout restait présent devant son esprit assiégé.

— Oh, mon Dieu..., murmura-t-il en rouvrant les yeux.

Les formes étaient plus floues, se dissolvaient de nouveau dans une brume vaporeuse. Regroupées sur la promenade, imbriquées les unes dans les autres, elles ondulaient, comme sous l'effet de la brise. Confusément, il percevait des sons et des lumières dans le lointain. Annabel, qui n'avait pas bougé, se trouvait toujours près de lui, triste, minuscule, une expression de solitude obsédante sur le visage qui s'évaporait.

Childes exhala un long soupir. Il s'affaissa, reposa la tête sur ses genoux pliés, les bras ballants, les mains sur le sol de béton, tels deux animaux morts, gisant par terre, pattes et griffes paralysées tendues vers le ciel. C'était fini. L'épuisement l'écrasait, tandis qu'il se demandait s'il comprendrait jamais la nature intrinsèque de cette femme, qui pendant si longtemps n'avait été pour lui qu'une abstraction dévorante, une simple *créature*. Psychopathe, sûrement, monstrueuse aussi, mais douée d'un tel pouvoir, d'une force psychique rien moins que démoniaque. Il priait pour que cette puissance soit condamnée au repos éternel.

Pourtant, il sentit le froid picotement insidieux frémir sous sa peau.

Il leva la tête et regarda la toile brumeuse, là où la femme avait plongé dans le vide. Soudain, il ouvrit une bouche béante, écarquilla les yeux. Un tremblement le faisait frissonner comme auparavant.

Car, bien que sa vue soit trouble, il devinait la forme des énormes mains dont les doigts se recroquevillaient sur la rambarde, tels des crampons de chair. Elle s'accrochait...

— Non, se murmura-t-il dans un souffle à lui-même. Oh, non !

Lisait-il une lueur de supplication sur le visage d'Annabel dépourvu de toute autre étincelle de vie ?

Childes se glissa sur ses genoux, tendit une main tremblante vers la rambarde et se hissa sur ses pieds. Tout d'abord, il lui sembla que ses jambes ne parviendraient jamais à supporter son poids, mais ses forces lui revinrent bientôt, presque douloureusement, comme du sang qui se remet à couler dans un membre endormi.

Pendant un court instant, il resta appuyé lourdement sur le bord, puis trébucha en essayant d'atteindre la main accrochée. Les vapeurs se rassemblaient à son approche et reprenaient des formes distinctes. Les jambes flageolantes, il se sentait curieusement engourdi par tout ce qui venait de se produire. Lorsqu'il fut près de la main, les silhouettes s'écartèrent.

Elles l'observaient de loin, impassibles. Le vieillard grimaçant, au crâne tranché exposé à l'air libre. Le garçonnet nu qui tenait quelque chose de blanc et d'ensanglanté dans son poing fragile, qu'il essayait d'enfoncer au plus profond de sa blessure, comme pour remplacer son cœur perdu. La femme étrangement peinturlurée à la poitrine béante, dont le ventre se hérissait de petites bosses tandis qu'elle resserrait ses lambeaux de chair. Les écolières et l'infirmière, horribles silhouettes carbonisées dont les os brillaient sourdement à travers la chair déchiquetée. L'homme en uniforme aux deux sourires figés, l'un au-dessus de son menton, l'autre au-dessous. Estelle Piprelly, de nouveau elle-même pour un instant, sans aucune marque, qui le regardait droit dans les yeux. Une émotion passa alors entre leurs deux êtres.

Elles observaient, attendaient.

Il atteignit l'endroit où la main étendue s'accrochait à la face interne de la rambarde, les doigts tremblant sous l'effort, entraînés par l'énorme masse. Sur le poignet charnu, la manche de l'anorak disparaissait dans le vide au niveau du coude. Childes se pencha au-dessus du parapet.

Le visage rond, éclairé par la lune juste au-dessous de lui, ruisselait d'un sombre liquide gluant qui réfléchissait la lumière et ombrageait joues et mâchoire. Un œil et une orbite vide et profonde, sanguinolente, lui rendirent son regard. L'autre bras pendait le long du corps, inutile.

— Au... secours..., dit-elle de sa voix rauque et basse, d'un ton qui n'avait rien de celui de la prière.

En regardant l'énorme visage tourné vers lui, les cheveux argentés dispersés en broussaille, il toucha une fois de plus la folie, sentit la sourde malignité qui allait bien au-delà de l'esprit inique et corrompu voué à l'adoration d'une mythique déesse de la lune, justification démente des maux qu'elle avait perpétrés. La malfaisance jaillissait d'une âme cruelle et dégénérée, d'un esprit diabolique et haineux. Il sentit, il *vit* son essence torve, non pas dans l'œil qui lui lançait un regard funeste, mais dans le puits noir et suintant qui l'observait avec une égale malveillance ! Et les mots « Au... secours... » chargés de tourment vibraient de raillerie mesquine. Childes était en elle et elle était en lui, elle lui imposait des images monstrueuses ignobles, répugnantes, révulsives, car elle s'amusait toujours de son petit jeu. Un jeu. Un supplice.

Mais une nouvelle sensation traversa cet esprit dépravé quand Childes referma la main sur le poignet obèse.

La terreur vint poignarder les pensées tortueuses, telle une lame perçant une plaie purulente, quand il souleva le premier doigt.

Un gémissement horrifié tandis qu'il repoussait le deuxième.

Un hurlement de désespoir outragé alors qu'il soulevait

les deux derniers ; et, rebondissant sur la pente du mur, elle tomba dans la vallée, plus bas, plus bas, toujours plus bas.

Childes perçut le bruit sourd du corps qui s'écrasait dans le bassin de béton. Il glissa au sol. Un immense soulagement l'envahit, il était enfin libéré d'une noire et turbulente pression, d'une rage confuse et bouillonnante. Il était trop abasourdi pour les larmes, trop exténué pour la joie. Il ne pouvait que regarder les brumes tourbillonner et s'évanouir petit à petit.

Une seule resta près de lui.

Annabel se pencha vers lui et lui toucha le visage de ses petits doigts glacés, des doigts qui n'étaient pas là auparavant. A travers elle, une lumière brillait de l'autre côté du barrage, et bientôt elle ne devint plus qu'une nuée flottante. Puis, elle disparut, réduite à néant.

— Illusion, se dit-il doucement.

LES LUMIÈRES provenaient de lampes de poche et de torches qui scintillaient à l'autre extrémité de la promenade. Childes observa la lueur, s'abritant les yeux de la main. Il entendit des portes de voiture claquer, des éclats de voix, vit des silhouettes se détacher sur la clarté. Un peu curieux, mais peu surpris, il se demandait comment on l'avait trouvé ; cette nuit-là, plus rien ne pouvait l'étonner.

Childes ne voulait plus rester sur le barrage, bien que la brume illusoire se fût totalement dissipée et qu'il n'y eût plus de main accrochée à la rambarde. La nuit avait été trop rude, il lui fallait trouver un refuge, retrouver la paix. Libérée des tensions, sa tête était légère, et bien qu'il restât confus et hagard, ses sens étaient inondés d'une tranquille euphorie. Il avait besoin de temps, d'une période de réflexion, mais il acceptait calmement et totalement ses pouvoirs sensoriels. Car désormais, il était sûr de pouvoir les dominer, les utiliser de son plein gré et à bon escient. C'était *elle* qui le lui avait prouvé, malgré ses intentions purement maléfiques, et bien que son esprit dément ait exercé sur lui une forme de domination toute différente. Il se leva et regarda devant lui, pas du côté de la vallée, mais de celui du réservoir. La surface paisible des eaux avait perdu son aspect sinistre pour luire d'une lumineuse pureté. Childes inspira la fraîcheur de l'air nocturne, huma avec plaisir les senteurs iodées apportées par la brise ; l'air s'éclaircissait et semblait se débarrasser de ses ombres furtives. Il se retourna et se dirigea vers les lumières.

Overoy fut le premier à venir à sa rencontre au pied des marches ; Robillard et deux policiers en uniforme suivaient de près.

— Jon, ça va ? Nous avons tout vu, dit Overoy en prenant Childes par le bras.

Childes clignait des yeux devant les lampes.

— Éloignez ces lumières, ordonna Overoy.

Les deux policiers qui suivaient Robillard approchaient, toutes lampes dirigées vers le centre de la promenade. Robillard fit un signe pour qu'on éteigne les phares des voitures. Le soulagement fut immédiat, écran noir tiré devant un soleil aveuglant.

— Tout vu ? murmura Childes.

— Pas distinctement, répondit Robillard. Un banc de brouillard sur le réservoir nous a un peu bouché la vue.

Du brouillard ? Childes ne pipa mot.

Overoy se mit à parler rapidement, comme s'il voulait absolument distancer Robillard.

— Nous vous avons vu tenter de la sauver.

Il regardait Childes droit dans les yeux, et bien que son visage semblât dépourvu de toute expression, il interdisait toute contradiction. Childes lui en fut reconnaissant, Robillard observa son collègue d'un air dubitatif mais s'abstint de tout commentaire. Nullement intimidé, Overoy poursuivit :

— Je crois qu'elle a essayé de vous tuer avant de tomber. Dommage qu'elle ait été trop lourde pour que vous puissiez la retenir.

Les mots semblaient choisis avec soin, comme pour une déclaration dont on devrait se souvenir.

— Vous saviez que c'était une femme ? demanda Childes calmement.

— Hum hum... Nous avions retrouvé son appartement en Angleterre. Je vous ai téléphoné plusieurs fois dans la soirée pour vous le faire savoir, mais votre ligne était sans cesse occupée. J'ai eu de la chance de pouvoir prendre le dernier avion ce soir.

Les deux policiers dirigeaient leurs lampes par-dessus le barrage et éclairaient la forme ratatinée en contrebas.

— Ce que nous avons découvert n'était pas particulièrement agréable, plutôt horrible même, mais au moins, cela prouvait que c'était bien celle que nous cherchions, dit tristement Overoy. Le corps de la fillette, Annabel, était dissimulé sous les lames de parquet. C'était idiot de la laisser là, car les voisins n'auraient pas tardé à se plaindre de l'odeur, ce qui l'aurait immédiatement accusée. Mais, peut-être que pour elle cela n'avait plus d'importance. Elle savait sans doute déjà que le jeu était terminé en venant sur l'île. Elle devait être complètement folle, et paradoxalement, c'est ce qui l'a trahie.

Childes observait le détective d'un air perplexe.

— C'est grâce à cela que je suis tombé sur elle. Son nom figurait sur la liste du personnel de l'hôpital psychiatrique. Elle travaillait comme infirmière, et de toute évidence elle était au moins aussi cinglée que ceux qui étaient à sa charge. Mon Dieu, si vous aviez vu le foutoir dans son appartement ! Du matériel d'occultisme, des livres sur la mythologie, des emblèmes, des symboles. Ah oui, et une belle petite collection de pierres de lune, ce qui a dû lui coûter un joli pécule. Si elles étaient toutes destinées à une nouvelle victime...

— Elle a dit qu'elle adorait...

— La lune ? Oh, oui, une déesse de la lune en particulier. Tout était dans ses livres, dans les décorations... C'est fou...

Sur le barrage, d'autres silhouettes s'approchaient.

Robillard prit la parole.

— Quand l'inspecteur Overoy nous a communiqué l'identité de la femme, il nous a été facile de vérifier qu'elle avait bien débarqué par ferry. Il y a une quinzaine de jours, en fait. Et nous avons trouvé sans problème l'endroit où elle logeait. Elle vivait dans une pension, à l'intérieur des terres, loin de la côte et de l'agitation. On ne l'avait pas vue de la journée, mais nous avons fouillé sa chambre. Vous avez eu de la chance, ce soir, monsieur Childes, car elle avait laissé ses « outils », si l'on peut dire, à la pension. Nous avons trouvé un sac noir contenant des instruments chirurgicaux. Elle avait sûrement assez confiance en elle pour penser vous régler votre compte à mains nues.

— Elle en avait la force, observa Overoy, du moins c'est ce que nous ont affirmé ses employeurs à l'hôpital. C'était toujours elle qui maîtrisait les patients les plus déchaînés, et selon les médecins et les infirmières, elle ne rencontrait jamais de grosses difficultés.

— Ils ne se sont pas étonnés de la voir disparaître après l'incendie ?

— Elle n'a pas disparu. Elle a même été interrogée par la police avec le reste du personnel. Elle a simplement pris ses vacances quand les choses se sont tassées. Elle était folle, mais pas stupide.

Peut-être que cela viendrait plus tard, mais pour le moment, rien de ce que les policiers disaient n'avait grande signification. Childes réagit en entendant une autre voix, si familière, si attendue.

— Jon, s'écria Amy.

Il regarda derrière les deux détectives et l'aperçut à quelques mètres, appuyée au bras de Paul Sebire qui la soutenait. On pouvait lire l'agressivité sur le visage de son père, et elle était dirigée contre lui.

Childes s'approcha d'elle. Elle leva les bras vers lui et la lumière de la lune se réfléchit sur le plâtre blanc de son bras blessé. Il la serra très fort contre lui, il l'aimait, et il eut envie de pleurer à la vue du visage pansé. Amy sembla flancher sous son étreinte.

Il la relâcha un peu, de peur de lui faire mal.

— Tout va bien, Jon. Tout va bien, j'ai eu si peur pour toi.

Elle riait, mais une de ses joues luisait d'humidité.

Childes vit Paul Sebire froncer les sourcils derrière elle. Sans rien dire, il se retourna et se dirigea vers les voitures stationnées de l'autre côté du barrage.

Childes lui caressa les cheveux et embrassa les larmes qui coulaient sur la joue.

— Comment tu as su où j'étais ?

Amy lui souriait et lui rendait ses baisers. D'une certaine manière, elle comprenait le changement qui s'était opéré en lui, la disparition du sombre nuage qui l'avait hanté si longtemps. C'était comme si, par la seule pensée, Childes l'informait de cette transformation.

— C'est grâce à Gabby.

— Gabby ?

Overoy les avait rejoints et ce fut lui qui parla :

— Nous sommes allés chez Mlle Sebire ce soir, pour savoir où vous étiez puisque la voiture de patrouille vous avait perdus. Elle n'avait aucune idée de l'endroit où vous aviez disparu.

— Mais je me suis rappelée que tu avais téléphoné à Gabby un peu plus tôt, interrompit Amy. Ce n'était qu'une supposition ; mais j'ai pensé que tu avais pu dire à Fran où tu irais ce soir. L'inspecteur Overoy a estimé que cela valait la peine d'essayer, alors il a appelé Fran chez sa mère. Elle avait des problèmes avec Gabby.

— Votre fille était dans tous ses états après avoir fait un cauchemar, poursuivit Overoy. Elle avait rêvé que vous étiez près d'un lac immense et qu'une femme-monstre essayait de vous y noyer. Votre femme nous a dit que Gabby était inconsolable.

— Et c'est comme ça que vous avez su où je me trouvais ? demanda Childes, incrédule.

— Eh bien, je suis habitué à vos prémonitions, maintenant, alors, pourquoi ne ferais-je pas confiance à votre fille ?

Gabby, elle aussi ? Childes restait abasourdi. Il se souvint que sa fille lui avait demandé de dire à Annabel qu'elle lui manquait.

Amy s'insinua dans ces pensées troublées.

— Il n'y a pas de lac « immense » sur l'île. Le seul plan d'eau, c'est le réservoir.

— Nous n'avions rien à perdre, ajouta Overoy avec un rictus.

— Non, mais il a fallu me convaincre ! commenta Robillard. C'est compréhensible. Pour moi, tout cela ne veut pas dire grand-chose, alors pourquoi aller me trimbaler dans la campagne en plein milieu de la nuit ? En fait, ils avaient raison, ajouta-t-il en agitant la tête d'un air perplexe. Mon seul regret, c'est que nous ne soyons pas arrivés plus tôt. Vous avez l'air d'avoir passé un mauvais quart d'heure.

— C'est fini, maintenant ? implora Amy, tendant la main vers la joue de Childes.

— Qui était-ce ? demanda Childes en se tournant vers le policier. Comment s'appelait-elle ?

— Elle avait un nom d'emprunt, qu'elle utilisait depuis des années. Elle se faisait appeler Heckatty.

Sans trop comprendre, Childes perçut une nuance de satisfaction dans la voix de l'inspecteur.

Heckatty. Cela ne signifiait rien pour Childes. D'ailleurs, il s'y attendait. Il n'était toujours pas très sûr de ce qui s'était passé au cours de la nuit. Les fantômes étaient-ils vraiment venus hanter la créature au nom si ordinaire, si insignifiant ? Ou alors, la fusion des esprits, son violent contact psychique avec la femme démente, avaient-ils donné corps à des fantasmes, qui n'étaient en fait que des visions et des fragments de conscience perturbée ?

« Illusions », se répéta-t-il intérieurement.

Mais Amy le regardait d'un air intrigué.

— Oh, mon Dieu, s'exclama une voix au centre de la promenade.

Tous se tournèrent vers les policiers accroupis sur le petit pont du barrage qui éclairaient un objet gisant sur le sol. L'un des hommes sortit quelque chose de la poche de sa vareuse et le poussa sous l'objet mystérieux. Il se releva et, suivi de son compagnon, se dirigea vers le petit groupe d'observateurs, portant avec précaution son précieux butin.

Bien sûr, sous la lumière lunaire, tous les visages avaient perdu leurs couleurs, mais une certaine rigidité dans les traits du policier laissait supposer qu'il était livide.

— Je ne crois pas que vous ayez envie de regarder, mademoiselle, dit-il à Amy, cachant l'objet qu'il tenait si soigneusement au-dessus d'un petit sac plastique.

Curieux, Overoy et Robillard s'approchèrent.

— Oh..., balbutia Robillard.

Childes éloigna Amy. Le deuxième policier dirigeait sa lampe sur les mains en forme de coupe de son collègue Overoy avait détourné la tête, le visage révulsé.

— Eh bien, c'était un combat de titans ! dit-il d'un ton compatissant à Childes qui fixait ce que les policiers avaient découvert.

L'œil sanguinolent paraissait d'une énormité ridicule, bien trop gros pour avoir appartenu à un visage. Des tendons dégoulinants retombaient du sac plastique et, tandis que le policier tournait légèrement la main, la lune se refléta dans la pupille de l'œil. L'espace d'un instant, l'espace d'un instant seulement, une lueur, minuscule force de vie, y scintilla, et pour Childes, elle rappelait la fluorescence bleutée d'une pierre de lune.

Tremblant, Childes se détourna et inspira profondément, comme il l'avait fait un peu plus tôt en dispersant les ombres.

Il passa le bras autour de la taille d'Amy, l'attira doucement vers lui, et ils quittèrent les fantômes de ce lac argenté.

ET CHILDES se demanda où ce pouvoir tout récemment accepté allait bien le conduire...

« SPÉCIAL FANTASTIQUE »

CLIVE BARKER
Livre de Sang

JAMES HERBERT
Pierre de Lune

« *SPÉCIAL SUSPENSE* »

RICHARD BACHMAN
La Peau sur les os
Chantier

GERALD A. BROWNE
19 Purchase Street
Stone 588

JEAN-FRANÇOIS COATMEUR
La Nuit rouge
Yesterday
Narcose

CAROLINE B. COONEY
Une femme traquée

JAMES CRUMLEY
La Danse de l'ours

ROBERT DALEY
La nuit tombe sur Manhattan

WILLIAM DICKINSON
Des diamants pour Mrs Clark
Mrs Clark et les enfants du diable
De l'autre côté de la nuit

FRÉDÉRIC H. FAJARDIE
Le Loup d'écume

CHRISTIAN GERNIGON
La Queue du Scorpion
(Grand Prix de littérature policière 1985)

JEAN-CLAUDE HÉBERLÉ
La Deuxième Vie de Ray Sullivan

JACK HIGGINS
Confessionnal

MARY HIGGINS CLARK
La Nuit du renard
(Grand Prix de littérature policière 1980)
La Clinique du Docteur H
Un cri dans la nuit
La Maison du Guet
Le Démon du passé

STEPHEN KING
Cujo
Charlie
Simetierre (hors série)
Différentes saisons (hors série)

FROMENTAL/LANDON
Le Système de l'homme-mort

PATRICIA J. MACDONALD
Un étranger dans la maison

LAURENCE ORIOL

Le tueur est parmi nous

ALAIN PARIS

Impact

Opération Gomorrhe

STEPHEN PETERS

Central Park

FRANCIS RYCK

Le Nuage et la Foudre

Le Piège

BROOKS STANWOOD

Jogging

La composition de ce livre
a été effectuée par Bussière à Saint-Amand,
l'impression et le brochage ont été effectués
sur presse CAMERON
dans les ateliers de la S.E.P.C. à Saint-Amand-Montrond (Cher)
pour les éditions Albin Michel

AM

Achevé d'imprimer en septembre 1987.
N° d'édition : 9938. N° d'impression : 1381-1016.
Dépôt légal : septembre 1987.